La memoria infiel

Carmen Amoraga

La memoria infiel

ESPASA

Espasa, sello editorial de Editorial Planeta, S.A.
Avda. Diagonal, 662-664
08034 Barcelona

Primera edición: octubre de 2024
Segunda edición: mayo de 2025

Preimpresión: MT Color & Diseño, S. L.

Depósito legal: B. 14.204-2024
ISBN: 978-84-670-7268-6

Espasa, en su deseo de mejorar sus publicaciones, agradecerá cualquier sugerencia que los lectores hagan al departamento editorial por correo electrónico: sugerencias@espasa.es

www.espasa.com
www.planetadelibros.com

Impresión: Unigraf, S. L.
Impreso en España - *Printed in Spain*

PEFC Certificado
Este libro procede de bosques gestionados de forma sostenible
PEFC
PEFC/14-38-00305
www.pefc.es

Dedico esta novela a todas las personas
que no dejan de soñar. En especial a la niña que fui,
que soñó con tanta fuerza que enterró mis miedos.

No hay pura luz
ni sombra en los recuerdos;
estos se hicieron cárdena ceniza
o pavimento sucio.

PABLO NERUDA,
Memorial de Isla Negra.

Nada está nunca acabado. Basta un poco de felicidad para que todo vuelva a empezar.

ÉMILE ZOLA, *Germinal.*

1

Ha sonado el teléfono. Hace días que no me llaman. Lo he cogido pensando que alguien querría que fuese a limpiar a su casa porque he dejado carteles por media ciudad. Pero no. Una mujer me ha preguntado si yo soy yo y casi sin dejar tiempo para que diga que sí, que soy Salomé Olano, a bocajarro, me ha dicho que mi madre murió ayer. Ha rectificado enseguida. En realidad, no sabe cuándo ha ocurrido, ha dicho. Puede haber pasado en cualquier momento, no ayer necesariamente. Pero su cadáver lo encontraron hace poco más de veinticuatro horas. Una vecina contactó con la policía porque hacía un par de días que no la veía y los lamentos de su perro se oían a través de la puerta. No parecía llevar mucho tiempo ahí, en el suelo de la cocina. El perro estaba bien, pero nervioso. El bebedero todavía tenía algo de agua y le quedaba un poco de pienso en el otro cuenco. Mi madre también estaba bien. La mujer ha rectificado de nuevo. Bien, para estar muerta. Se disculpa. Está nerviosa, como el perro de mi madre. Eso no lo dice ella, lo pienso yo. Ella lo que dice es que mi madre realmente no murió ayer, pero no llevaba mucho tiempo *así*. Lo pronuncia de forma extraña, *así*, y baja un poco la voz, como si fuera a contarme un secreto: menos mal que el perro no le hizo nada.

Ha vuelto a su tono normal para explicarme que les ha costado localizarme. No aparecían mis datos por ningún lado hasta que milagrosamente han dado con ellos, en un cajón en el que habían mirado ya varias veces, como si alguien lo hubiera dejado allí. Me habían buscado por todas partes, para decírmelo y para que yo les diga qué quiero hacer con su cuerpo. Saben que soy su única hija, su única familia, que solo me tenía a mí.

Mi madre no tenía mi número apuntado. Encontrarme ha sido un milagro. Me lo ha repetido muchas veces, disculpándose, pidiendo perdón a la hija de la mujer muerta que lleva horas en una cámara frigorífica porque no daban con ella, pero también con un ligero tono de reproche. Puede que se haya quedado esperando que yo también le pidiese perdón por haberle hecho perder su tiempo, y por llevar años sin hablarme con ella. Tantos años que al final me borró de su agenda, dejó de hablar de mí, olvidó que tuvo una hija, igual que yo olvidé que tuve una madre, hasta que hace un momento ha sonado el móvil y una mujer que no sabe nada de mí me ha dicho que ya no la tengo, que ya no la tendré. Nunca más.

Mi madre se llamaba Ana.

2

Miércoles

Al cabo de un buen rato, la mujer que me habla me dice que la disculpe, que no me ha dicho su nombre, que es Isabel y que me acompaña, mucho, en el sentimiento.

Yo le doy las gracias de forma automática, como si algo en mi interior estuviera preparado para vivir esa situación y para responder así. Para agradecer que me acompañen en el sentimiento, aunque yo no sé qué es lo que siento en este momento. Hace casi veinte años que no veo a mi madre, no sé qué aspecto tenía antes de morir ni cómo era su vida antes de que le pasara lo que fuera que le pasó en la cocina de esa casa que fue nuestra y en la que ha muerto, sola. ¿Cómo moriré yo? ¿Me sostendrá la mano alguien para que me marche sin miedo, si es que tengo miedo, o será un perro el que me vele? ¿Seré como mi madre, también en eso, o también en eso podré ser diferente?

Isabel me saca de mis pensamientos. Me pregunta qué quiero hacer. Le devuelvo la pregunta y le pregunto qué puedo hacer. Le digo la verdad. Que nunca me había imaginado que me vería en una situación así.

—En realidad, solo tiene que tomar algunas decisiones. En el seguro de decesos está todo previsto, aún en casos como este en los que interviene la policía, el forense... Ha sido un lío terrible, pero no hay mal que por bien no venga: el tiempo judicial ha jugado a nuestro favor para que hayamos podido encontrarla finalmente, Salomé. ¿Puedo llamarla Salomé?

—Sí, sí, por supuesto.

—Pues, como le digo, Salomé, su madre no era de esas personas que viven de espaldas a la muerte. —Me lo dice como si me estuviera revelando información confidencial—. Ella sabía que, como decía el poeta, nuestras vidas son los ríos que van a dar en la mar, que es el morir.

Mi madre nunca leyó poesía, dudo mucho que conociera ese poema. No se lo digo. Ella sigue hablando.

—Lo que le quiero decir es que tenía un seguro en el que está todo incluido y usted no tiene que preocuparse de absolutamente nada, ni pagarlo tampoco. Eso es una suerte, si me permite que se lo diga, porque en estas circunstancias casi nadie tiene la cabeza para encargarse de nada: que si la funeraria, que si los papeles, que si el tanatorio. A la gente le parece que los seguros de muerte son muy desagradables, a ver a quién le apetece pensar en estas cosas estando vivo, no crea que no me hago cargo. Pero es un error. No tener que ocuparse de ningún trámite es un alivio para los familiares del difunto. La aseguradora le facilitará el contacto de una gestoría que realizará los primeros trámites y que más adelante le ofrecerá la posibilidad de que, con un coste adicional, sigan con el resto de la burocracia de la defunción y de la herencia.

Guardo silencio, e Isabel lo interpreta como una invitación para que continúe con sus explicaciones, como si no me hubiera dado ya suficientes.

—A su madre se la velará en el tanatorio del pueblo, que se llama Tanamira, pero ella no había especificado si quería incineración o inhumación. Eso sí debería decidirlo usted, y tendrá que escoger el ataúd. Y también debe elegir una mortaja de entre la ropa que su madre tenga en el armario o decir si prefiere un sudario. Se dan casos en los que las personas ya han dejado dicho cómo quieren estar vestidas en ese trance. Aquí vemos de todo, Salomé. Da para escribir un libro. Pero volviendo a usted, también ha de decirnos qué tipo de ceremonia de despedida, si religiosa o laica.

No sé qué decir.

—Son demasiadas cosas, lo sé, y más en su situación, que se le está viniendo todo encima de golpe. Si a usted le parece bien, yo puedo ayudarla a decidir, aconsejarla.

Me parece bien, y aunque no sé si llego a pronunciarlo en voz alta, ella prosigue:

—El modelo estándar del ataúd es muy socorrido y da muy buen resultado. La gente últimamente lo deja cerrado y coloca una foto bonita de la persona fallecida. Si escoge esto, se evita la mortaja. —Me lo dice como lo del perro que la ha dejado intacta, como compartiendo un secreto, y con el mismo tono, añade—: Yo creo que a doña Ana esto le parecería bien. Aunque usted conocía a su madre mejor que nadie.

¿De verdad? ¿Conocía yo a mi madre? ¿La conocía mejor que nadie? Porque para mí era un ser mezquino, una pésima madre, una mala persona. ¿Cómo se entierra a alguien así? ¿Cómo me despido de alguien de quien ya me despedí hace años? Mi madre y yo ya morimos hace tiempo.

Son las cinco de la tarde. Hace un calor bochornoso. Me mareo.

El balcón está abierto y entra el ruido de los coches, el sonido de sus bocinas. Siempre hay alguien que tiene prisa, que apremia a los que van despacio. Siento que me pitan a mí. Decídase rápido. Díganos cómo quiere que enterremos a su madre. Acepte que ha sido una mala hija. Me mareo más.

Por la ventana de la galería se cuelan también las voces de las vecinas que llaman a sus hijos para la merienda. Una mujer le pregunta a su marido si quiere un café. El marido dice que no.

—Quiero merendar.

La voz llega clara y familiar.

—Mamá, quiero merendar.

Me tiran de la tela del vestido. Es mi hijo, que quiere merendar. Él insiste y yo reprimo las ganas de apartarle de mi lado, de colgar el teléfono, de fingir que nada de lo que ocurre está sucediendo. Le miro. Yo fui como es ahora él. Una niña. De pronto, me siento como si aún lo fuera. No sé qué hacer, qué decir, qué sentir.

—Solo faltaría decidir el tipo de ceremonia —insiste Isabel.

—Escuche... Yo no puedo, no me veo capaz.

Isabel lo comprende.

—Lo comprendo. ¿Puedo hablarle con franqueza, Salomé? —No espera a que responda—. Al pensar en usted, me he dicho a mí misma que era posible que no...

que no tuviese ánimo para decidir. Yo sé cómo era doña Ana, no me cuesta ningún trabajo ponerme en su lugar. Incineración y ceremonia religiosa sería lo más adecuado. No sé si eso le sirve de algo.

Ella sabe que mi madre le temía al fuego eterno de Dios, pero no a las llamas del crematorio. Mantuvo ese tipo de conversaciones con ella, sobre la vida y sobre la muerte, sobre qué hacer con su cuerpo cuando ya solo fuese un cadáver. Siento algo por Isabel, que al principio no sé qué es, pero enseguida me doy cuenta de que es rabia, envidia. Yo nunca hablé con mi madre de la muerte. Ni de la vida tampoco.

Mi hijo quiere merendar, me lo dice otra vez, y otra vez yo reprimo el impulso de hacerle un gesto, un gesto feo, para que se vaya y me deje en paz.

—Está bien, hagamos eso.

—Doña Ana está ahora en el depósito. Le han hecho la autopsia para determinar las causas del fallecimiento porque tenía un golpe en la cabeza, aunque está bastante claro que ha sido una muerte natural o un accidente doméstico. Nadie piensa en un asesinato ni nada parecido. Aunque hay que seguir los protocolos estamos todos convencidos de que murió y se golpeó o se golpeó y murió. El orden de los factores no altera el producto, si me permite este paralelismo, que suena a chiste, aunque no ha sido mi intención.

Se lo permita o no, ya lo ha hecho, y no da muestras de arrepentimiento por su broma de mal gusto, pero estoy demasiado aturdida para decírselo y ella sigue hablando.

—La autopsia suele tardar un par de días. Pensamos que mañana, pasado como muy tarde, podremos proceder al traslado al tanatorio, y ahora que la hemos localizado, con más motivo.

—¿Y qué es lo que se suele hacer?

—El velatorio puede durar las veinticuatro horas de rigor, pero, en este caso, que se puede demorar unos días más, si usted me lo permite, yo le aconsejaría que lo hiciera breve. Ya sabe cómo va esto.

No lo sé, pero tampoco se lo digo. Es la primera vez que se muere mi madre.

—En unas horas, pongamos por caso, en una mañana, los amigos y seres queridos pueden ir al tanatorio a despedirse de ella, a presentar sus respetos. Y luego, por la tarde, puede tener lugar la ceremonia religiosa y, a continuación, la incineración. Ambas se hacen en el mismo tanatorio. En el caso de la cremación, en unos días le darán las cenizas de doña Ana. Si prefiere un entierro tradicional, ya tiene que desplazarse al cementerio. Tiene incluidos en la póliza un par de vehículos de cortesía para los familiares. ¿Le parece que llevemos el cuerpo a partir de las diez de la mañana, en cuanto sea posible?

Me da lo mismo el día, la hora. Ya que Isabel hace chistes, se me ocurre decirle que me la suda el sudario, pero me callo. Solo quiero colgar, darle la merienda a Javi y descubrir si en algún lugar de mi cuerpo, de mi alma, de mi corazón, de mi memoria, de lo que sea, si en algún lugar, hay algo que sienta dolor o lástima por la muerte de mi madre.

3

En la nevera hay tres huevos, sobras de gazpacho, un tetrabrik de leche, salchichas con queso, dos hamburguesas de pollo, un envase mal cerrado de jamón york que se ha quedado seco y un yogur de beber. No he bajado a hacer la compra, y eso que le prometí a mi hijo que por la tarde haríamos creps o gofres con nata, pero hacía tanto calor que me ha dado pereza bajar a la calle.

Le pregunto si quiere un poco de gazpacho para merendar, y cuando me dice que no con cara de asco, le ofrezco el yogur, convencida de que así sí lo querrá y no me pedirá lo que no tengo, y efectivamente me dice que sí y que se lo quiere tomar en el parque. Me parece bien. Yo también quiero salir, que me dé un poco el aire. Le propongo coger la bici y acercarnos al río hasta donde los perros entrenan en el *Agility*, y se vuelve loco de la alegría. Me abraza, me dice que me quiere y que si nos vamos ya, inmediatamente, me querrá *maz* aún.

Pienso que mi madre se ha muerto sin saber que tengo un hijo, un hijo que me quiere y al que intento tratar con cariño, con respeto, como me gustaría que lo hubiera hecho ella conmigo. Me esfuerzo por hacerlo bien. Quiero hacerlo bien. Pero no siempre me sale. Nunca le he pegado, pero sí le he dicho que le voy a pegar. Y que le tiraré los juguetes, también se lo he dicho, si tarda en obedecer una orden. Y si se hace el remolón para vestirse y vamos a llegar tarde al colegio, lo amenazo con obligarle a salir a la calle en pijama, con legañas, sin peinar. A veces le grito y le miro mal, casi con desprecio, y luego me arrepiento y me mortifico, y me lo como a besos, como si una cosa fuera a compensar la otra. Cuando hago eso, no lo de besarle, lo otro, lo de gritarle y decirle cosas horribles, sé que le doy miedo. Sé que se da cuenta de que en algún lugar, escondida, está una ira desmesurada y sin sentido que trato de mantener oculta. Oculta para él, para que nuestro pequeño mundo no sea un mundo hostil. Para que se sienta querido, protegido. Para que se sepa importante, invencible. Pero sé que cuando no lo consigo él me teme, porque si le digo que le voy a pegar, que le voy a tirar los juguetes, que le obligaré a salir a la calle sin vestir y sin peinar, me cree con la misma fe que cuando le digo que le quiero, que le quiero más que a nadie en esta vida, que no hay nadie que me importe más, que todo lo hago por él.

Dicen que el amor más incondicional es el de los padres a los hijos. Cuántas veces lo habré oído. Pero no es verdad. Hace poco escuché en la radio la historia de un niño de once años que llevaba viviendo solo desde los nueve. Su madre, que tenía mi edad, le había dejado allí para irse con un novio al pueblo de al lado. De vez en cuando le acercaba algo de comida, volvía a marcharse y le abandonaba de nuevo solo en un piso sin luz ni agua caliente. En la escuela no notaron nada; siempre iba aseado, hacía sus tareas, nunca dio motivos para que enviaran una de esas notas de «queremos hablar con usted sobre el comportamiento de su hijo», y el niño nunca la delató. Fue un vecino el que la denunció. El crío lo único que hacía era quererla, querer que volviera, querer que le quisiera. Eso no lo dijeron en la radio pero yo lo sé. Lo sé. Lo sé bien.

La incondicionalidad está en el amor de los hijos a los padres cuando son pequeños. Luego crecen, y ese sentimiento que era indestructible y generoso, que se daba a manos llenas a cambio de migajas, se vuelve débil y se rompe. Eso fue lo que nos pasó a mi madre y a mí, y eso es lo que más miedo me da que le pase a Javi. No quiero que deje de quererme, que un mundo sin mí le parezca la mejor opción. No quiero que se vaya lejos, que huya del plural que formamos nosotros y se construya una vida para él solo. Y sin embargo, me molesta, Javi, como yo la molestaba a ella. Hace un momento, por ejemplo, cuando no me dejaba hablar por teléfono porque quería merendar, hubiera querido hacer que desapareciera, pero también otras veces, cuando me da por imaginar cómo sería mi vida de no haberle tenido. A dónde podría ir, ligera de equipaje, ahora que aquí todo parece haberse torcido.

Llevaba dieciocho años en Oficlean y desde que me despidieron no tengo trabajo estable, ni amigos, ni nadie que me retenga. Solo él. Sin Javi tal vez volvería a Ibiza. Ya no estoy para servir copas, pero podría intentar meterme en un hotel y aprendería idiomas y me esforzaría tanto que en poco tiempo dejaría la limpieza y podría pasar, qué se yo, a recepción, y en recepción seguiría estudiando inglés y haría un curso de masajes, que se me dan muy bien, o eso me dice Javi, que cuando se los hago se duerme enseguida, pero llegados a este punto, ya se me ha colado en la fantasía y me doy cuenta de que ni siquiera lo podré intentar porque yo sin él no quiero ir a ningún lado, por mucho que me fastidie. Y entonces, a veces, muchas veces, me enfado: con él, por estar en mi vida, y conmigo, por no haber sabido evitar que estuviera y también por desear que no esté.

Soy una persona horrible. Porque la mayor parte del tiempo soy consciente de que si no fuera la madre de un niño como Javi, si no fuera la madre de Javi, mi vida no tendría sentido, porque hasta que no le tuve, hasta que no salió de dentro de mi cuerpo, yo no era más que alguien que no hacía otra cosa más que huir, de las personas, de los afectos, de los compromisos. Al principio creía que me alejaba de mi madre, luego pensé que era a mi pasado a lo que le daba la espalda y al final comprendí que era toda mi vida, mi vida entera, lo que me hacía correr bien lejos. No lejos de ella. Lejos de mí. Eso lo supe cuando nació Javi, que ya no quise desaparecer. No inmediatamente, porque inmediatamente solo quería que dejara de llorar, que durmiera más de dos horas seguidas, poder ducharme tranquilamente o no salir a la calle manchada de vómito o de mocos. No le quise cuando nació. Eso vino más tarde, cuando le conocí.

Sin embargo, mi madre me quiso desde el principio. Ella me lo dijo. Me dijo que me buscó, y yo a mi hijo me lo encontré sin buscarlo, y si me hubiera dado cuenta antes, seguramente ahora no estaría viéndole mirar cómo saltan obstáculos los perros grandes y cómo se meten por los túneles los perros pequeños mientras sus dueños hacen lo que pueden para que no se peleen ni intenten montar a las perras. Los señala con el dedo y se ríe cuando se caen del tobogán, o cuando se huelen el ojo del culo.

Le faltan los incisivos superiores, y no le salen bien las eses cuando habla. Eso me da ternura. Pero no me hace falta que cecee para quererle. Le quiero. Le quiero muchísimo. Le abrazaría y le cubriría de besos cada vez que se ríe, o cada vez que llora, o cada vez que dice *erez* la *maz* guapa o cosas así. Ahora le quiero tanto que si pienso que le puede pasar algo, lo que sea, me empieza a doler tanto el corazón que creo que me está dando un infarto, pero cuando supe que estaba embarazada me habría deshecho de él de haber podido hacerlo. Eso mi madre no lo supo entonces, porque no nos hablábamos, ni lo sabrá ahora, porque ya no nos podremos hablar.

¿Qué me hubiera dicho? Se hubiera enfadado. Me hubiera dicho de todo, por haberme emborrachado, después de haberle reprochado tantas veces que ella bebiera hasta perder el sentido, o por haberme acostado con alguien sin tomar precauciones, yo, que cada vez que cambiaba de novio le recordaba que tuviera cuidado para no quedarse embarazada. También me habría echado en cara que me negara a ver la realidad, que me empeñase en creer que tenía un desarreglo durante cuatro meses o que el chocolate tenía la culpa de que la ropa se me quedase pequeña, y cuando todo resultó evidente, quizá me hubiera animado a deshacerme de él y se hubiera ofrecido a ayudarme dándome dinero. No le hubiera querido, a Javi. Si no me quería a mí, ¿cómo habría podido quererle a él?

Al principio sí me quiso, cuando no bebía, o cuando no le habían hecho tanto daño. No sé qué vino primero, si el daño o la bebida, o si fue todo a la vez. Pero sí sé que me quería. Por eso tengo este nombre tan raro, Salomé, que tantas burlas me ha costado en un mundo lleno de marías, de cármenes, de rosas, de pepas, de paquitas, de raqueles y de julias. Pero es que yo, cuando nací, casi me morí. Nací morada, flaca, falta de aire, sin llorar. Me lo contaba mi madre, que pasé semanas en una incubadora, que ella iba a darme de comer y que lloraba y lloraba, porque me había buscado tanto, porque no había parado hasta encontrarme, y ahora que me tenía, ahora que sabía cómo olía mi piel y cómo sonaba mi llanto, no quería separarse de mí nunca más, y si yo vivía, ella tenía que vivir, y si yo moría, ella tenía que morir, y el rato que no estaba dándome de mamar, lo pasaba en la sala de espera de la maternidad y el que no estaba allí, se metía en la capilla del hospital donde se encontraba a menudo con una monja argentina que se llamaba Salomé, pero se hacía llamar sor Eduvigis, porque Salomé no le parecía nombre de monja después de lo que le hizo al pobre San Juan Bautista. La cuestión es que veía llorar tanto a mi madre, con tanta angustia, que empezó a rezar por mí y ella, a cambio, le prometió que, si sobrevivía, me bautizaría con su nombre en cuanto saliésemos del hospital para que nos acordásemos siempre de que yo estaba viva por intermediación divina y por puro amor. Viví, pero mi madre terminó por olvidarse de la monja, de Dios y, sobre todo, del amor.

Javi no sabe quién es su padre. Nos conocimos por casualidad en una fiesta de Navidad a la que ninguno de los dos quería ir, y si no fuera porque esa noche me quedé embarazada, no habría vuelto nunca a pensar en él. Sé pocas cosas de ese hombre que me cambió la vida. Sé que se llamaba Melchor y hacía bromas con su nombre de rey mago; que trabajaba en un banco, pero que aspiraba a trabajar en bolsa; que había ido a la cena de Navidad con sus compañeros, aunque no le apetecía salir, porque le hacía gracia una que trabajaba con él y que no le estaba haciendo ni caso y tuvo que conformarse conmigo; que bebía *gin-tonic* de Sprite con ginebra rosa y era generoso con las invitaciones, y por eso bebimos más de la cuenta; que desconocía la mayoría de las canciones que estaban sonando y que se comprometió a aprendérselas todas para la fiesta del año siguiente. No sé en qué banco trabajaba, ni si lo dejó para ser bróker, ni si consiguió salir con aquella chica que esa noche pasó de él, ni si volvió al mismo sitio un año después y le dio pena no encontrarme o ni siquiera me buscó porque no me recordaba. Para entonces, Javi aún no tenía cuatro meses y yo estaba de baja por maternidad.

No me acuerdo de cómo era, y yo me parezco poco a la que fui. Estoy más delgada, pero más ancha de caderas después del parto; aquella noche debía de llevar el pelo teñido de rosa, o de morado, porque me gustaba cambiar de imagen, y debía de estar guapa, porque solía cuidarme, maquillarme, comprarme ropa bonita. Ahora, nada de eso. Uso ropa cómoda que disimule mis complejos, que tengo para parar un tren. En la cabeza me haría un *buzz* o un *pixie*, pero no me atrevo. El corto no me queda bien. Me conformo con una media melena castaña porque tintarme me da pereza, y cuando crece, me apaño con una coleta hasta la siguiente visita a la peluquería. A veces, me lo hago yo misma. Me refresco la técnica con tutoriales, y si queda mal, coleta de nuevo.

La cuestión es que Melchor podría estar en cualquier sitio. Podríamos coincidir por el parque, yo paseando a Javi y él paseando a su perro o yendo en bici o lo que sea que hace la gente que no tiene hijos cuando va al parque, y ni nos reconoceríamos. O a lo mejor sí tiene, hijos, y caminaría con ellos de la mano, abrazado a su mujer, que veo a muchas familias así y me pregunto cómo no se caen, cómo mantienen el equilibrio con tanto abrazo, y no nos daríamos ni cuenta de que él es él ni de que yo soy yo ni de que Javi es Javi y los otros, sus hermanos. Algún día Javi me preguntará, lo sé, y cuando llegue ese momento le diré la verdad, pero se la edulcoraré. Quiero decir, no creo que le diga: mira, me acosté con un hombre una noche que salí de fiesta y no me di cuenta de que estaba embarazada hasta que fue demasiado tarde para abortar. Hay ocasiones en que pienso que le diré que fui a una clínica y pagué por una inseminación artificial y que pedí que me inseminaran con el semen de un físico nuclear de Suiza o de Noruega, porque es listo y es tan rubio como si tuviera el sol dentro del pelo, y tiene los ojos claros, y no como yo, que los tengo marrones, y en mi fantasía él me pregunta qué es el *zemen* y yo me muero de amor. Otras me imagino que le digo que su padre y yo nos quisimos mucho, pero que le atropelló un camión cuando bajaba a tirar la *bazura* y no he encontrado todavía a un hombre que esté a la altura de aquel que nos arrebató ese accidente.

Tengo claro que le mentiré solo un poco, lo justo para que se sienta cómodo con la realidad que invento para él. Para que no se haga preguntas que no sepa responder. Quién es mi padre. Dónde está. Por qué no me quiso. Por qué se marchó. Las mismas que llevo haciéndome yo. Toda la vida. Y eso que sé las respuestas. No tuve que indagar demasiado: mi madre me lo dijo desde el principio. Mi padre se fue por mi culpa. No nos quiso, ni a ella ni a mí, porque yo lloraba mucho y no les era posible descansar, porque me pasaba el día pegada a mi madre y no les dejaba intimidad, porque hacía muchas preguntas y era agotadora, y como mi padre se fue, a mi madre no le quedó más remedio que empezar a beber, que dejar de quererme, porque la culpa de todo la tenía yo.

Así se ha muerto, sin querer a la hija a la que tanto buscó.

4

Consuelo me cuida al niño cuando tengo que trabajar, cuando no hay colegio o cuando Javi está enfermo. Vive en la puerta de enfrente. Su casa y la mía son simétricas y nuestras vidas también. Las dos son exactamente igual de aburridas. Yo cuido de un niño y ella de un viejo, y como le gusta más cuidar al niño que al viejo, tenemos un trato: yo le dejo que lo tenga y ella lo tiene.

El marido de Consuelo se llama José Luis y no sé su edad, pero es mayor. Puede que no sea tan viejo como aparenta, porque no tiene dientes y no siempre se pone la dentadura postiza.

Consuelo hace bromas.

—No se le levanta, pero ni falta que hace, porque sin dentadura eso es gloria bendita.

Se descojona ella sola. A mí el sexo oral ya no me gusta. Antes me gustaba, al principio. Luego la vergüenza ganó la partida y no dejó que me gustase más. Me da vergüenza que alguien meta su cabeza ahí abajo, tan lleno de pelo y puede que de mal olor. Chuparla tampoco me gusta, aunque las veces que he tenido ocasión, la he chupado como cuando me gustaba, porque también me da vergüenza que piensen que soy una estrecha, una pánfila, pero hace tiempo que ya no le encuentro el punto. Y si me apuras, tampoco a vivir. No es que no me guste vivir, me gusta, quiero vivir, pero si lo pienso bien, no le acabo de ver la gracia. Tengo treinta y siete años, pero soy más vieja que el marido de Consuelo, aunque yo sí tenga dientes.

José Luis camina despacio con unas gomas de oxígeno metidas en la nariz. Se conocieron en un club de alterne y se casó con Consuelo. Parece un buen hombre, bondadoso, cariñoso a su manera. No me lo imagino yéndose de putas, y si lo pienso se me revuelve el estómago, pero nunca les he dicho nada, por mal que me parezca. ¿Quién soy yo para juzgar a los demás? Mi vida deja mucho que desear.

Tampoco creo que sea verdad que le coma el coño. Se ahogaría si se quitara las gomas y con las gomas no debe dar gusto. Pero a Consuelo le hace gracia decirlo, le hace gracia escandalizarme y que Javi pregunte qué comida es esa, y cuando le dice que es la comida más rica del mundo, el niño se vuelve loco preguntando si alguna vez haremos coño para comer o que si existe la pizza o el helado de coño. Consuelo se ríe tanto que le entra la tos, y a José Luis se le dibuja una sonrisa en los ojos y se golpea las rodillas con las manos como si lo oyera por primera vez cada vez que lo escucha.

Me cuidan al niño por esos momentos. Yo les dejo que me lo cuiden, por esos momentos, y porque me viene mucho mejor eso que pagar a alguien que se haga cargo. Otras mujeres colocan a sus hijos con sus madres o con sus suegras. Yo no puedo. Suegra no tengo. Madre ahora tampoco, pero cuando tenía, no lo hubiera dejado con ella ni muerta. Que se quedara con ellos fue la solución más natural. Al fin y al cabo, las paredes que nos separaban eran tan finas que parecía que Consuelo hubiera criado conmigo a Javi. Sabía de sus cólicos del lactante, de sus regurgitaciones después de los biberones, de sus siestas interminables y de sus noches toledanas; también sabía que era simpático y risueño, que no se quejaba si lo dejabas en el balancín y que podía pasar horas mirando la televisión encendida pusieran lo que pusieran. Se llevaban bien. Cuando coincidíamos en el rellano, ella le hacía carantoñas y, si me descuidaba, se lo metía en su casa hasta que le entraba hambre o necesitaba cambiarle el pañal. Que fuera ella la que se encargase de mi hijo a mi vuelta al trabajo, a todos nos pareció mejor plan que llevarlo tan pequeño a cualquier guardería en la que, decía Consuelo, no haría otra cosa más que contagiarse de los virus de los otros niños. Ella no me quería cobrar, y solo cedió cuando yo le dije que si no pagaba, no lo dejaría a su cargo.

Se ha criado con ellos desde los cuatro meses. Cuando tuve que ir a hacer la preinscripción en el colegio y le dije a Consuelo que después de ese verano ya no seguiría pagándole, ella me llevó a la cocina con cara de pocos amigos. Abrió la puerta de la alhacena, retiró unos cuantos paquetes de arroz y de garbanzos; apartó unos botes de melocotón en almíbar y sacó por fin una vieja caja de hojalata de Cola-Cao. La abrió y me la puso delante de las narices.

—Aquí está todo lo que me has dado, desde los primeros ciento cincuenta euros que me pagaste hace veintisiete meses.

—¿Y por qué lo tienes ahí?

Me miró como si fuera gilipollas.

—¿Cómo que por qué? Pues porque no me dejaron abrirle una cuenta en el banco, eso solo podías hacerlo tú. Ahora mismo aquí hay cuatro mil cincuenta euros, y cuando Javi entre al colegio, habrá casi cinco mil porque nos dará la gana de hacerle un regalo por su cumpleaños. Y a partir de ahí, nosotros pondremos en el bote lo que queramos y cuando queramos.

Supo lo que estaba pensando y evitó que lo dijera.

—Este dinero es de Javi, para que Javi se lo gaste cuando quiera en lo que quiera. Tú no lo vas a tocar.

Yo no le gusto a Consuelo, ni como persona ni como madre, pero me aguanta porque no puede vivir sin Javi. A mí ella sí que me gusta. Me gusta su manera de reír porque provoca la risa de mi hijo, y me gustaría tener su forma de tratarle, de no perder la paciencia ni siquiera la decimonovena vez que el niño le pregunta si quiere que le cuente el cuento de María Sarmiento o cuando no les deja dormir la siesta porque no deja de cantar que la vaca Lola tiene cabeza y tiene cola, o cuando se hace el remolón para irse de su casa y volver a la nuestra. Me gusta Consuelo, porque me la imagino engordando ese tarro, sin perder la esperanza de que llegue un día y Javi pida algo imposible, algo raro, algo que no podamos pagar, y ella diga: aquí lo tienes, yo te lo daré. Y me gusta porque me enseña cosas, como la de guardar el dinero en botes de alimentos por si vienen ladrones, y porque sigue haciéndose cargo del niño, más que nada porque él siempre quiere estar con ellos. A comer, a cenar, a pasar la mañana, a ver cómo cae la tarde. Poco a poco empezaron a incluirme en algunos de sus planes, seguro que porque insistió mi hijo. A veces acepto, y la mayoría, no. La relación es entre ellos, es cosa suya. Pero debe de ser verdad ese refrán que tanto le gusta a Consuelo, que la costumbre se hace ley, y nos hemos acostumbrado a estar juntos.

A cambio de todo lo que hacen por el niño, por nosotros, yo me encargo de ayudarles con la casa, con la compra, con las pequeñas reparaciones o con algunas gestiones en el ayuntamiento o con los bancos. Últimamente, insiste en pagarme si me pide que le eche una mano con la limpieza, le regala ropa o cuentos a Javi, y está empeñada en que le apunte a clases de natación en la Petxina, y como dice que es idea suya, insiste en pagarlo ella.

Consuelo es ruda, a pesar de su acento cantarín y de su manía con acabar todas sus frases con un *quilla* o un chocho que hace que todo parezca una broma aunque nos esté riñendo o esté enfadada por algo, pero nos cuida. Son lo más parecido a una familia que tenemos Javi y yo, y nosotros intentamos corresponder. A Javi le sale natural. Yo me esfuerzo, pero me pasa como a Consuelo, que no sé ser cariñosa, y mis gestos de cariño acaban diluyéndose en mi temperamento frío. Por ejemplo, si quiero limpiarles la casa en profundidad, les obligo de malos modos a que se vayan a comer con el crío un sábado al mes, y me enfado cuando remolonean o me dicen que no quieren irse, y eso que sé que a José Luis no le gusta salir. Apenas deja la casa. Le da pereza cargar con el oxígeno y Consuelo pisa muy poco a la calle porque le duelen las piernas y no puede bajar los cinco pisos del edificio.

El edificio no tiene ascensor porque los propietarios de los pisos de las primeras plantas no quieren gastarse los siete mil euros que cuesta la instalación. Dicen que no lo necesitan y cuando sale el tema en las juntas de vecinos desvían la atención diciendo que en breve tendrán que empezar las obras de la fachada porque les obliga no sé qué ley de la que solo se acuerdan cuando se habla del ascensor. Ponen el grito en el cielo, se quejan, se oponen; la fachada, dicen, está bien como está y las leyes solo sirven para tocar los cojones. A mí, personalmente, lo del ascensor no me importaría si no fuera por Consuelo y José Luis, y lo de la fachada me da igual, porque llegado el momento la pagará Rafa.

Rafa es mi casero. Se hace cargo de los gastos de la comunidad, y de las grandes reparaciones. De las pequeñas ni le informo. Nunca me he retrasado en el pago. Para mí es sagrado. No le dije que me había quedado en el paro, pero me llamó para saber si yo conservaba el empleo después de leer la noticia en el periódico. El caso fue sonado. No tanto como si los despidos hubieran ocurrido en una multinacional que fabricara coches, pero unos cuantos hicieron una huelga de hambre para evitar lo que al final fue inevitable. Tal vez lo único que consiguieron fue que mi casero se enterara de que mi empresa reducía costes por el eslabón más débil de la cadena.

Cuando le confirmé sus sospechas, se puso a hablar de la crisis global, de la energética y de la económica, de la guerra de Ucrania, de la de Israel y Hamás, de las que todavía seguían en marcha, pero de las que ya no se hablaba, coño, dijo, que parece que solo nos importan las que hacen que paguemos más por el petróleo o por el gas o por todo lo que sea que venga en barco. Rafa se quejaba del egoísmo de la sociedad, decía que todos debíamos arrimar el hombro porque en los malos momentos era cuando se tenía que demostrar la bondad intrínseca del ser humano, porque hay más gente buena que mala. Desconecté de la conversación. De vez en cuando decía «ah, sí», o «anda, vaya» y hacía un esfuerzo para mantener la atención mientras colocaba la compra en los estantes, pero la monotonía de su voz y lo trillado de sus argumentos conseguían que mi interés regresara al orden de los botes de conserva, de las sopas de sobre y del kétchup y la mayonesa, que en mi casa no podían faltar si quería que Javi se comiese cualquier cosa que le pusiera en la mesa. Él repitió mi nombre, Salomé, y atrajo mi atención. Le oí decir que tenía toda la intención de seguir siendo mi casero, que estaba contento conmigo, que nunca le había dado problemas y era una inquilina respetuosa y formal. Me pidió que no me preocupara, y me preocupé. Por eso le escuché perfectamente cuando me advirtió de que había estado revisando nuestro contrato y podía rescindirse con un mes de preaviso. Que era bueno, pero no tonto. Eso no me lo dijo, pero no hizo falta, porque ya tenía toda mi atención y escuché sus palabras y sus intenciones también.

—¿Eso pone en el contrato? —pregunté.

—No exactamente, pero lo he consultado con mis abogados. Te explico: nosotros firmamos por cinco años, y luego los prorrogamos por otros tres que justamente se cumplen el mes que viene —respondió.

—Cómo pasa el tiempo.

—El tiempo vuela —rio. Se puso serio para continuar con su explicación—: Lógicamente, con tu nueva situación, no puedo arriesgarme a renovártelo. Si te lo renuevo y no puedes pagar el alquiler, sería un problema para los dos. Tú serías una okupa, y eso te convertiría en una delincuente, y yo tendría que emprender acciones contra ti que, sinceramente, no estarían a la altura de la relación que hemos mantenido hasta ahora.

—¿Entonces? Si no me renuevas el contrato, ¿tendremos que irnos? —me angustié.

—No, nunca te haría esa putada. No soy tan cabrón. El contrato se da por renovado mes a mes. Seguimos como estamos, pero con un plus de sinceridad. Mientras me pagues, puedes continuar en el piso porque yo me comprometo contigo a no buscar otro inquilino y te pido a cambio que si ves que tus circunstancias cambian, que me lo hagas saber lo más pronto posible.

Se produjo un silencio incómodo.

—Me hago cargo de tu situación, y lo lamento de verdad —dijo al cabo de unos instantes—. Pero yo también tengo mis obligaciones, mis cargas. Acabo de comprarme un apartamento en Jávea y cuento con el dinero del alquiler para afrontar la hipoteca.

Le dije que lo comprendía, porque además era la verdad: comprendía que fuera hipócrita y egoísta, que creyera que hablar de solidaridad le convertía en solidario, que decir que le importaba el prójimo, que odiaba las guerras, que entre todos haríamos un mundo mejor, le haría ser uno de los buenos. Lo comprendo. Es tan habitual que lo que me cuesta entender es la verdadera bondad.

—No te preocupes, Rafa. Me parece una buena solución —mentí, y añadí una verdad—: No voy a tener problemas de dinero porque sigo limpiando en varias casas. En unos días empiezo a cobrar el paro y estoy segura de que no agotaré los dos años, porque ya sabes que a nosotras no nos falta trabajo nunca.

Eso es cierto. No falta nunca trabajo para quien limpia la mierda que los demás no quieren limpiar. No es que sobren las ofertas, ahora que busco casas me doy cuenta, pero no faltan. Lo que sobra es gente que cree que trabajar en esto es fácil, que cualquiera puede. Cuántas veces habré oído eso de «antes me pongo a fregar escaleras» cuando alguien no quiere hacer algo, o cuando quiere cambiar de vida, como si esto fuera la llave de un futuro luminoso. Y una vez leí en el periódico a una política que defendía el derecho de las mujeres que elegían ser prostitutas en lugar de mujeres de la limpieza, y luego otra, política también, que dijo que antes que pactar con no sé qué partido prefería irse a limpiar casas. No sé si ellas saben lo que es ser prostituta, pero desde luego sí que ignoran lo que es ser una criada, una sirvienta, una que no tiene ni nombre, una chica, la Kelly, *Laquelimpia*. Como si fuera gracioso.

Por eso me gustaba tanto trabajar en Oficlean: oficinas, escaleras y edificios institucionales, sin tener apenas contacto con nadie y sin que nadie nos pidiera que hiciésemos nada que no tuviéramos que hacer, que es algo que sí ocurre cuando limpias en una casa. Yo a eso le llamo los «Jacques»: ya que estás aquí, vigílame al niño; ya que estás aquí, échame una mano con la compra; ya que estás aquí, dale conversación al abuelo, que tiene Alzheimer y hay que estimularlo. Haz la comida, que no te cuesta nada y el arroz al horno te sale más bueno que a mí; atiende al repartidor; espera al técnico de la lavadora y págale; baja al mercado, que se me han olvidado los huevos. O las culpas, que son siempre para ti cuando desaparece algo de la casa: un anillo, las cartas del marido cuando era el novio, tabaco, mascarillas, dinero. Piensan que se lo has robado tú en lugar de pensar que se lo han gastado sin darse cuenta, que se ha caído en el sofá, que las rompieron en un enfado, que se lo fumaron, que las tiraron porque se les estropeó la goma de tanto reutilizarlas aunque fueran de un solo uso. No es tan sencillo entrar en la intimidad de otras personas, en sus dormitorios, en sus cuartos de baño, recoger sus miserias, oírlas, verlas, pero fingir que no ves ni escuchas nada si se gritan, si no se tratan bien, si se pelean, si lloran delante de ti como si fueras invisible. No es tan sencillo que te obliguen a llamar señora y señor a un par de viejos que se creen mejores que tú porque te pagan diez euros la hora para que ellos no tengan que hacer el menor esfuerzo, que hay casas que solo se limpian cuando vamos nosotras, las de la limpieza. Y tampoco es fácil cuando a la dueña de la casa le da vergüenza que estés haciendo lo que cree que debería hacer ella o quiere ir de guay y se empeña en ayudarte y le tienes que decir mil veces que no, que no hace falta, que te deje hacer tu trabajo y ella te dice: va, que esto nos lo quitamos de encima las dos en un rato, y no se da cuenta de que, si acabas antes, cobras menos y tú estás ahí para ganarte la vida y no para lavar su conciencia. O peor todavía: sí se da cuenta, pero le da lo mismo. No sé quién es más clasista: si los que están por encima de mí o yo. Me caen mal.

Cuando entré en Oficlean me tocó la lotería. Nada de perder tiempo yendo de un sitio a otro en autobús. Se acabó el empezar a las ocho de la mañana y terminar ya de noche. Mi vida era casi como la de los funcionarios que ocupaban las oficinas que limpiaba: de siete a tres, de lunes a viernes, horas extras si quería, sustituciones si me daba la gana, reducción de jornada si me venía bien. Después de la baja de maternidad de Javi, me mandaron a las Torres, al lado de mi casa, a la Conselleria de Justicia y, a veces, a hacer horas extras a Turismo. Iba a trabajar en cinco minutos, andando, y más de un día me escaqueé para estar con el niño si estaba enfermo, o simplemente para darle un achuchón si le añoraba más de la cuenta. A menudo, Consuelo lo llevaba al parque de abajo y me pasaba horas fingiendo que limpiaba los cristales ya limpios para verle jugar. No creo que me despidieran por eso. Pero me despidieron. A mí y a varios empleados más. Algunos acababan de llegar. Otros, como yo, llevábamos media vida en la empresa, pero les dio igual. Era más rentable para ellos pagarnos la indemnización y echarnos a la calle.

El dinero del paro va al banco, con los diez mil del despido. El de la limpieza por horas, al bote de Nescafé que guardo en la nevera. Antes no lo escondía ahí. Ni ahí, ni en ningún sitio. Pensaba ¿quién va a venir a robar a una casa como esta, que está en el último piso de una finca de mierda? Pero ahora no se me va de la cabeza lo que dice Consuelo, que a perro flaco todo son pulgas, y toda precaución me parece poca. Como pensé lo del perro, compré una bolsa de bolsas para recoger excrementos, que son negras, como el café, y me busqué ese escondite. Hice diecinueve bolsitas de cien euros, porque yo, hasta hace nada, trabajaba por las tardes cuatro días por semana y dejaba en casa todo lo que ganaba, casi setecientos euros al mes. Lo dejaba para los extras, para los por si acaso, pero como nunca había ningún extra o los que había eran extras de poca importancia, y los por si acaso los pagaba con la nómina de Oficlean, la casa estaba llena de billetes por aquí y por allí. Cuando me despidieron, cambiaron las tornas. Lo decía mucho. Han cambiado las tornas. Me hacía gracia repetirlo, porque parecía que Consuelo hablaba por mi boca. A veces digo las cosas que ella dice, o como ella las dice. Digo «si encalla» en lugar de «si surge», o «no ni ná» en vez de «no ni poco», pero es que en realidad es la persona con la que más hablo. La única. A mí no me gusta hablar.

Cambiaron las tornas, y ahora el dinero del banco es el que no se toca, o se intenta no tocar, que bastante mengua con las domiciliaciones. La luz y el agua nos dejan la cuenta tiritando, y yo siempre tengo miedo de no estar atenta y que se acabe lo que hay y las deudas no nos dejen vivir. También eso se me ha pegado de Consuelo, lo de ponerme siempre en lo peor. Porque yo antes no era así. Optimista tampoco. Pero tan temerosa como soy ahora no he sido nunca. Tampoco he tenido tantos motivos para serlo. No solo por perder el trabajo. También porque yo pensaba que podría ocupar las mañanas limpiando casas, pero mis planes no salieron como yo imaginaba. Cuánto daño han hecho los robots que barren y friegan. Y las cosas, que cada vez son más caras. Y las noticias en la tele, que no hay ni una buena: guerras, atentados, accidentes, más calor que nunca, menos lluvia que antes. El mundo parece acabarse. Se ha vuelto hostil para todos. Para mí, y para las familias que podrían llamarme para limpiar en sus casas, pero no me llaman porque deben hacer turnos y se encargan ellos, con el dichoso robot. Hasta le ponen nombres. Me lo dijo la de los lunes cuando me avisó que no iba a necesitar que volviera a la semana siguiente:

—Trabajas muy bien, Salomé, y me sabe muy mal que no vuelvas, pero estamos recortando gastos y nos sale más barato que lo haga la Mari Carmen.

—¿Quién es Mari Carmen? —pregunté yo.

Ella se rio, como si tuviera gracia.

—Quién no, qué: el aspirador, que lo hace todo solo. Lo programas y te olvidas.

Me dieron ganas de decirle que a lo mejor en su trabajo también encontraban una máquina que hiciera lo que ella hacía y les saliera más a cuenta que mantenerla a ella, con sus pagas y sus horas extras, pero me callé porque pensé que lo mismo su Mari Carmen se estropeaba, o se daba cuenta de que no hacía tan bien como yo las juntas de los azulejos, y si le contestaba lo que estaba pensando, seguro que no querría que volviese a limpiar en su casa. Pero aun así, no me volvió a llamar. Tampoco la de los miércoles, que tuvo que darle el trabajo a una prima del marido que necesitaba el dinero, me dijo, más que yo porque al menos yo tenía el paro. No me quedaron nada más que los martes y los jueves, y las mañanas del primer viernes de mes. Una miseria.

Las bolsas de las cacas las compré perfumadas, y los billetes que voy sacando huelen a una mezcla de plástico y talco que a mí me dan ganas de llorar, porque cada vez hay menos y cada vez me recuerdan que mi vida se dirige hacia la mierda.

No es que me ponga en lo peor: es que lo veo como si lo peor ya hubiera llegado. El paro se terminará dentro de once meses y me acabaré comiendo el dinero de la indemnización como me estoy comiendo el de las bolsas. Me imagino que tengo que dejar la casa. No sé qué voy a hacer si dejo la casa. Si pierdo a Consuelo, no sé cómo podremos vivir.

Comemos allí, cenamos allí, vemos allí todas las plataformas de televisión, y Consuelo me dice de vez en cuando: hazme el baño, hazme la cocina, hazme la escalera, que estoy cansada, y cuando bajo a hacer la compra me apunta en la lista productos para Javi que luego me hace llevar a mi casa. Le regala juguetes, libros. A mí me recomienda programas, series, películas, y, si alguna me gusta, siempre me dice que el libro era mejor, porque sabe que a mí no me gusta leer. Consuelo me ha dicho que también me va a regalar un libro a ver si me aficiono, pero que aún no sabe cuál, que lo tiene que pensar.

Antes entraba mucho a la biblioteca, cuando iba a que me hicieran la declaración de la renta en Guillem de Castro. Nunca sacaba libros, pero me gustaba entrar y olerlos y observar a la gente que los lee por gusto o porque tiene que estudiar. Ahora ya no hacen la declaración allí, porque se les cayó un trozo de techo. Es curioso porque, al cerrar el edificio, los sin techo empezaron a utilizarlo para dormir. Paradojas de la vida.

Ahora me hacen la renta en la plaza del Ayuntamiento, pero sigo pasando por la Pilar Faus. Me gusta la biblioteca. Me gustaría leer, pero no tengo tiempo, y por la noche me caigo muerta en la cama, y, si me desvelo, pienso: ay, leería algo, pero no tengo nada que leer porque no tengo libros, y así todo. Consuelo dice que debería sacarme el carné de la biblioteca, que ahora tengo más tiempo, y puede que lo haga. Lo que sí hago es ponerme documentales en el teléfono. He visto un huevo. No es lo mismo que leer, pero aprendo un montón de cosas.

Consuelo pasa tiempo con el niño todos los días. Me anima a que salga a buscar trabajo cuando no trabajo, y cuando llego me dice que descanse un rato porque quiere alargar todo lo que pueda el tiempo que pasa con Javi, porque a Javi sí que le quiere. Cómo no va a quererle. Javi es un ángel.

Ella cree en los ángeles. Los tiene colgados en cuadros por todas las paredes de la casa, y en figuras repartidas por el comedor. Es de Cádiz. A veces no la entiendo cuando habla deprisa. En la cocina tiene enmarcado el único cuadro que no es de ángeles: un puzle de un atardecer en una playa de arenas blancas y cielo amarillo, que pone *Print of Zahara de los Atunes, ten thousand pieces*, y a Javi le dijo que era de su pueblo.

Lo otro, lo del club, lo sé porque una tarde, mientras tomábamos un café en la cocina porque Javi se había quedado dormido y a ella le daba pena despertarlo, me acabó contando que se había casado con su marido, aunque fuera más viejo, porque era un buen hombre, a pesar de que le había conocido en un club de alterne, no ahora, que ella no era joven tampoco, hacía ya más de quince años, y que ahora ella era una vieja también.

Ahora me acuerdo de esa tarde, porque fue la última vez que pensé en mi madre antes de hoy. Seguramente, cuando me acordé entonces, habían pasado años sin que me acordara y cuando lo hice antes de esa vez, también haría mucho tiempo que no pensaba en ella. Me esforcé mucho en sacarla de mi cabeza. Bloqueé el dolor, y el miedo. Vi en televisión el caso de una chica adoptada que había vivido sus primeros años en un orfanato, en Rusia. Contaba que pasó años sin quejarse, sin llorar. Que se quemaba, y no lloraba. Que se caía y no se quejaba. Que se le hacían ampollas en los pies y caminaba como si nada. Que decían de ella, con orgullo, que era una niña fuerte, resistente al daño, y que con el tiempo se dio cuenta de que lo que le pasaba no era que tuviera aguante, sino que en el orfanato aprendió que por más que llorase pidiendo ayuda o atención, o amor, nadie iría a dárselo, y aprendió a disociar el dolor, a dejarlo fuera de su mente.

Aquella tarde, por rellenar el silencio, le dije a Consuelo que ella no era vieja, que todavía era muy guapa, y ella se rio y me contestó que no le dijera mentiras, que ella había envejecido en ese tiempo y que había engordado también, pero que no le importaba porque era menos ignorante que cuando era joven y que la gordura era la alegría de la vida y por eso las flacas son más amargadas y por eso, también, la gente que se empareja engorda rápido y a la vez.

Como no tenía ni idea de qué decir sobre su pasado en un club, le dije que cuando era pequeña un vecino había matado a su mujer porque no había querido volver a ser puta después de que él la hubiera retirado. Consuelo se rio con ganas, como si le hubiera dicho una broma de las suyas, y no terminó de creerse que fuera verdad.

—Es verdad, no es broma, salimos en *El Caso*.

—¿Qué estás diciendo?

—Que sí, que salimos en *El Caso*, el periódico de sucesos.

Era verdad. Una pareja que paseaba a un perro el día de Año Nuevo de 1990 había encontrado una maleta medio enterrada y el perro había olisqueado la maleta hasta que la había desenterrado y había aparecido el cuerpo quebrado de una mujer, así lo ponía, quebrado. A los pocos días, la policía vino a por nuestro vecino, que primero nos había dicho que su mujer se había ido al pueblo a ver a unos familiares y luego nos había confesado que en realidad se había ido al pueblo para poner tierra de por medio después de una discusión. Casi a la vez que la policía, llegó el periodista del reportaje de la mujer quebrada, que ya había averiguado que la mató en un arrebato porque no tenían dinero y ella no quería volver a la calle para ganarlo. Mi madre le contó lo que sabía, que era poco, y lo aderezó con lo que imaginaba, porque las paredes eran de papel y en mi casa se escuchaba todo. No, no oyó cómo la mató, pero lo demás lo sabía todo, que discutían, que bebían, que se gritaban, que ponían música de José Luis Perales y se les sentía bailar. Estaba todo en el periódico.

Mi madre guardaba el recorte en el cajón del mueble de la televisión y lo sacaba cuando venían visitas. Se reía. Señalaba a los protagonistas con el dedo, a menudo con las uñas, pintadas de rojo, cuarteadas. Mira, mira, aquí salgo yo, y aquí sale Fernando, entre el grupo de vecinos, fíjate qué guapo, qué rabia le dio salir en la foto, aquí aún no se había hartado de la niña, y esta es la vecina en el portal, qué ignorante, que no se imaginó que su marido la iba a matar. Nunca mostró compasión por la muerta, ni la llamó por su nombre, que me parece que era Jacinta, ni mostró pesar por el asesinato. Le divertía salir en el periódico. Le divertía tanto que a veces se lo decía a los vecinos nuevos que se quedaron el piso: si os matáis el uno al otro, yo contaré vuestra historia.

A lo mejor han sido ellos los que han llamado a la policía al darse cuenta de que hacía días que no la veían y escuchar los ladridos del perro. A lo mejor han sido ellos los que ahora lo tienen, al perro.

5

Jueves

Miraval parece el mismo pueblo cuando el tren para en la estación, aunque después de tanto tiempo seguro que es un pueblo distinto. Está la misma cantina, frente a los dos chalets modernistas que tanto me gustaban cuando era pequeña. Uno tenía un pino más grande que la casa. Ahora ya no está el árbol, pero la casa sigue igual. Ahí vivían los dueños del bar, el padre, la madre, los dos hijos. Me daban envidia. Siempre estaban juntos. Parecían felices.

Mi madre iba mucho al bar, casi todos los días. A tomar un café con un poco de coñac, a beber lo que fuera antes de comer o cenar, a charlar con quien hubiera para no volver a casa. Se quedaba fumando y bebiendo cervezas con el que se sentara con ella para evitar estar conmigo, o eso pensaba yo, que la acompañaba hasta que me pedía que me marchara y la dejase en paz un rato.

El dueño tenía un perro, un bulldog francés que se llamaba Harry. A veces estaba el padre del dueño, que llegaba con una moto de minusválido y con una perra feísima que se llamaba Linda, y casi siempre había un cliente que era enano y que llevaba atado con una cuerda a un perro que se llamaba Toti, o a lo mejor Toti era el nombre del cliente enano, ya no me acuerdo. Yo no me quería ir. Me gustaban tanto los perros que no me importaba pasar horas allí, porque podía jugar con los tres. De vez en cuando venía conmigo Marisol. A Marisol también le gustaban los perros. Nos dejaban pasearlos, correr con ellos por el andén, fingir que eran nuestros. Yo quería que fueran míos, quería tener uno, pero mi madre decía que no, que eran un saco de pulgas y de infecciones, y que eran una obligación y que bastante obligación tenía ella conmigo. Me pregunto si la veré, a Marisol. Si se habrá enterado. Qué habrá sido de Marisol.

Entro al bar. Lo atiende el mismo camarero, un poco más viejo, pero ya no está el perro merodeando entre las sillas. Las paredes están adornadas con carteles de corridas de toros en un pueblo de Cuenca, fotos de la familia y recortes de periódico enmarcados, y mientras los leo pienso que me cuentan la historia que me he perdido en estos años de ausencia. Las paredes hablan del perro, que se ha perdido varias veces y lo han encontrado a base de anuncios; hablan de la hermana del dueño, que se ha hecho escritora de éxito y dice que escribir es como desnudarse; hablan del hijo del dueño, que fue el socio más joven del Valencia Club de Fútbol, con solo unas horas de vida, y que luego creció y una vez hizo el saque de honor en un partido. Las paredes hablan de una familia normal, orgullosa de tenerse y de quererse. El estómago me da un pinchazo. No es dolor, lo sé. Es envidia.

Busco un sitio para sentarme, no porque el bar esté lleno, sino por lo contrario. Tiene cinco mesas y solo una está ocupada por un hombre alto, delgado, calvo y con una barba canosa. Lleva camisa blanca, pantalones negros, una gorra en la cabeza y sandalias marrones de piel, me fijo porque va demasiado arreglado para estar en la cantina de una estación. Parece tan triste que no me apetece sentarme cerca de él, así que elijo la mesa más lejana, justo al lado del baño.

Le pido un cortado al camarero y cuando me lo pone le pregunto por el perro.

—Harry murió —me dice.

—Ay, lo siento mucho. Era un perro muy simpático.

Se encoge de hombros, como diciendo es lo que hay, morimos continuamente, o eso es lo que pienso que piensa.

El dueño se llama Antonio, pero todo el mundo le dice Tony. Tony está en algunas fotos en la pared, casi todas con un niño pequeño y con futbolistas, y en algunas con el niño, futbolistas y con su padre.

Le pregunto por su padre.

—Mi padre también murió.

—Lo siento mucho.

Lo siento mucho, de verdad.

A mí su padre me daba miedo, pero me caía bien. Tenía un agujero en la garganta y hablaba con voz de ventrílocuo porque había tenido cáncer de laringe, y una cicatriz le cruzaba la cara y caminaba con dificultad como consecuencia de un accidente de coche. Jugaba a las cartas o al dominó, según a lo que estuviera la gente jugando, y llevaba casi siempre una gorra roja de

Ferrari. Mi madre le tenía manía, decía que le ponía nerviosa que estuviera siempre en el bar, como si siempre en el bar solo pudiera estar ella, aunque lo que realmente la irritaba de ese hombre es que trató de evitar que su hijo le vendiera alcohol después de que un tren casi nos atropellara una tarde en la que, para variar, estaba borracha.

No recuerdo qué edad tenía, ni qué día fue, ni cuánto habría bebido ella, pero sí tengo presente la sensación de terror, como si todavía estuviésemos en el suelo, entre los raíles, mientras el tren avanzaba hacia nosotras. Mi madre no podía levantarse y yo quedé aprisionada bajo su cuerpo. Me lo han contado tantas veces que puedo llegar a ver, sin esfuerzo, cómo algunas de las personas que esperaban en el andén nos sacaron de allí justo a tiempo. El padre de Tony amenazó con llamar a la policía, con pedir que le retiraran mi custodia, la insultó, le dijo que era una borracha de mierda que había estado a punto de matarnos a las dos, y, por él, dijo, ella se podía morir en ese mismo instante, pero yo era una niña que no tenía la culpa de tener una madre como ella. A mi madre lo único que la ofendió fue que le pidiera a su hijo que dejara de servirle alcohol y lo único que la tranquilizó fue que Tony solo le hiciera caso a su padre los primeros días después del accidente, porque le convenció de que dejaría de beber, o, al menos, de que no bebería tanto si estaba conmigo, que tendría cuidado.

Cumplió su parte del trato. Nunca más estuvimos a punto de morir por atropello de tren, pero siguió bebiendo. Una vez se cayó por las escaleras de casa y estuvo una semana con un moratón en el ojo, y otro día se empeñó en limpiar la cocina con vinagre y lejía y a punto estuvo de intoxicarse, pero la mayoría de las veces sin más consecuencias que dejarme sin cenar porque no estaba en condiciones de cocinar o no darse cuenta de que tenía una hija que no necesitaba verla vomitar ni farfullar palabras incompresibles por el llanto y por sus borracheras.

El padre de Tony la miraba siempre con desconfianza y, a sus espaldas, me preguntaba si en casa todo iba bien. Si pasaba algo, me decía, lo que fuera, podía contar con ellos.

—Lo siento mucho, de verdad —insisto—. Apreciaba mucho a tu padre. Se portó muy bien conmigo.

Me mira, pero ya no se encoge de hombros. Solo me conoció de niña, así que, ahora que soy una adulta como él, no me puede reconocer. Le doy una pista.

—Mi madre también ha muerto. Acaba de morir. Por eso he vuelto a Miraval, después de años de no pasar por aquí.

Me mira, de nuevo, buscando algo en mi cara que le haga saber quién soy.

—Pero parece que todo está igual.

Me mira otra vez. Lo encuentra.

—¿Eres la hija de Ana?

—Sí, soy Salomé, la hija de Ana.

Sale de la barra, y me da dos besos y el pésame. Me sobrecojo un poco, porque, con excepción de Javi, hace mucho que nadie me toca ni me besa, aunque sea por cortesía. El otro cliente también se levanta y se acerca. Se quita la gorra y me tiende la mano, temblorosa, y me aprieta la mía mientras murmura cuánto lamenta mi pérdida.

—Madre mía, tú sí que has cambiado. Si eras una cría cuando venías por aquí y ahora, ¡mírate! —bromea—. Ya no podemos llamarte Salo. Ahora eres toda una Salomé. ¿Cuánto hace que no nos veíamos?

—Diecinueve años —verbalizo las cuentas que llevo haciendo desde que supe que mi madre había muerto—. Ahora tengo treinta y siete, y me marché con dieciocho.

Mueve la cabeza, asiente y mira al hombre que sigue a nuestro lado.

—Tú no la conocías, ¿verdad, Miguel? —le pregunta.

El hombre dice que sí, con un gesto, pero yo no le he visto en mi vida.

—Yo a la que conocía mucho era a tu madre —me cuenta—. Somos vecinos desde hace algunos años y...

Se queda con las ganas de decir algo más, pero se interrumpe porque entra una mujer con un perro, pequeño, marrón.

—Esto no ha cambiado. Recuerdo con cariño tu bar porque siempre estaba lleno de animales —le digo a Tony.

Se ríe.

—Mira, mamá —le dice a la mujer—, esta chica es Salomé, la hija de Ana, la dueña de Pepe, el amigo de Paquito.

Me da un vuelco el corazón porque pienso que tengo un hermano que se llama Pepe que tiene un amigo que se llama Paquito, pero pronto me doy cuenta de que Paquito es el perro pequeño marrón y que Pepe debe de ser el perro que veló el cuerpo muerto de mi madre en la cocina.

La madre de Tony, la dueña de Paquito, se llama Carmen. Me acuerdo de ella, pero no así. Me acuerdo de ella morena y risueña, bajita y rechoncha. Ahora es vieja, tiene el pelo corto y blanco. Se ha hecho pequeña, viste de medio luto y también siente la muerte de mi madre. Sonríe mucho, pero tiene la mirada triste, como todo el mundo aquí. Me pregunta si ya la han llevado al tanatorio, si harán funeral, pero es Miguel quien contesta por mí y dice que no, que aún estamos pendientes de la autopsia.

—A tu madre le hubiera gustado mucho que estuvieras aquí —me dice Carmen.

¿Seguro? ¿Le hubiera gustado? ¿Le hubiera gustado mucho? A lo mejor lo sabe, que sí, que le hubiera gustado, porque ella tiene dos hijos y el día que se muera le gustará que los dos la acompañen, pero a lo mejor lo dice por decir, por llenar un vacío incómodo, o porque cree que es lo que le tiene que decir a una hija como yo, que lleva casi la mitad de su vida sin hablarse con su madre. Me gustaría preguntárselo, preguntarle por qué me ha dicho lo que ha dicho, si alguna vez mi madre le dijo algo sobre mí, sobre lo que le gustaría que yo hiciera si ella moría, pero en vez de eso le pregunto qué edad tiene.

—Setenta y siete.

Es mayor que mi madre.

—Mi madre tiene sesenta y ocho —digo.

Tenía sesenta y ocho, me he olvidado de que ha muerto.

—¿Vas a tu casa? —Le digo que sí, con un gesto—. Te acompaño, si quieres. Yo voy a pasear a Paquito, me pilla de paso. —Se dirige a Miguel—: ¿Te vienes con nosotras? Seguro que Charo ya te está esperando.

El hombre asiente, recoge su gorra y se ofrece a pagar mi consumición, pero Tony no me la quiere cobrar. Me dice que se alegra de verme, aunque sea en esas circunstancias, que se acuerda de cuando era pequeña y jugaba con todos los perros y le pedía a mi madre que tuviésemos uno. Yo me pongo a llorar, y como me da vergüenza, me tapo la cara con las manos.

Ellos creen que es por mi madre, pero en realidad lloro por la niña que no pudo tener perro.

6

Es verdad que le pilla de paso. La cantina de la estación está en la estación y mi casa está al lado de la estación. Siempre me despertaba el primer tren de la mañana, que empezaba a circular a las seis, o a lo mejor me despertaba el timbre del paso a nivel que sonaba cada diez minutos, cada vez que pasaba un tren. Me desvelaba de madrugada y me costaba volver a dormir. A veces no lo conseguía, pero otras me quedaba frita poco antes de que el despertador sonara y mi madre entraba a la habitación hecha una fiera para espabilarme y mandarme al colegio. Si tenía la mala suerte de no volver a dormirme, pasaba el día bostezando, cansada, con ganas de irme a dormir, y mi madre se enfadaba porque decía que bastante le costaba mantenerse despierta como para tener que aguantarme medio dormida. Pero si tenía la mala suerte de volver a dormirme, no había quien me sacase de la cama y llegaba tarde a clase y mi madre se enfadaba porque decía que yo la obligaba a gritar desde primera hora de la mañana para despertarme. Y así todos los días.

Son las nueve y media. Javi se ha quedado con Consuelo. Le he dicho que me iba a trabajar. No me gusta mentirle, aunque lo hago. Hoy no era necesario. Podía haberle dicho solo adiós, me voy, pero he añadido la mentira sin darme cuenta. Mi madre saca lo peor de mí, incluso después de muerta.

Aún no hace calor y no hay mucha gente por la calle. El bar de la esquina tiene colgado un cartel de traspaso. En la otra esquina de la calle, ahora hay una peluquería y, al lado, una fuente. El edificio antes era feo y verde y ahora es feo y azul, y amarillo, pero han puesto ascensores. Estos vecinos son mejores que los míos, aunque si viviera aquí, me daría lo mismo, porque mi piso no estaba en la última planta, sino en la primera. Miro el rótulo de la calle y me entra un poco de risa. La madre del dueño se da cuenta y me da la sensación de que me tengo que explicar.

—Es que antes vivía en la calle de la Paz, y ahora vivo en la calle Democracia.

Ella no le ve la gracia. Normal, porque no la tiene. Miguel, en cambio, me sigue la corriente y se ríe.

—Yo sigo recto, por este camino que no pasan coches. Así andamos Paquito y yo.

No le digo adiós ni le doy las gracias, porque no me da tiempo. Ella y Paquito se alejan a paso rápido. Me fijo en sus zapatillas, de piel calada y cuña ligera y me pregunto si mi madre llevaría unas así, de abuela, o seguiría usando sus sandalias destalonadas de tacón cuadrado y hebillas gigantes.

Dejé una madre joven, hace tanto tiempo, y ya me parecía una vieja. Tenía cuarenta y ocho años cuando me marché, y yo acababa de cumplir los dieciocho. Llevaba ahorrando más de un año. Trabajé todo lo que pude, cuidando niños, paseando perros, haciendo los deberes que no quería hacer cualquiera de mi clase, fui camarera en el bar del polideportivo, eché una mano a la madre de una compañera que tenía una empresa de *catering* y también le sisaba dinero, poco a poco, para que no se diera cuenta. Lo que más me costó fue no contarle nada a Marisol. No quería involucrarla, pero tampoco quería que me encontrara cuando me fuera. Cortar lazos, empezar de cero. Ser otra, en otro lugar.

Lo planeé todo, milimétricamente, como no he planeado nada más en mi vida. He hecho planes alguna vez. Planes que no he sabido llevar a cabo o que se han torcido por el camino, pero esto salió tal como yo había previsto. En la academia escuché contar a una compañera que el verano anterior había sido camarera en Ibiza y se había sacado dinero suficiente para pasar sin problemas el curso entero. Contó que había ido con unas amigas de vacaciones y que en lugar de volver decidió quedarse y probar suerte. Me sonó bien, pensé que yo también podría hacerlo. Me vi capaz. Mi inglés estaba fresco; con lo que tenía ahorrado podía comprar el billete del ferri y pasar al menos un mes, si no se me daba bien y era preciso volver; y, sobre todo, tenía necesidad de escapar. No me lo pensé. Solo esperé a ser mayor de edad, no porque creyera que mi madre iría a buscarme o a denunciarme, sino porque se me metió en la cabeza que había que hacer las cosas bien. A los pocos días de llegar a la isla, ya estaba trabajando en una cafetería de Ses Figueretes. Seis meses después, volví. Uno de los clientes trabajaba en Ofliclean y me dijo: ¿por qué no te vienes a trabajar con nosotros? Ibiza estaba ya muerta, y no encontré motivo para quedarme. Y así, hasta hoy.

Cuando me fui le dije: me voy, y ella ni se inmutó ni me preguntó que a dónde o con quién, ni fingió que no entendía lo que estaba pasando y no me preguntó que cuándo volvería, solo me dijo desde el sofá:

—Aquí no vengas a pedir nada cuando te vaya mal.

Estaba viendo *Saber y ganar*, me acordaré toda la vida, que desde entonces no he aguantado el programa ni al presentador, pobre, qué culpa tendrá, y después de decirlo, subió el volumen del televisor para no escuchar si yo decía algo más, pero no dije nada. No pensé que no volvería a verla viva, pero cuando me fui, si lo hubiera pensado, me habría dado lo mismo. Ahora no lo tengo claro. Ahora no sé si querría verla una vez más, oír su voz, decirle algo, aunque fuera un reproche, aunque fuera un «Te equivocaste, no me ha ido tan mal». No es que la quiera. Eso no ha cambiado. Sigo sin quererla, como el día en que me fui.

Eso fue lo que pasó. Que ya no la quería y que ella hacía años que había dejado de querer a nadie que no fuera ella misma, y ni siquiera se quería demasiado ni se quería bien. Se trataba mal. Se enredaba con hombres peores que ella, más borrachos, más problemáticos. Se enganchaba a ellos y no les dejaba hasta que la dejaban, y vuelta a empezar. A veces por la noche la oía llorar. La oía llorar cuando estaba sola, cuando pasaba temporadas sin novios, o cuando bebía y no le daba por enfadarse o por vomitar. Y alguna vez bebía demasiado y yo la tenía que arrastrar a la cama, y esas veces se dejaba llevar como una niña pequeña, y me miraba a los ojos como si me quisiera pedir perdón por algo, o por todo, y murmuraba: ojalá tu padre no se hubiera ido, qué distinto sería si tu padre no se hubiera ido, si no se hubiera cansado.

Su relación más estable era con el trabajo. Limpiaba casas. Trabajaba mucho porque limpiaba bien, pero siempre se quejaba de que no teníamos dinero. Decía que se lo gastaba en mí, pero no era verdad. No sé si le gustaría saber que yo también limpio casas. Puede que sí, porque le gustaba hacerlo y a lo mejor pensaría que soy una buena sucesora; pero puede que no, porque le gustaba hacerlo, y a lo mejor pensaría que yo no soy lo bastante limpia o lo bastante rápida o lo bastante lo que sea para hacer lo mismo. Tampoco sé si limpiando se dio cuenta de que no todos viajamos en el mismo vagón de tren, como me ha pasado a mí, y le molestaban los que están subidos en el que parece mejor. Si le dio rabia pensar que tantas revoluciones después, los de arriba seguían abusando de los de abajo, como me pasó a mí, o si la conciencia social, la lucha de clases, el abuso de poder, el saber que lo de la igualdad de oportunidades no era más que una patraña, se la traía al pairo.

En verdad, nunca he pensado que hacía algo como ella, hasta ahora, hasta este momento, que estoy en la calle en la que crecí sin saber cómo voy a entrar en la casa en la que crecí. Mis mayores esfuerzos, en estos años, han tenido que ver con no pensar en mi madre, y me he esforzado tanto que al final lo he conseguido y no he pensado en ella. O a lo mejor sí. A lo mejor me he esforzado tanto que he pensado en ella sin pensar en ella y por eso he repetido casi todos sus pasos. No tengo amigos. Limpio casas. Tuve un hijo a la misma edad que ella me tuvo a mí, y lo crío sola. Todo como ella. Me cuesta la vida no perder la paciencia, y a veces no lo consigo. Me esfuerzo tanto en no ser como ella que ya no sé si soy como soy o como intento ser. Los peores defectos los he esquivado, eso sí. No he bebido demasiado, no me he embarcado en relaciones tóxicas, no he jugado a esa ruleta rusa. No he querido. No he sido querida. No he perdido nada. Tampoco he ganado.

Miguel me mira en silencio y reparo en que tiene los ojos pardos, tirando a verdes. Me fijo en sus manos, que siguen apretando la gorra que debería haberse puesto al salir del bar. Son manos grandes, de dedos largos. Imagino que toca el piano, o el saxo, o la guitarra, o algún instrumento que le haga moverlos deprisa, rítmicamente. Lleva un anillo de casado que le está grande y que hace girar con los dedos de la otra mano. Parece un hombre amable que quiere decirme algo y yo decido facilitarle la tarea.

—Me ha dicho en la cantina que era usted vecino de mi madre, ¿verdad? —le pregunto.

Mientras dice que sí con la cabeza, su voz me cuenta que viven en la puerta de enfrente.

—¿Fue usted quien llamó a la policía?

Se le humedecen los ojos que, definitivamente, no son pardos, sino verdes.

—Fue Charo. Fue mi mujer.

Nos quedamos callados unos instantes que se me hacen eternos.

—Charo tiene al perro, y las llaves de la casa también.

Qué suerte he tenido, me digo, pero me sabe mal decirlo en voz alta, me parece de mal tono en estas circunstancias por más que el vecino parezca más apenado que yo.

—Les agradezco mucho que dieran el aviso, si no, a saber el tiempo que hubiera pasado hasta que alguien echara de menos a mi madre.

Miguel, de nuevo, parece a punto de echarse a llorar.

—Yo me di cuenta desde el primer momento de que algo no iba bien, pero Charo no quiso que nos entrometiésemos.

Lo comprendo, pienso.

—Lo comprendo —digo.

Miguel abre la boca, pero recapacita y la cierra de inmediato. Saca las llaves del bolsillo, abre la puerta del patio y con un gesto me invita a pasar.

—Yo la apreciaba mucho —dice, por fin—. Yo apreciaba mucho a tu madre. Y ella también me tenía aprecio. Éramos vecinos, y vivimos muchas cosas juntos. Me gustaría contártelas, que hablásemos de ella.

Me mira antes de terminar la frase.

—Si tú quieres —dice.

Ahora soy yo la que abre la boca. La que se lo piensa mejor y la cierra, de inmediato.

Un tren pasa rápido y levanta un par de hojas del suelo. Si esto fuera una película, mientras la yo que soy ve pasar el tren, a mi lado se pondría la yo que fui y nos miraríamos y nos sonreiríamos, y tal vez Miguel querría abrazarme y yo aceptaría su abrazo porque, al fin y al cabo, él apreciaba a mi madre igual que la aprecié yo durante mucho tiempo, y eso nos uniría y el abrazo sería, seguro, sanador. Pero esto no es una película, así que no hay abrazo ni yo veo pasar imágenes de mí misma jugando en la calle a cámara lenta. Porque yo en esta calle he jugado mucho, a muchas cosas. A darle con la pelota a la señal del vado del garaje y si le daba, pedía un deseo. Al pañuelo, y si no me pillaban antes de llegar a mi sitio, pedía un deseo. A rascarme el brazo hasta hacerme una herida, y si aguantaba, pedía un deseo.

Una vez, me rascó más de cien veces un vecino que me gustaba. Se llamaba Vicente y era tan desgraciado como yo, aunque mucho más guapo. Tenía los ojos grises, como su madre. Su madre se había escapado con el marido de la hermana de su marido y le había dejado todos los niños a él. El padre, que también se llamaba Vicente, era basurero y estaba tan ocupado cuidando a los hijos, tan agotado, que una noche se despistó y se lo tragó el camión de la basura. Lo destrozó, pero no lo mató. Entonces volvió la madre, a hacerse cargo, con el marido de la hermana de su marido, y vivían todos juntos en la misma casa, menos la hermana del marido. Yo a Vicente no le gustaba. Vicente no tenía corazón para querer a nadie. La vida es una fábrica de hostias. Me rascó con rabia. La herida se me infectó. Mi madre casi me arreó un bofetón por jugar a gilipolleces. Mi madre tenía razón, esos juegos eran una gilipollez. Dejé de jugar a pedir deseos. Dejé de desear que me quisiera mi madre.

7

La recordaba más pequeña, la casa. Me pregunto si será para mí, o si se la quedará el banco, o si será para las monjas ursulinas. Soy su única familia, lo sé, y sé también que forzosamente algo tengo que heredar, pero no sé si hizo una hipoteca inversa, o si se la regaló a otra persona. O vete a saber. Mi madre era capaz de cualquier cosa por fastidiarme.

Me cuesta reconocerla. Cuando volvemos a un sitio en el que estuvimos de niños todo nos parece más pequeño. El piso no ha reducido el tamaño: soy yo, que estoy más grande. Y además, ha cambiado. Mi madre lo reformó en algún momento de estos veinte años. Quitó mi habitación y la juntó con la cocina, hizo más grande el baño y más pequeña la salita, que ya no era la salita, sino su habitación, más lejos de las vías del tren, más tranquila para poder dormir. Del comedor y el dormitorio principal, sacó tres espacios: en uno hay una máquina de coser Singer blanca y verde, una tabla de planchar, una mesa de trabajo con un ordenador y un armario para guardar la ropa; en otro, un sofá pequeño, azul, una tele de plasma y una estantería con unos pocos libros y algunas fotos, casi todas de ella con un perro marrón de tamaño mediano, ojos claros y una oreja más levantada que la otra, y unas pocas con algunas señoras de su edad en varias excursiones al Mercado Central, la Lonja, la plaza del Ayuntamiento, todas en la ciudad, se ve que no le gustaba irse lejos; en el tercero tiene una cama de noventa con unas sábanas de cuadros rojos y naranjas, una mesita y una estructura de armario de tela y madera, que está vacío, como esperando que venga alguien y lo llene.

Cambió el suelo, que ya no es negro con vetas blancas, sino laminado; las paredes son claras, no todas del mismo color, y las puertas son blancas, para dar sensación de amplitud. Las ventanas tienen cristal doble y las persianas son autoblocantes, y en el baño ya no hay bañera, sino ducha con hidromasaje. Mi madre vivía en una casa preciosa, en una casa moderna, de mujer joven, centrada, interesada en la decoración. Lo sé porque yo soy una mujer joven interesada en la decoración, pero, como no estoy centrada, vivo desde hace diez años en un sitio de mierda que ya era un sitio de mierda cuando entré a vivir. Rafa dice que si cambia algo, lo que sea, si pone calefacción, si quita la galería y amplía la cocina, si quita la bañera y deja el plato de ducha, dejaría de ser la casa en la que vivió con sus padres, y él lo que quiere es mantenerla tal como estaba entonces. Y, desde luego, lo consigue. Si sus padres volvieran a la vida, no extrañarían nada de la casa en la que murieron. Está hoy igual que hace cincuenta años, cuando la construyeron. Las paredes pintadas con gotelé, los muebles de cocina de formica verde. De los baños, mejor no hablar. Un pasillo interminable que desaprovecha espacio y las ventanas dejan pasar el frío o el calor.

Vuelvo a sentir ese pinchazo en la boca del estómago. Me entra envidia de mi madre, y rápidamente la envidia se convierte en indignación. Si lo que fuera que le pasó no la hubiera matado y me hubiesen localizado para cuidar su cuerpo herido, se lo echaría en cara. Le reprocharía ese cambio; ahora, ¿para qué?, le diría, ¿para quién? No me serviría nada de lo que respondiese. Me daría igual que quisiera que su casa fuera bonita para tener más ganas de vivir, o que pretendiera que cada rincón de su casa contase una historia, la suya, y que esa historia hablase de luz y de alegría. Eso, de hecho, me enfadaría. Me enfadaría que viviera mejor que yo, mejor que Javi. Me enfadaría que hubiera convertido en un palacio, en un refugio, lo que para mí no fue más que una prisión, un lugar triste, asfixiante, oscuro, en el que era imposible sentirse feliz. Se lo diría, a gritos, de malos modos. Se lo diría si estuviera en la cama sin poder moverse, con una pierna rota, o con la cabeza vendada y llena de puntos. Se lo echaría en cara. Y si no pudiera oírme ni contestarme porque lo que fuera que le pasó no la hubiera matado y me hubiesen localizado para acompañarla mientras estuviera en coma y gritarle no tuviera sentido, acercaría mi boca a su oído, como si fuera a susurrarle palabras de ánimo, de aliento, pero en lugar de llamarla por su nombre —Ana, Ana, despierta—, o de recordarle quién era yo —soy tu hija, mamá—, y pedirle que volviera —vuelve con nosotros, mamá, vuelve porque tienes que conocer a tu nieto, que va a ser la alegría de tu vida—; en lugar de eso, de mis labios saldría muy despacio, muy bajito, todo mi veneno. Mis palabras irían directas de mi garganta a sus tímpanos;

de sus tímpanos a su cerebro; de su cerebro a su corazón. ¿Será verdad que me oyes?, le preguntaría. ¿Será verdad que puedes escucharme, a pesar de estar inconsciente? Porque si es verdad, escucha esto: mira para lo que te ha servido esta reforma, mira para lo que te ha servido hacer de este piso de mierda un piso de revista. Lo imagino, y es casi como si lo estuviera haciendo, como si le estuviera murmurando mi odio. Me veo maldiciendo a mi madre en coma en esa habitación y me entran ganas de llorar. Charo, que me sigue dos pasos por detrás, con el perro atado con una correa roja, me pone una mano compasiva en el hombro. Si supiera que es mi mezquindad y no la muerte de mi madre lo que me aflige, usaría su mano para darme un bofetón.

Miguel iba a entrar con nosotras, pero Charo le ha dicho que se quede en casa, que está esperando que llegue un repartidor. Él ha iniciado una protesta: mujer, si viene, se oye desde casa de Ana, pero Charo le ha fulminado con la mirada y el hombre se ha metido dentro.

El perro llora. Gime. Se quiere soltar. Charo le pega un tirón y le dice que no.

—No, Pepe.

Está en su casa, querrá ir a su rincón, o a su manta, o a su sofá si no tiene manta ni rincón, pero Charo insiste en que no.

Me vuelvo a mirarla, con mis ojos llorosos de puta envidiosa.

—Fíjate lo nervioso que está, si lo suelto, puede destrozar la casa —me dice.

Charo no me parece ni bien ni mal, aunque me da mal rollo. Me alegro de que se diera cuenta de lo de mi madre, y le agradezco que se haya hecho cargo del perro, porque ¿qué habría pasado con el perro si no? ¿Se lo habría llevado la perrera, estaría ya muerto? Seguramente sí. Pero si nos ponemos, el perro no es suyo, y la casa no es suya, y yo soy la hija de Ana, así que, si nos ponemos, el perro es más mío que suyo y si destroza la casa, pues que la destroce, porque su dueña ya no está, y en su ausencia yo soy la responsable. Así que me armo de valor y le digo lo más parecido que se me ocurre.

—¿Por qué se llama Pepe el perro?

Charo no lo sabe.

—No sé por qué le puso Pepe, pero en realidad el perro se llama Haddock. Mira. —Me señala una placa del collar—. Lo pone aquí: Haddock.

—¿Como el de Tintín?

A Javi le encanta Tintín. José Luis le lee sus historias desde pequeño, por eso sé quién es.

Se encoge de hombros.

—Tu madre se lo encontró en la calle, perdido o abandonado, y se lo quedó. Le dije que avisara a los municipales por si alguien preguntaba, pero no quiso hacerlo y aquí se quedó el pobre.

—Pero si se llamaba Haddock, ¿por qué le cambió el nombre?

—Ni idea. A lo mejor no lo sabía pronunciar, o no le gustaría.

—¿Y cuánto tiempo hace de eso?

—Puede que un año, no estoy segura.

—¿Me lo deja, Charo?

Me tiende la correa, a regañadientes. Cuando la tengo, suelto al perro. Se acaba la tregua. Me doy cuenta de que ella ha tratado de fingir cordialidad y yo he reprimido la mala impresión que me ha dado desde el principio, así que le sonrío como diciendo: te jodes, Charo.

Charo mueve la cabeza de un lado a otro.

—El perro va a destrozar la casa, Salomé, y te va a costar mucho volver a cogerlo.

Me encojo de hombros, ahora yo.

—No tengo nada más que hacer que pasar aquí la mañana, en la casa de mi madre. El perro me hará compañía.

Pero el perro pasa de mí. Se va directo al cuarto de mi madre y se mete debajo de la cama.

Charo me dice que ya me lo dijo y yo le digo que tal vez podría dejarme sola un rato en la casa, mientras me ocupo del perro y me hago a la idea de cómo fue la vida de mi madre en los últimos años. Lo del perro se lo digo. Lo de mi madre, lo pienso nada más.

Me dice que no pasa nada, que me acompaña el tiempo que yo necesite, y así puede responder a lo que yo le pregunte.

Tiene un poco de mala hostia. Empieza a parecerme más mal que bien.

—Así te ayudo a rellenar huecos, que debes tener muchos después de tantos años sin aparecer por aquí.

Insisto en que no, en que prefiero estar sola, en que no tengo preguntas.

Su mala hostia va en aumento.

—¿Solo tenías curiosidad por el nombre del perro?

La ignoro. Le pido que me deje sola.

A regañadientes, como antes, me dice que estará en su casa, que si necesito algo que se lo pida. Ella necesita la correa del perro, por algún motivo que se me escapa, y me pide que se la dé.

—No toques nada, ni te lleves nada —me pide—. Eres la hija de Ana, eso no te lo puedo discutir, pero no os unía nada más que la sangre. No te preocupaste de tu madre, no la llamaste ni una sola vez, nunca pensaste si estaría bien, si estaría mal, si le haría falta algo o si tendría alguna alegría que contarte o si estaría triste o se sentiría sola. No me fío de ti. No eres buena persona, Salomé. Lo que tú le has hecho a tu madre no se le hace a una madre.

Es verdad. Nunca hice nada de eso que dice Charo. Pero ¿acaso tenía que hacerlo? ¿Tenía que haber vuelto, haberla visitado, haberme preocupado por ella? ¿Tenía que haber desandado el camino que escogí, haber dado pasos atrás? ¿Hubiera sido mejor volver, dejar que me siguiera haciendo daño? De haberlo hecho, le habría caído algo en la cabeza y la habría matado o no se habría muerto y al caer se habría golpeado en la cabeza, y no quedaría solo un perro perdido con el nombre cambiado para ser testigo de su amargo final. Yo estaría con ella.

Era mi madre, eso yo tampoco lo puedo discutir, pero al final no nos unía nada más que la sangre. Charo da en la diana.

—Tu madre tenía razón. Eres una egoísta —insiste Charo.

Sale de casa, dando un portazo. Entra en la suya, dando un portazo. La oigo hablar con su marido. Habla fuerte para que la oiga, aunque no hace falta: las paredes son de papel, como cuando los otros vecinos bailaban a José Luis Perales antes de que él la matase y quebrase su cuerpo. Le dice lo que me ha dicho a mí, que soy egoísta, que no soy de fiar, que he venido a llevarme algo, quién sabe qué, que tengo humanidad de vaca, que miro con mirada lánguida, que no tengo sangre en las venas, que no parezco hija de mi madre, que mi madre se bebía la vida y que yo en cambio parece que solo la como. Miguel protesta, bajito, y le dice que ya está bien.

—Te va a oír, Charo.

—Que me oiga, me da igual. ¿Para qué ha venido?

—Mujer, se acaba de morir su madre.

—Pues su madre antes de morir estuvo viva muchos años y a ella le dio lo mismo, así que ahora que no se haga la huérfana, porque esta pájara hace mucho tiempo que es huérfana para lo que le ha dado la gana.

El marido está más de mi parte que de la suya, y no me sorprende, porque Charo, que a estas alturas ya me parece realmente mal, no solo tiene pinta de ser insoportable, sino que parece ser de las que no sueltan la presa cuando la tienen cogida. Las heridas que tendrá en el cuerpo ese pobre hombre, las dentelladas. Pienso en sus dedos de pianista, en sus manos temblorosas, en su mirada triste, y me dan ganas de ir a rescatarle.

—No sabemos qué pudo pasar entre ellas para acabar así, Charo.

—Ana era una buena mujer.

—Creía que te caía mal —protesta Miguel.

—Y me caía mal, pero una cosa no quita la otra. Me caía mal, pero su hija me cae peor todavía. Así que, si me da la gana, puedo decir que era una buena mujer —se justifica Charo.

—Con nosotros era una buena mujer, contigo era una buena mujer, pero las personas somos capaces de lo mejor y de lo peor al mismo tiempo, según con quién nos relacionemos o según cómo nos vaya. Y tú sabes que hubo un cambio en su vida cuando dejó de beber, que las escandaleras que formaba antes ya no las volvió a formar, y eso se lo tragó todo la hija.

Charo insiste.

—Yo no tengo queja de ella.

—Es que no es lo mismo dejarte un poco de sal o una botella de leche que criar a una hija. No es lo mismo ser una vecina normal que una madre normal.

—No me salgas con tu filosofía de barra de bar, Miguel.

—No es filosofía de barra de bar, es la realidad. Yo lo que digo es que algo muy grave debió de pasar para que una chiquilla se fuera de casa y no quisiera volver hasta que no le han dicho que su madre se ha muerto.

—A mí Ana no me gustaba, ya lo sabes tú. La trataba porque la tenía que tratar, porque era vecina y las vecinas nos ayudamos. Hablabas con ella tú más que yo, que te lo dije mil veces. Para mí era una estirada, siempre mirándome por encima del hombro como si tuviera algo que yo no tengo... Pues mira, ahora sí que lo tiene —se ríe—. Ahora tiene la muerte.

—No digas eso, joder.

—Digo lo que me da la gana. Y digo que las veces que le pregunté, Ana me juró que no había pasado nada —enumera la lista de agravios como si se la supiera de memoria—. Que la niña era difícil y, por lo que he visto, se quedó corta, la pobre. Que ella lo hizo lo mejor que supo, que la sacó adelante sola, que eso ya lo sabes tú, que el padre la dejó, y que ella debió de salir al padre porque una tarde entró en el comedor mientras ella estaba viendo las noticias y le dijo: me voy. Yo creo que es una de esas personas que solo piensan en sí mismas, de esas incapaces de ponerse en la piel de los demás.

No estaba viendo las noticias. Estaba viendo *Saber y ganar*. Pero todo lo demás es verdad.

Me flojean las piernas. Tengo calor, ganas de llorar y de tirarme por el balcón. Voy hacia el balcón. Me da igual que sea un primer piso. Me tiraré de cabeza, para asegurar que me muero del golpe.

Pepe sale de su escondite. Se queda parado.

Le llamo.

—Pepe.

No se mueve.

Le llamo de nuevo.

—Haddock.

Viene hacia mí.

A mí me parece que el perro no me sigue. Me parece que el perro me guía. Me parece que me aleja de la terraza, que mi madre la tenía como si fuera el jardín botánico de Málaga, lleno de plantas. Plantas en las barandillas, en un par de escaleras apoyadas en la pared, sobre la caja de la persiana, begonias, petunias, enredaderas, jazmines, y más de cuyos nombres no tengo ni idea. También había una silla plegable de madera y una mesa a juego, y sobre la mesa, una albahaca y un cenicero.

El perro me lleva a la cocina. La cocina antes era alargada, estrecha. Las dos no cabíamos al mismo tiempo. Ahora es cuadrada, cabríamos las dos holgadamente, y tiene dos ventanas. Cuando era pequeña, me asomaba a la única que había y me pasaba el rato mirando los campos de naranjos, el aparcamiento de camiones y el cementerio. Pensaba que ahí estaba el ciclo de la vida, delante de mí: la naturaleza, la vida, la muerte. También jugaba a adivinar qué día me iba a casar. Mi madre tenía un calendario de metal, con treinta y un días y doce meses. Se marcaba el día con un imán circular y el mes con una flecha. Me casé todos los días del mundo. Mi madre me veía jugar y me decía: juega, que esa va a ser la única boda que vas a tener porque el amor es una mierda y nosotras no lo merecemos. Aunque ahora que Charo me ha dicho que soy todo lo que me ha dicho que soy, me entra la duda. Tal vez yo hice algo para que mi madre me hablara así todo el tiempo, y no me demostrase amor. Tal vez yo debí aguantar, trazar otro plan, no abandonarla tan pronto. Tengo dieciocho, adiós.

La cocina tiene una mesa pegada a la pared, con dos taburetes. Todos los muebles son blancos. Qué manía le entró a mi madre con dar sensación de amplitud. Miro a mi alrededor. No sé en qué lugar murió. Tenía un golpe en la cabeza. Pudo hacérselo al caer, antes o después de morirse. Puede que se muriera y al caer se golpeara o que se golpeara y se muriera del golpe. Puede que fuera en ese lado, o en ese otro. No lo sé. Si no hubiera echado a Charo, podría preguntárselo. Dónde fue, Charo. Cómo fue, Charo. Qué tal estaba antes, Charo. Crees que pensaría en mí, Charo.

Mi mirada se cruza con la del perro. El perro me mira con sus ojos claros y me da la sensación de que quiere decirme algo.

Me lame la mano.

8

Javi se ha vuelto loco cuando lo ha visto. Llegar aquí ha sido una odisea, pero la cara de Javi ha hecho que haya merecido la pena.

He ido al bar a despedirme de Tony y allí estaba de nuevo Miguel. Seguro que se hicieron amigos en el bar. A saber de qué huiría mi madre a estas alturas de su vida, pero seguro que él trataba de escapar de su mujer.

—¿Te llevas al perro? —me ha preguntado Tony.

Le he dicho lo obvio: que sí.

—Pero en el metro no puedes ir con él, porque solo pueden viajar los perros guía. ¿Quieres que llame a un cliente que es taxista?

—No tengo dinero para un taxi.

Se ha ofrecido a prestármelo, y me ha tendido un billete de veinte euros, pero no lo he querido coger. Él ha insistido:

—Si Charo te ha dejado llevártelo, lo mejor es que te vayas antes de que se arrepienta. —Ha sonreído mientras lo decía—. Y si no te ha dado permiso... Este perro es tuyo, pero haz las cosas bien.

—Me da igual hacer las cosas bien o mal, porque es verdad que este perro es mío, y me da igual si me lo he llevado de mala manera, porque el perro se quería venir conmigo.

Miguel, que sabía que Charo no me había dado permiso ninguno, ha intervenido:

—Tengo que ir a Valencia a comprar unas cosas. Si quieres, te acerco. Por el camino podemos parar en el chino y le compras una correa para que no se te escape. Charo se va a poner de muy mala hostia cuando vea que te lo has llevado sin decirle nada.

—Es que no es el perro de Charo. Es el perro de mi madre.

—Sí, pero Charo se ha hecho cargo de él —protesta Miguel.

—Dos días, joder, eso no la convierte en su dueña.

—No, no la convierte en su dueña, pero al menos podías haberle dicho que lo cogías —dice Tony.

—Si se lo digo, no me lo deja.

—Pues por eso mismo —insiste Miguel—. Tú sabes que vas a tener un problema con ella.

—No pienso volver a verla —respondo.

—¿Cómo que no? La vas a ver en el entierro de tu madre, por ejemplo —dice Tony.

Me da igual.

Se lo digo.

—Me da igual.

Él se ríe.

—No debería, Salomé.

Me encojo de hombros. Es que me da igual.

—También la verás cuando te quedes el piso, porque el piso será para ti —dice Miguel.

Finjo que no lo he oído, que el corazón no me late con tanta fuerza que parece que vaya a reventar. El piso será para mí. Cierto. Mi madre y yo solo nos teníamos la una a la otra.

—Charo no es mala gente —la defiende Miguel.

Pienso:

—¿Qué vas a decir tú, si eres su marido?

Lo digo. Él sonríe y me ofrece un plan.

—Te propongo una cosa: le diré a Charo que he visto cómo el perro se te ha escapado, que hemos cogido el coche para buscarlo y que como lo hemos encontrado cerca de Valencia hemos decidido llevarlo a tu casa.

Para mentir se necesita una inteligencia superior a la media. Lo he visto en un documental. Yo no sé mentir. No sé mentir del todo. Solo digo mentiras a medias, o verdades a medias. A lo mejor es porque se aprende a mentir a los cinco años y yo no he empezado a madurar. O a lo mejor es por lo de la inteligencia. Yo inteligente no soy. Tonta tampoco, a pesar de que mi madre se pasaba el día diciendo que era tonta, pero todo me cuesta trabajo. En el documental decían que cuanto más mientes, más fácil te resulta mentir. Que cuanto más mientes, con más derecho te crees para decir las mentiras, porque te sale bien.

Yo prefiero no mentir del todo. Prefiero que mis mentiras tengan siempre una parte de verdad. En el documental no lo decían, pero está claro que las personas que mienten son personas peores. No es que Miguel me parezca malo, aunque me proponga una mentira para salir del paso. De hecho, pienso que es bueno. Me trae a casa. Me ayuda con lo del perro. Me ha defendido frente a su mujer. Le tenía aprecio a mi madre. Vivió cosas con ella, y me las quiere contar.

—Yo prefiero decir la verdad: me he llevado al perro porque creo que el perro estará mejor conmigo que con ella.

Miguel me mira desde dentro del coche.

—Tu madre me dijo que cuando eras pequeña te pasabas el día jugando con cualquier animal.

Cualquiera que nos vea pensará que es este hombre, y no yo, quien está digiriendo una muerte. Pero eso es así porque la grieta que se está abriendo en mi cuerpo, en la coraza con la que he protegido mi cuerpo, todavía no es visible ni siquiera para mí.

Empiezo a verla cuando subo a casa y me imagino a mi madre diciéndole palabras que me contienen, que me dibujan jugando con cualquier animal, y veo cómo juegan Javi y Haddock. Nada más entrar con él en casa de Consuelo, Javi se arrodilla frente a Haddock y el perro le olisquea el pelo y luego le pasa la lengua por toda la cara. Se gustan desde el principio. No me he equivocado al traerlo.

Yo siempre pienso: a mí me parece que esto es así o a mí me parece que esto es de esta manera. Las cosas siempre me parecen algo, nunca estoy segura del todo de que lo sean, pero ahora no tengo dudas. No me parece que el perro y el niño se hayan gustado. El perro y el niño se necesitaban.

—El perro y el niño se van a venir bien —dice Consuelo.

Pone palabras a mis pensamientos, y yo me pongo, por fin, a llorar.

Consuelo no me toca, porque Consuelo no es de tocar, pero me conduce suavemente a la cocina mientras Javi se revuelca en el suelo con Haddock.

—¿Qué ha pasado?

Las palabras se me agolpan en la garganta. No puedo respirar. Las palabras impiden el paso del aire. Creo que voy a morir, en una cocina, como mi madre, pero no muero. Consuelo me ofrece agua. Bebo, y las palabras se apartan y pasa la respiración, pero las palabras se quedan al fondo, sin poder salir.

—Nada —miento.

Consuelo insiste.

—Ha pasado algo. —Ya no lo pregunta, lo afirma—. Ha pasado algo con mi niño y por eso le has traído al perro.

Consuelo no concibe que sea algo que tenga que ver conmigo, puede que porque no le importe nada de lo que me pase a mí. Para ella, solo soy la madre de Javi. Yo me lo he buscado, yo me he mantenido fuera. Yo no la he dejado entrar.

Hago un gesto con las manos. Las levanto. Las bajo. Me toco la barbilla. Me tapo la cara. Me la destapo. Quiero decirle que no ha pasado nada, pero hoy no puedo mantener ese muro, esa alambrada que me separa del mundo y las palabras deciden decir la verdad. Que sí. Que sí ha pasado algo. Que mi madre no me había olvidado, cuando yo creía que sí.

—Llevo casi veinte años sin hablar con mi madre, sin hablar de mi madre, sin pensar en mi madre —dicen las palabras.

—¿Os peleasteis? —pregunta Consuelo.

Mis palabras ignoran su pregunta.

—Y ahora, ahora que se ha muerto, me entero de que ella sí hablaba de mí.

Consuelo no sabe por dónde empezar. Da un paso hacia mí, con intención de abrazarme, pero desiste porque ve que yo retrocedo para evitarlo. Desde el fondo de la casa llegan las risas de José Luis y de Javi.

—¿Se ha portado bien Javi? ¿Os ha dado la lata?

Esta vez, me ignora ella a mí.

—¿Cómo que hablaba de ti? ¿Cómo no va a hablar una madre de su hija? —Me mira, antes de continuar—: ¿Cómo que tu madre ha muerto? Pensaba que llevaba años bajo tierra.

—Y así era. Para mí estaba muerta, no existía, no era nada. No fue una buena madre, no se portó bien conmigo, no hizo lo que hacen las madres con los hijos, no me cuidó, no me protegió y no me quiso.

Consuelo no parece comprender nada de lo que le digo, y necesita más información.

—¿Qué te hizo, niña?

Trato de recordar, algo, lo que sea. Algo concreto. Pero no me viene nada a la cabeza,

—Eso, no me quiso. No me quería. Me trataba mal.

—¿Te pegaba? —Niego con la cabeza—. ¿No te cuidaba? —Asiento, en silencio—. ¡Pobrecita mía! —se compadece—. La hija de una prima de José Luis trabaja en un centro de menores. Allí ha visto de todo: niños malnutridos porque sus padres no les alimentaban, enfermos porque no les daban su medicación, o con síndrome de abstinencia porque les daba igual que se drogaran o porque nacían con el mono...

—Es que no me hizo nada de eso, Consuelo. No me pegó, me dio la medicación, me alimentó y ni siquiera ella tenía síndrome de abstinencia, porque nunca dejó de beber.

Consuelo parece más impactada que si le hubiera confirmado sus peores sospechas.

—Algo te haría —razona Consuelo—. Una no se va de su casa así como así.

—Mi madre no me quería —insisto.

Ella cabecea, me da la razón. No todas las madres quieren a sus hijos, Consuelo debe saberlo. Tal vez por la prima de José Luis, o tal vez por otras madres u otros hijos que haya visto en la vida, o a lo mejor le parece que soy yo la que no quiere a Javi. A lo mejor me ha oído gritarle alguna vez, o puede que Javi le haya contado llorando alguno de mis castigos o de mis amenazas, cuando me enfado. A lo mejor eso es lo que la mantiene alejada de mí, lo que hace que yo no le guste.

—Parir no te convierte en madre, eso es verdad —me da la razón, al fin—. No basta con alimentar a los hijos con comida o con cuidarles cuando están enfermos. Los hijos tienen que saber que son lo más importante para sus padres, y muchos no lo saben.

Debe estar pensando en el trabajo de su prima, pero da en el clavo. Yo nunca lo supe. O más bien, yo supe todo lo contrario. Mi madre me dio la vida, me dio de comer cuando tenía hambre y Apiretal cuando estaba enferma. Me vistió, me obligó a estudiar lo que era obligatorio y no me impidió apuntarme a la academia cuando me empeñé en aprender peluquería. Nunca me permitió salir de casa sucia, mal peinada o mal vestida y si tenía piojos, me los quitaba con paciencia y me guardaba el secreto. Me dejó ir a la excursión de fin de curso, a París. Follé en París por primera vez, y se lo debo a ella. Nunca me pegó por más que dijera que me iba a dar un tortazo. No hacía nada diferente a lo que hacen otros padres. Me daba permiso para hacer cosas o no me lo daba, según su humor, aleatoriamente. No le gustaban mis amigos, ni mis gustos en la música. Pero cómo es posible que te gusten Los Ramones que son más viejos que la tos, ¿no te puede gustar música de tu época y no de la mía? Me parece estar oyéndola. Se quejaba de las pintas que llevaba o de las horas a las que llegaba, como los demás.

Los otros padres hacían y decían cosas parecidas. Pero la mía no me quería. Eso lo sé. Lo sé porque me lo hacía saber, constantemente. Nunca me dijo: no te quiero, vete de aquí, pero no hacía falta, porque todo el tiempo me reprochaba mi existencia. Que estaría mejor sin mí. Que sin mí le iría mejor. Que me había puesto Salomé pensando que sería capaz de hacer cualquier cosa que ella me pidiera, como la de la Biblia, pero le había salido rana y la única cabeza que iba a cortar sería la suya, que me la iba a comer, que la estaba devorando desde el día que nací. De vez en cuando, sin venir a cuento, me abrazaba, me besaba, me decía que solo nos teníamos la una a la otra, que nos teníamos que cuidar, que la tenía que perdonar, que la tenía que perdonar, insistía, porque ella y yo éramos iguales. Y eso era lo peor: no que me insultara, no que no supiera nunca de qué humor iba a estar ese instante. No. Lo peor era esa certeza. Yo no quería parecerme a ella. Por eso me fui, porque me convencí de que la distancia sería el remedio que impediría que yo fuese infeliz, que bebiera, que tuviera un hijo, que no le quisiera, que le hiciese sentir minúsculo, insignificante, menos que nada, que mi mirada podrida le corrompiese hasta volverse un ser infeliz que bebiera, que tuviera un hijo al que no podría querer. Me fui para romper ese espejo en el que no quería mirarme, para deshacer esa cadena antes de que la cadena llegase a formarse. Pero no quiero decirlo en voz alta, porque ahora que se ha muerto me da miedo que sea un motivo ridículo, pequeño. Un motivo malo que me convierta en una mala persona, que le dé la razón a Charo, que no me conoce, que le confirme a Consuelo que no soy la madre que Javi merece.

Consuelo parece leer mis pensamientos.

—La prima de José Luis siempre se queja de que la sociedad rechaza a esos niños, mientras que sus padres siguen por ahí tan campantes y son ellos los que tienen la culpa de todo.

—Es verdad, los hijos solo repiten lo que ven en los padres —le quiero dar la razón, pero también quiero dejar salir algo del pesar que no me deja respirar con normalidad—. Pero hoy, al ir a su casa, su vecina me ha echado la culpa de todo, de que mi madre haya muerto sola.

—Somos muy hipócritas con la muerte, niña. No nos gusta nada pensar que una mala persona que vive es una mala persona que muere. Y mucho menos decirlo.

—Exacto. Yo me fui de casa y nunca volví y nunca se me ocurrió llamar a mi madre. Si me entraban ganas de buscarla, recordaba todas las putadas que me había hecho y daba por supuesto que ella hacía lo mismo y por eso no me buscó nunca. Ahora hay gente que me cuenta las cosas que ella decía de mí, y eso me da una rabia tremenda porque pienso: ¿qué sabéis vosotros de mí?

Consuelo asiente.

—La ignorancia es atrevida.

Vuelve a llegarnos la risa de Javi desde la cocina y Consuelo mira hacia dentro. Se la nota incómoda. No sabe cómo consolarme, y tampoco tengo claro que quiera hacerlo, pero yo no quiero dejarla ir y me machaco, un poco más.

—Lo peor es que lo único que me importa es el piso. Si será para mí.

—Normal. Estás en paro y vives de alquiler. Heredar el piso de tu madre te salva la vida —me consuela.

—Yo decidí irme, alejarme, no volver a tener contacto. Decidí que mi única oportunidad para ser una persona normal era vivir lejos de ella. Y de repente han pasado veinte años y resulta que mi madre se ha muerto sola como un perro. —Me corrijo—: Sola con un perro. Y llega la cabrona de la vecina y me suelta que yo tuve la culpa, que mi madre era una buena madre, y que yo era difícil, así lo ha dicho, que yo era difícil. Y no es verdad, hostia, es que no es verdad. Lo que era difícil era vivir así.

Me mira sin decir nada.

—Pero si miro cómo vivo ahora..., mi vida es un puto desastre.

Mantiene la misma mirada.

—Y me pregunto si Javi se dará cuenta.

Consuelo trata de decir algo amable, se le nota. Algo que suene sincero y que me pueda animar, pero debe de resultarle difícil encontrar una frase que me levante el ánimo y que sea verdad. Finalmente, parece comprender que no hay nada que pueda decir y se rinde a guardar silencio, pero no renuncia a mostrar compasión, porque, aunque no me tenga aprecio y no ande sobrada de tacto, a Consuelo la humanidad no le falta. Se acerca a mí, inesperadamente, y me abraza. Intento zafarme, porque no me gustan ni su abrazo ni el olor dulzón que desprende su ropa, a sudor y seguramente a yogur de beber que debe haberle tirado Javi por encima. No me deja ir, me sujeta fuerte con sus brazos, hasta que sin darme cuenta dejo caer la cabeza en su hombro.

Hace años que no hablo de mí, años que ni me pienso. Hace años que no digo ni una palabra sobre lo que siento. Ninguna que sea del todo verdad. Decido decir unas cuantas más.

—Me fui para no ser como mi madre. Y no tengo que esforzarme mucho para ver cuánto me parezco a ella.

Y, por fin, rompo a llorar.

9

No me he guardado el teléfono de Isabel, la de la funeraria, pero recibo tan pocas llamadas que sigue siendo la última y no me resulta difícil encontrarla para saber cómo van los trámites, pero justo antes de pulsar la rellamada, suena el teléfono. Es Rafa.

Tiene una voz bonita. Grave. De anuncio de cerveza, o de pintar la casa con amigos, de esos anuncios en los que todos ríen y todos llevan los pies descalzos. De algo divertido. Me dice que si me importaría que pasara por casa para comprobar el estado de la caldera. Dice que está barajando la posibilidad de cambiarla. Pienso en el desperdicio de esa voz, tan bonita, si la usa para decir mentiras o gilipolleces. Estoy segura de que lo que quiere es comprobar que no he estropeado nada ni cambiado ningún mueble de sitio sin consultarle, que todo permanece igual que cuando sus padres y él vivían ahí. No sé si me puedo negar, y no me niego, aunque me viene mal. Casualmente está debajo de casa, en ese mismo momento. Si me asomo al balcón mientras hablamos, me dice, le veré en la acera. Me asomo, y le veo, y mientras me saluda con la mano me dice que sube porque no serán más que unos minutos.

Rafa es alto y calvo, y se parece a Luis Tosar. ¿Ha sido siempre así? Alto, seguro. Calvo, puede que no, pero no le he prestado atención las pocas veces que nos hemos visto en este tiempo. El día que me enseñó el piso, la tarde que firmamos el contrato, una vez que se estropeó la lavadora y vino él mismo a cambiarla, con un amigo que le ayudó a subir a pulso los cinco pisos. Llegaron sudados. Su amigo olía mal; él no. Consuelo, que salió al rellano al oír el jaleo y se quedó esperando para ver qué lavadora me traían, les ofreció una cerveza que rechazaron y le dijo que le hubiera valido la pena comprarla aunque solo hubiera sido para que me la subieran los transportistas, y Rafa le contestó que esa que traía era perfecta porque las nuevas venían con obsolescencia programada para durar un par de años. Luego, cuando se marchó, Consuelo me dijo:

—Tu casero es un cutre, que en lugar de traerte una sin estrenar te ha encasquetado la que tenía en su casa y la nueva se la ha quedado para él.

Me pareció guapo, pero no me acuerdo de si esa vez ya se le había caído el pelo. Ahora me arrepiento de esa falta de interés. Si no hubiera sido así, si en estos siete años hubiéramos hablado, si nos hubiéramos contado algo, si hubiésemos compartido alguna confidencia, algo de su vida, algo de la mía, tal vez ahora tendría reparos en dejarme en la calle, o yo sabría qué tecla tocar para tocar su corazón de hombre alto y calvo. Me da rabia pensar que no sabemos nada el uno del otro mientras observo cómo se mueve con familiaridad por la casa de una desconocida hasta que llega a la caldera que, menuda sorpresa, decide no cambiar sin apenas mirarla.

—No sabía que tenías perro —me dice al ver a Haddock jugando con Javi. Pienso que me va a decir que no puedo tenerlo, pero sonríe—. ¿De dónde lo has sacado?

Le miento, otra vez, como me gusta mentir: un poco de mentira y un poco de verdad.

—Su dueña murió y me lo quedé yo. Solo hace un par de días que lo tengo, perdona que no te haya pedido permiso. Se llama Haddock.

Mira cómo le chupetea la cara a Javi.

—Pues parece que lleva toda la vida con tu hijo. El niño va al colegio de esta misma calle, ¿verdad? —Le digo que sí—. ¿Sabes que fue una cárcel de mujeres? —Le digo que no—. Mi abuela estuvo presa allí durante la represión franquista. —Le digo no jodas—. En la guerra, cosía ropa para los soldados y la condenaron por eso. Como no tenía delitos de sangre, la soltaron a los tres años. Para entonces, ya habían fusilado a su marido, que había sido concejal durante la República. —Le digo qué cabrones—. No lo conocí y mi abuela no me habló de él, pero pienso en él a menudo y me esfuerzo en hacer cosas de las que él podría sentirse orgulloso, porque, de alguna manera, el mundo que tenemos ahora se lo debemos a gente como él. ¿Me entiendes?

No tengo la menor idea de lo que me habla. No sabía lo de la cárcel y me cuesta trabajo pensar a qué guerra se refiere, pero me gusta oírle hablar, especialmente si lo que dice no me suena a mentira ni a que me quiere echar del piso, y finjo que sí, que le entiendo.

—Me gusta que ahora sea un colegio, y que los niños aprendan a pensar donde tanto se sufrió por saber pensar. Me gusta mucho. Si fuera profesor de primaria, haría lo posible para que me tocase ser maestro aquí.

—¿De qué eres profesor?

—De literatura, ¿no te lo había dicho?

En realidad, nunca se lo había preguntado. Lo sabemos los dos.

—Estuve mucho tiempo interino y por fin me saqué la plaza. Pero todo cuesta mucho esfuerzo. No sabes la de renuncias que he tenido que hacer para comprar el estudio de Jávea.

No le digo nada, pero mi cara traduce mis pensamientos.

—Perdona, ya sé que tu situación es mucho peor que la mía. No creas que no me hago cargo —vuelve a decir lo mismo que lleva repitiendo desde que sabe que estoy en el paro—. Pero es que a mí me hace falta el dinero del alquiler. Lo tengo alquilado para no venderlo, ya te he dicho que para mí tiene un valor sentimental importante.

—¿Y por qué no te vienes aquí a vivir, si tanto te importa? —le pregunto.

—Porque vivo al lado de mi instituto, no me interesa cambiarme —responde.

—¿Y antes de trabajar allí? —insisto.

—Nunca me lo planteé. Esta es la casa de mis padres, ¿me entiendes? Es la casa que ellos crearon. Ese mueble que tienes en la entrada, el aparador, aún recuerdo cuando lo compró mi madre. A lo mejor te parece feo, porque está viejo, pero es la única cosa buena que mi madre compró en la vida. No sabes qué orgullo tenía con su mueble —se ríe, y se le llena la cara de sonrisa y de dientes, que son perfectos, blancos, alineados, rectos—. Javi duerme donde dormía yo, me parece precioso. —No le saco de su error, ni le digo que dormimos juntos—. Si yo viviera aquí, acabaría cambiando algo, y no quiero. Espero que no te resulte incómodo...

—No —le miento—. Javi y yo vivimos muy bien, no necesitamos más. El parqué, las paredes lisas y el aire acondicionado están sobrevalorados.

La broma me sale bien, aunque no estoy acostumbrada a hacerlas en voz alta. Nos reímos un rato, los dos.

—No quiero agobiarte, Salomé. Pero esta situación tuya me inquieta. Y además, siendo egoísta, no quiero que te vayas. Eres una inquilina perfecta. Me pagas puntualmente, no has dado problemas ni has causado desperfectos en ¿cuánto? —me pregunta—, ¿mil años? —Le digo que sí con un gesto, pero yo tampoco lo sé—. No estoy seguro de que quien viniese fuese tan respetuoso con la casa, la verdad. Lo peor que has hecho ha sido meter un perro sin mi permiso, pero, qué quieres que te diga, es un perro guapísimo y encima le has puesto el nombre de mi personaje favorito de Tintín.

Quiero que se vaya y me deje llamar a Isabel, así que no le digo nada cuando le veo entrar a las habitaciones y examinar el estado del piso e intento no pensar que está bastante cerca de violar mi intimidad.

—Ya te dije entonces que no tienes de qué preocuparte. Tengo el paro, y la indemnización.

No le quiero decir que voy a heredar, pero es evidente que con eso, con mi paro y mi indemnización, él ya contaba, y no le tranquiliza.

—Y estoy a punto de firmar un contrato para un trabajo nuevo —parece que esto sí le calma—. Todo va a ir bien, Rafa.

Sonríe de nuevo. Coño. Es guapo. Es difícil de entender, porque es un cretino, un egoísta y un hipócrita, pero le miro y me sube por el estómago un calor que se parece bastante al que me subía cuando salía, y bebía y bailaba y me acostaba con cualquiera. Yo también sonrío. En plazas peores he toreado.

Le miro, y me da la sensación de que a él también le sube calor por el estómago. ¿Será verdad o me estaré equivocando? No tengo mucha experiencia en usar ese radar. De hecho, no lo he utilizado nunca, no me ha hecho falta. Siempre he sido el coche escoba, la última opción para el que quería ligar, esos días extraños en los que yo necesitaba contacto físico y para eso no me hacía falta más técnica que esperar. Sé que no suelo gustar. Sé que no soy guapa. Sé que no tengo buen carácter, que no hay nada especial en mí que pueda atraer a nadie, igual que no hay nada en nadie que pueda resultarme atractivo. Y sin embargo, cuando salgo, cuando salía, no tenía problema para follar. A mi alrededor había mujeres mucho más guapas que yo, con mejores cuerpos y conversación más amable, pero ellas casi siempre volvían a casa tal como habían salido, solas, y yo, en cambio, regresaba la última sintiéndome superior por más que supiera que no lo era.

No necesito que me quieran. Necesito que me escojan, que no me descarten. No es por el sexo. Es por la sensación de no haber fracasado en eso también. Desde que nació Javi, todo es pasado. No le culpo. No le quiero culpar. Solo confirmo un hecho: antes de ser madre me interesaba el sexo para sentir que formaba parte de algo; después de ser madre no tengo ningún interés, ni por el sexo ni por nada que me obligue a relacionarme con las demás personas. Por eso me sorprende tanto que Rafa me ponga cachonda. Por más que me esté haciendo caso; por más que me sienta más sola que antes, más sola que nunca; por más que haga tanto tiempo que nadie se interesa por mí. Rafa no me cae bien. No me gusta.

Tampoco me gusta comer. Quién lo diría, viendo los kilos que me sobran. Pero es que no me gusta. Yo pienso en comer, así, en frío, y me entran más pronto arcadas que hambre, pero luego me siento porque me tengo que sentar, porque es la hora de la comida o de la cena, y entonces me parece todo bueno y no me dan ganas de parar, y si por la noche me desvelo, voy a la nevera y si tengo que escoger entre un trozo de queso y una zanahoria, no elijo la zanahoria. Ahora estoy más flaca porque no como tanto porque la nevera vive también en crisis y me contengo para que Javi no se dé cuenta de que estoy empezando a racionar la comida, como si ya estuviéramos en guerra.

No sé si eso me ayudaría para ligar más, porque hace años que no lo hago. La última vez fue cuando me acosté con el padre de Javi, Melchor. Estoy segura de que fue el último, porque enseguida se me empezó a poner mal cuerpo al beber y yo sin beber un poco no sé acostarme con nadie.

¿Cómo será acostarse con Rafa? ¿Cómo sabrán los besos que solo saben a eso, a beso, y no saben también a alcohol? Y la mirada que mira al cuerpo desnudo ¿será más amable, porque de verdad quería verlo, o mostrará esa desagradable sorpresa porque lo que está viendo no es lo que esperaba y no hay nada que distorsione la realidad?

—Escucha, ahora mismo tengo un poco de lío, justamente para ocuparme de un tema de este trabajo nuevo —le digo—. Pero si vas a estar por aquí, podíamos tomar algo, más tarde, para seguir hablando. U otro día.

Me dice que sí.

Si no tuviera que llevar volando a Javi al colegio. Si no tuviera que llamar a Isabel para saber cuándo van a enterrar a mi madre. Si no tuviera tanta prisa. La tarde continuaría de otro modo. Pero como las cosas son como son, en cuanto me quedo sola marco el teléfono de la funeraria.

—No sé qué tengo que hacer —le digo a Isabel.

—Nosotros también estamos desconcertados. Pensábamos que a estas alturas ya estaría resuelto.

—Usted me dijo con mucha seguridad que hoy ya podría estar en el tanatorio.

—Lo sé, y lo lamento. Siento mucho que se haya creado falsas expectativas por mi culpa. No sé qué ha podido pasar. Esto se está retrasando, a saber por qué. Y yo que usted me haría a la idea de que hasta el lunes no va a ser el funeral. Como muy pronto.

—Lo mismo es que faltan ataúdes —digo por decir—, como hay tantas crisis.

—Mujer, ataúdes siempre hay —responde muy seria.

Consuelo encuentra en la crisis la explicación a cualquier cosa que suceda. Por la crisis le regaló a Javi un móvil que ella ya no usaba para que pudiera entretenerse jugando a juegos o viendo vídeos de risa.

—En la tele están todo el rato hablando de muertos, de guerras, de barcos que asaltan o que dejan caer sus cargas y mandan a la mierda el medio ambiente. Lo van a traumatizar —decía.

—Pues no creo que engancharse a internet sea la solución —protestaba yo, más que nada porque me daba envidia que ella le diera todo lo que yo no me atrevía o no podía darle.

—Los traumas se atienden de uno en uno, conforme vayan llegando. Ahora lo prioritario es que no se traumatice por la realidad, que esté entretenido y que no se pase el rato viendo por la televisión guerras, huracanes, volcanes y gente que hace cola para conseguir algo de comer. Si luego resulta que se nos hace adicto al teléfono, ya resolveremos cómo curarle.

Jugaba a juegos de gatos y veía vídeos de gente que se caía o que se gastaba bromas. Le gustaba mucho uno en el que alguien pedía papel higiénico desde el baño a un niño y cuando se lo daba, le manchaba la mano con nocilla como si fuera mierda. Se moría de la risa cada vez que lo veía. Su risa era como un cascabel. Todos dejábamos lo que estuviéramos haciendo para escucharla. Consuelo, José Luis, yo. También le gustaba el del niño que se llama Agustín y que se golpea la cabeza en una reja después de ver cómo topa una cabra y su padre le dice qué hace la cabrita Agustín, y también se reía, pero yo ese no quería que lo viera muy a menudo no fuera a ser que se fijara en el padre y empezara a preguntarme por el suyo.

A Javi todo le hace gracia. Creo que Javi es tan feliz porque tiene miopía para mirar la mezquinad de la vida y no la ve. En clase tiene amigos, los mismos desde que empezó a ir a la escuela. El colegio está en la misma calle de casa, y para ir al parque no tiene demasiado que caminar, así que cruzar el rellano para meterse en la casa de Consuelo no se le hacía una distancia tan corta. Javi no es como yo. Eso me tranquiliza. Javi nació con vocación de ser feliz. Todo le gusta, todo le viene bien. Si es genético, debe haber salido al padre. Yo tengo el carácter podrido. Qué lástima que no le conociera. Que me acosté con él, pero no le conocí. Aunque de haberle conocido no le habría elegido. Siempre elijo mal, o eso creo, porque, si lo pienso bien, no he elegido nunca. Mi problema no es tomar la elección equivocada, porque lo que me gusta es gustar, que no me rechacen.

Isabel me habla desde el otro lado del teléfono, me trae de vuelta al día de hoy.

—Mientras la situación se resuelve, podría tratar de tener en mente los trámites relativos a la herencia.

—¿A la herencia?

—A la herencia, sí. Es usted la única familia de doña Ana, así que es su heredera. La funeraria se encarga de todos los trámites relativos a la defunción, y luego tiene usted que aportar el certificado del registro general de actos de última voluntad, vamos, las últimas voluntades, que es lo que le dirá si su madre hizo testamento, que ya le digo yo que no lo hizo.

Respondo mecánicamente.

—¿No lo hizo?

—No, no lo hizo. Le daba mala espina y no tenía intención de morirse pronto. Se cuidaba mucho, hacía años que había dejado la bebida.

—¿Y usted cómo lo sabe?

—Bueno, verá, es que su madre venía a limpiar a mi casa.

Me enfado, sin saber por qué.

—Pero si mi madre era una señora mayor, ¿cómo la tenía usted limpiando en su casa?

—Porque ella quería. Decía que se agobiaba sin hacer nada. El dinero no le hacía falta, pero le gustaba trabajar, era muy dinámica.

No tiene ganas de que la juzgue, lo noto en su tono de voz. Yo tampoco tengo ganas de juzgar. Hace poco escuché que tus juicios dicen más de ti que de las personas a las que juzgas.

—¿Tiene usted el libro de familia?

—No, claro.

—Seguro que ella lo tiene por casa. Su madre era muy ordenada.

Mi madre no era ordenada. Mi madre era caótica. Se lo digo.

—En veinte años, Salomé, la gente cambia. Su madre encontró en el orden un aliado.

Un aliado, para qué, me pregunto. Se lo digo.

—Un aliado para su vida —me responde, molesta—. Y de ese orden se va a beneficiar también usted porque cuando encuentre el libro de familia, necesitará ir al Registro Civil para acreditar su parentesco. A continuación, tendrá que hacer la declaración de herederos: el notario declarará a falta de testamento que usted es la única heredera de la fallecida. Tendrá que aportar a dos testigos que las conocieran a ambas y aseguren al notario que no hay más hijos ni un esposo vivo que tenga derecho al usufructo del cónyuge viudo. En unos meses puede usted tener resuelta la herencia de su madre, Salomé.

Parece disfrutar mientras lo dice. Se lo sabe. Me pregunto cuántas oportunidades habrá tenido de decir todas esas cosas en un pueblo como Miraval, donde todos se conocen. Tiene usted que aportar dos testigos. Me da risa. Me río. Ella para de hablar un instante.

—En realidad, Salomé, fui yo la que insistió en encontrarla. Yo no la conozco. Nosotros nos vinimos a Miraval cuando usted ya se había marchado, pero su madre me contó que tenía una hija a la que no veía. Y las vecinas, ya se lo imaginará, hablaban de lo que pasó entre las dos. Cada una contaba una historia, menos su madre, que no explicó nunca lo que ocurrió. A pesar de lo poco que ella decía, de lo poco que ella hablaba de usted, no me cabe duda de que su madre querría que su hija disfrutase de su casa y hasta de su perro que, si quiere que le diga la verdad, estará mejor con cualquiera que con Charo.

Sabía que yo existía. Mi madre le hablaba de mí. A Miguel le habló de mí. A Isabel le habló de mí. Me la imagino con la escoba o con la fregona o con el trapo del polvo, hablando de mí. Quiero preguntárselo, quiero preguntarle cómo le hablaba mi madre de mí, cuánto le hablaba mi madre de mí, qué le decía de mí mi madre a la mujer que le pagaba por limpiar su casa.

—¿Cómo sabe usted tantas cosas sobre herencias?

No se esperaba esa pregunta, pero la responde:

—Mi marido es abogado, y al trabajar yo en una funeraria es un tema que me interesa mucho, la verdad.

Le sugiero que recurra a una gestoría para todos esos trámites. Un profesional le costará algo de dinero, pero le facilitará mucho la vida, créame.

Nos quedamos calladas. Le doy las gracias por sus consejos y le pido que me avise en cuanto sepan algo sobre el funeral.

—Su madre —me dice—. Apenas me habló de usted.

Me quedo callada.

—Pero hablaba.

Mi madre. Hablaba de mí.

10

Viernes

Vuelvo a Miraval. Lo tenía decidido antes de hablar con Isabel. Pensaba que hoy iría al tanatorio. Ahora que sé que no tengo que ir y que es posible que en los próximos días tampoco, me acerco de todas formas a Miraval porque no se me ocurre nada mejor que hacer. Y también porque de repente ir a Miraval es la única cosa que me apetece hacer de todas las cosas del mundo que puedo hacer. Pasear por Miraval. Ver cómo ha cambiado. Reconocer lo que sea reconocible. Pasar la mano por la misma pared por la que pasé la mano en mi infancia. Decirle a mi cabeza: ahí jugaba yo, ahí lloraba yo, ahí me reía yo, ahí me besé con ese chico, ahí me pasaba horas hablando con Marisol. Quiero verla, a Marisol.

Marisol era mi mejor amiga. Bueno. En realidad, era la única. No he tenido una como ella después, así que puedo decir que incluso hoy, ahora, es mi única amiga. Consuelo y yo no lo somos. No nos hemos escogido ni nos hemos encontrado. Nuestros mundos son tan reducidos que hemos colisionado por falta de espacio y nos hemos acostumbrado a estar así, rozándonos continuamente, pero a Marisol sí que la elegí y ella sí que me eligió a mí.

Así la recuerdo. Es morena, lleva gafas de culo de vaso, el flequillo cortado, recto, sobre las cejas y la montura de las gafas de pasta color coral. Es un poco gorda, no mucho, lo justo para que la llamen foca, morsa, ballena, las mismas cosas que no se atreven a decirme a mí. A mí no me las dicen, y eso que también soy un poco gorda y también llevo el flequillo cortado por encima de las cejas, pero saben que si me insultan, les puedo soltar una hostia. Solo he sido violenta una vez y ni siquiera esa vez era necesario porque la fama me precedía. No me gusta la violencia, pero no me importa que piensen que no me cuesta pegar o insultar. Pienso, estúpidamente, que el colegio es otro mundo. Que la calle es otro mundo. Que en mi casa soy una mierda, pero que fuera no tengo por qué serlo, y me gusta que no se atrevan a tratarme mal, aunque eso signifique que tampoco me traten bien. Un día, en un cambio de clase, escucho a uno que se llama Máximo decirle en voz baja a otro que se llama Sebas que parezco Willy en *Liberad a Willy*.

Sebas no me cae mal, y además no ha dicho nada. Ha sido el otro, contra el que tampoco tengo nada, excepto este comentario idiota de la ballena. Me siento próxima a ellos, de hecho, porque tienen nombre de viejo en un mundo de niños. Sebastián, Máximo, Salomé. Pero aunque no me caigan mal, les lanzo el borrador de la pizarra y le abro al que se llama Sebas una brecha en la frente. Años después, me acostaré con él en París por primera vez para ambos, pero ninguno lo sospecha mientras la sangre le chorrea por la cara y le mancha la camiseta. Cuando entra el profesor a clase y le ve lloriquear y le pregunta qué le pasa, todos me miran. Sebas dice que se ha dado un golpe con el pico de la ventana y se lo llevan a curarlo a conserjería, que es donde guardan el botiquín.

Tengo doce años, estoy en el último curso de primaria. Soy rubia y soy ancha de caderas y hace ya tiempo que uso sujetador, que tengo la regla y que me he morreado con un niño a la hora del patio por curiosidad, para saber lo que es. La lengua y la saliva del otro me han dado asco y he decidido no besarme más con nadie, pero él lo ha contado y da igual que lo vuelva a hacer o que no porque ya se me ha quedado fama de guarra. Una madre se lo ha dicho a la mía y casi me ha arreado un bofetón, pero en el último momento se ha arrepentido. No tengo amigas porque puteo a las hijas de las amigas de mi madre, y se ha corrido la voz de que soy una borde y me da rabia porque empiezo a sentir, a veces, el peso de la soledad. Marisol se me acerca cuando acaba la clase y me dice que he hecho bien, que no parezco Willy, que le encanta mi peinado y que le gustaría que fuésemos amigas.

La conozco de antes, de siempre, en realidad. Vive en mi edificio, en mi patio, en el tercer piso. Tiene una hermana que se ha ido de casa y un hermano que se ha casado hace poco. Seguro que duerme en el mismo cuarto que duermo yo y que se entretiene mirando los campos de naranjos y las fábricas y el cementerio igual que me entretengo yo, y es posible que el tren de la madrugada la desvele como a mí. Nuestras vidas son parecidas. No tenemos relación porque mi madre y la suya no se llevan bien y nos lo tienen prohibido, pero esa mañana las dos decidimos que no nos importa desobedecerlas y volvemos juntas.

Recuerdo el momento en el que nos hicimos amigas porque nos lo recordamos la una a la otra constantemente. ¿Te acuerdas del día que nos hicimos amigas? Me acuerdo del día que nos hicimos amigas. Pasamos los siguientes seis años sin separarnos. Estamos las dos solas, no necesitamos más. Formamos un círculo, lo cerramos, no entra nadie. Un círculo de dos que forma barrera contra las guapas, contra las flacas, contra las que no tienen granos, contra las que siempre saben qué hacer y no se equivocan, contra las que tienen planes y los cumplen, contra las que son felices. En el instituto el círculo se hace flexible, pero no se rompe. A veces dejamos que se acerquen otras personas, sobre todo ella, que es más sociable, pero no permitimos que lo traspasen. Cuando decido irme de casa no se lo cuento. No la aviso, ni le dejo pistas, ni me despido. No miro atrás para no tener ganas de retroceder.

Un día me la encuentro en la ciudad. Yo he terminado de limpiar en unas oficinas a las que no voy nunca. Una compañera se ha puesto enferma y me han enviado en su lugar en el último momento. Voy a salir, pero me detengo dentro del patio porque la veo y no quiero que me vea.

Aún no son las diez de la mañana y está esperando que abran una tienda de ropa de bebé. Empuja un carrito, y lleva un vestido que aún es de premamá. Todavía se le nota la barriga del embarazo. El bebé debe de ser muy pequeño. Tiene el pelo largo recogido en una coleta y sigue usando gafas, pero ya no son de culo de vaso ni de pasta color coral. Está guapa, aunque parece cansada. El carrito es rojo. El rojo es su color favorito. Ella quería tener tres hijos, pero también quería ser misionera en el Congo y tener una casa en las montañas nevadas, con osos y perros de los que les cuelga una garrafa pequeña de licor para el frío. Sus sueños entraban en conflicto unos con otros, porque tener bebés en las montañas siempre nevadas o en una cabaña de ramas en el Congo no es buen plan con niños pequeños, no parece seguro criarlos allí. Supongo que ha optado por el de los tres hijos a la manera tradicional, y el que va en el cochecito es el primero.

Miro el reloj. Falta poco para que la tienda levante la persiana. Quiero esconderme, pero también quiero mirarla porque hace años que no la veo y me doy cuenta al verla de cuánto la añoro. Cuando la dejé aún no podía votar y ahora de su vida ha salido otra vida. Sonríe y pienso al verla sonreír lo bonita que es su sonrisa, la suerte que tendrán sus hijos, el del carrito rojo y los que vengan después, de tener como madre a una madre como ella: cariñosa, atenta, graciosa. Qué suerte, me digo, ser hijo de Marisol.

Me dan ganas de salir del patio en el que me escondo. Quiero abrazarla y pedirle que lo saque y me lo deje coger y decirle, tía, es como si no hubiera pasado el tiempo, te quiero igual que te quería cuando me marché, tía. Quiero llamarla tía veinte veces en cada frase, como antes. Ay, tía, qué alegría, tía. Decido salir cuando llega el motivo que la hace sonreír. Se acerca y se agacha hacia el cochecito, y besa a Marisol en la boca. Mira la hora y hace el amago de encenderse un cigarro. Ella le dice que no se lo encienda tan cerca del niño, lo leo en sus labios, que están pintados de rojo, también. No te lo irás a fumar encima del niño. Él frunce el ceño y tira el cigarro al suelo, sin encender, con mala hostia. Se enfadan, tan contentos que parecían hace un instante. Me da pena verla así. Me dan otra vez ganas de salir y decirle, hola, Marisol, qué guapa estás, no te enfades, mujer, que no pasa nada, déjalo que fume porque estáis en la calle y en la calle no pasa nada, no seas histérica. Y a él me dan ganas de decirle, eh, tú, capullo insensible, no te enfades con ella de esta manera, es que no ves que acaba de parir, es que no ves las ojeras que tiene, que seguro que la has dejado sola con las tomas de la noche mientras tú dormías como un ceporro, y entonces, al mirarle mejor, me doy cuenta de quién es él y se me quitan las ganas de seguir mirando, de seguir escondida, de fingir que el tiempo no ha pasado y que somos las mismas que antes de que yo me marchara como me marché, sin mirar atrás, corriendo muy deprisa, como si todos fueran culpables de mi enorme y profunda infelicidad. Abro la puerta, salgo del patio, paso por delante de ellos y me voy. Ella me llama. Grita. Salomé, Salomé. Sebas también me llama. Salomé. No te vayas, me pide Sebas. Pero yo me alejo y no me permito llorar ni ese día ni los que vienen después. Hasta que finjo que se me ha olvidado.

Dejo al perro con Consuelo y con Javi, cojo el metro. Para volver.

El tren sale de las tripas de la ciudad justo en el cementerio. Una vez llevé a Javi de excursión, al cementerio. Es un sitio extraño para ir de excursión, pero es que nosotros somos extraños. Javi todavía no lo sabe. Javi cree que todos los demás son como somos nosotros. Verás cuando se dé cuenta. Ojalá aprenda a protegerse pronto para que no le hagan daño. Yo le protejo desde que nació. He hecho todo lo que me han dicho que tenía que hacer. Le he alimentado con mi leche hasta que no la quiso más, aunque no podía soportar el dolor de las grietas en los pezones; le he cambiado la postura de dormir para que no se le aplastase el mismo lado del cráneo, aunque me muriese de sueño durante meses; le he hablado como si me entendiera, aunque no me gusta hablar, y le he cantado las canciones que le gustaban. No soportaba ni a la vaca Lola ni al elefante que se balanceaba ni a Susanita ni al ratón; le he introducido los alimentos como me indicaba la pediatra, aunque tenía que hacerme listas para acordarme, porque entre el sueño y la mala memoria se me mezclaban los conceptos; le he sacado los mocos sorbiendo el sacador de mocos, aunque me daban arcadas solo de pensar que se podía colar alguno; le he estimulado con los juegos que la pediatra me decía para que estuviese espabilado, aunque no supiera bien a qué jugar.

Solo me he mantenido firme con lo de no dormir con él. La pediatra me decía que no lo hiciera y Consuelo me decía: ay, chocho, y cuando encuentres un hombre que te guste a dónde vas a poner al crío, pero yo al crío lo quería poner al lado mío siempre y lo del hombre que me gustase lo había descartado hacía tiempo, así que siempre he dormido con él, incluso ahora. Desde que va al colegio, a todo lo que me dice la pediatra se suma todo lo que me dice la orientadora. Cambiar el mundo está en parte en mis manos, me dice, porque podemos cambiar el mundo con los gestos cotidianos que dedicamos a lo que más queremos: nuestros hijos. Educarles en valores, cuidar su salud emocional, darles amor siempre, quererles siempre. A mí no me lo tiene que contar.

La educadora está empeñada en que yo comprenda, en que todos comprendamos, que nuestros hijos no son de nuestra propiedad ni tampoco nuestros enemigos. Que no hacen las cosas que hacen para retarnos ni para molestarnos, sino para expresar sus sentimientos en formación. Nos pide que no los comparemos con otros, que no los culpemos de todo, que no los tratemos como no nos gustaría que nos tratasen a nosotros. Nos pide cosas todas las semanas, por email. A nosotros, como no miramos el email, le mete los papeles en la mochila a Javi. También a un par de niños más. No sé si no tienen correo electrónico o si les da pereza mirarlo, como a mí, pero se ha corrido la voz de que somos tan pobres que no tenemos ordenador. Unos cuantos se ríen de ellos, les dicen a sus padres, mira, ese es el que no tiene ordenador, y sus padres a veces no les dicen nada y otras veces les dicen: ay, pobres, como si no tener ordenador fuera una enfermedad mortal. A Javi no le afecta. Prefiere el papel porque luego pinta detrás. A mí me da igual. Prefiero saber que la gente es gilipollas antes de hacerme ilusiones.

No compruebo el email, es verdad, pero no me hace falta que la orientadora me diga que a las doce es mediodía. Yo ya sé que a las doce es mediodía. Yo ya sé que mi hijo no es mío y que no es mi enemigo y que no tengo que quererle solo si se porta bien ni que chantajearle con amor para que haga lo que yo quiero que haga. Ya sé que el amor incondicional es la mejor de las vacunas, el mejor de los paracaídas para los desastres que nos tiene preparados la vida. Ya sé que tiene que saber que a su alrededor hay amor. Y él lo sabe también. Él sabe lo que es el amor. Sabe que el amor está por encima de los defectos. Si no lo supiera, no me querría.

Ese día fuimos al cementerio porque los sábados hay un hombre que hace visitas guiadas por la mañana. Lo dijo José Luis, que lo había leído en el periódico. El hombre ofrece varias rutas. Se llama Rafa Solaz. Escogimos la de los valencianos ilustres porque yo quería ver la tumba de Nino Bravo. A mí Nino Bravo es que me gusta mucho. Sobre todo una canción que se llama «Vivir». No lo conocía hasta que conocí a Consuelo, que se pasa el día tarareando «pues yo mismo no me entiendo con mi propio corazón, y al llegar la madrugada, mi canción desesperada te dará la explicación», y un día, que ya estaba harta de oír siempre la misma, le pedí que cambiara el repertorio y se puso a cantar que caminar siempre adelante, aunque tengas que sufrir, eso es vivir.

Dice Consuelo que «Vivir», la compuso para su mujer, pero que luego le cambió la letra. Y que la grabó poco antes de morir y que nunca la pudo cantar. La vida es un chiste malo. Lo dice Consuelo, y tiene razón. La vida te gasta bromas que no tienen gracia continuamente.

Ella tenía que haber venido a la excursión. Habíamos reservado tres plazas, pero a última hora le dio pereza bajar las escaleras para volverlas a subir al rato, y yo me enfadé, pero la comprendí, porque si hay algo que yo puedo comprender, es la pereza de las personas, aunque desde que tengo a Javi no hay espacio para la mía. Esa mañana intenté que nos quedásemos en casa también nosotros, pero no hubo forma. Javi estaba convencido de que de las tumbas saldrían zombis, vampiros y otros personajes de ciencia ficción, y al principio se enfurruñó, pero poco a poco se fue animando porque los valencianos ilustres se enterraban con mucho lujo, con abundancia de criptas y de columnas y de florituras, y Javi recuperó la esperanza de ver algún muerto viviente. A mí me gustó la tumba de Sorolla, con su apellido rodeado de una corona de laurel. Y la de Nino, también sencilla, sin foto.

Consuelo nos escuchó entrar a casa cuando volvimos, y vino a pedirnos que comiésemos con ellos, pero como yo estaba enfadada con Javi porque no se había portado bien y con ella, porque me había dejado sola en la excursión, les castigué a los dos rechazando la invitación. En realidad, me estaba castigando a mí misma, y eso me enfadaba más todavía. En casa de Consuelo, Javi se hubiera puesto de buen humor enseguida, yo no hubiera tenido que hacer la comida y mientras Consuelo ponía la mesa y terminaba los platos, sería posible que yo me escabullera a mi piso para respirar hondo y olvidarme de lo poco que se había parecido esa mañana a la que yo había planeado. Consuelo hablaba, y yo lamentaba para mis adentros tener ese carácter de mierda que tanto me perjudicaba, que echaba por tierra todos mis buenos propósitos. Ser una buena madre. Ser una buena persona.

En el móvil, Consuelo puso un vídeo con el entierro de Nino, y lloró como si en lugar de un cantante famoso muerto hacía cincuenta años estuvieran enterrando a un familiar.

—Chica, es que era un crío. Veintiocho años tenía, una hija pequeña y a su mujer embarazada de meses —se lamentó.

A mí el vídeo me dio pena, sobre todo por los comentarios de Consuelo. Mira, esa era la mujer, mira la madre, mira los amigos, mira, tanta gente que no cabía ni un alfiler en el cementerio, fíjate, qué lástima. Pero más lástima me daba mi hijo que estaba muerto de hambre y de sueño, y más lástima me daba yo, que no estaba acostumbrada a pasar tanto tiempo sola con mi hijo y tenía los riñones destrozados y la paciencia al límite. Quería que se fuera de mi casa, que nos dejara tranquilos para rumiar nuestras miserias, pero Consuelo tenía ganas de hablar.

—En verdad se llamaba de otra forma, no se llamaba Nino.

—Lo he visto en la lápida, sí —contesté con desgana.

—Se llamaba Luis Manuel. Dicen que tenía que haber ido a Madrid en avión, con un grupo de músicos que estaban empezando, pero que a última hora se fueron en su coche porque se lo acababa de comprar.

—Ya ves.

—El destino, Salomé, es muy cabrón.

—Mucho, Consuelo.

—...

—...

—Yo es que tenía un novio, ¿sabes? Un novio que se le parecía, a Nino. Le llamaban Nino y todo, de lo que se le parecía.

El novio de Consuelo se llamaba Luis.

—Hasta en eso, fíjate.

Yo no tenía ganas de que me lo contara. Tenía ganas de comer y de dormir. Estaba cansada de estar de pie y de llevar a Javi en brazos, porque a la media hora de caminar por entre las tumbas se dio cuenta de que no saldrían vampiros de dentro y tuve que cogerlo si quería terminar la visita.

Me escabullí de ella. Consuelo nunca me hablaba de su intimidad, mucho menos de su pasado ni de sus sentimientos, pero ese sábado quiso contarme algo que a lo mejor era importante o a lo mejor era una chorrada, no lo sé, porque me marché a mi casa sin remordimiento.

El remordimiento llega hoy, meses después, cuando paso frente al cementerio donde descansa Nino Bravo. Cuando me acuerdo de Consuelo diciéndome: mira, el ataúd, parece que no va a caber en el nicho; mira, la madre, cómo toca la caja, qué cara de pena, qué sufrimiento tan grande; mira, que la vida nos manda los dolores que podemos aguantar, esa es la gran putada; mira, yo tenía un novio que se le parecía y que cantaba como él, y ahora tengo que conformarme con bailar sus canciones con el pobre José Luis.

Puede que Charo tenga razón y sea una egoísta, una chica difícil, una que solo piensa en ella, una que no se pone en la piel de los demás.

Me cae una lágrima. Me la aparto con el dorso de la mano, con rabia. Me da rabia llorar. Yo no sé llorar. Yo no tengo motivos para llorar. Me lo digo mucho.

Me acuerdo de un reportaje que leí en el teléfono, en un digital. Lo leí con tan poca atención que el recuerdo me sorprende por inesperado, pero lo recuerdo con detalle. Hablaba de cómo habían pasado el confinamiento por el coronavirus las personas sin recursos, las personas sin hogar, y contaba que el ayuntamiento había habilitado un complejo deportivo y cultural para que se instalaran allí, muy cerca de mi casa. Ahora pienso en la suerte que tuvimos Javi y yo, con toda la casa entera para nosotros y con la de al lado, como si fuera también nuestra. Lo pienso ahora, solo. Entonces aceptaba las cosas que tenía con la naturalidad del que no se imagina que la vida siempre puede ser peor. En el reportaje salía una chica de diecinueve años que llevaba desde los doce en un centro tutelado que tuvo que dejar a los dieciocho. Se llamaba María Jesús, me parece estar leyéndolo de nuevo. Le debía al Covid poder dormir bajo techo después de un año entero debajo de un puente y de cruzar la ciudad caminando para poder coger naranjas en los campos de las afueras. La madre de María Jesús la maltrataba desde pequeña. Su hermano le pegaba tanto que una vez le rompió la muñeca. Un día su padre la violó.

Miro por la ventanilla del metro. Me cae otra lágrima. Me la vuelvo a apartar, con rabia.

No. No me parece que yo tenga motivos para llorar. O tal vez sí.

11

Mi padre se llamaba Fernando. No sé si aún vive, o si ya se murió y nadie nos lo ha dicho. Para nosotras, es como si estuviera muerto. Eso me lo decía mi madre sin que yo se lo preguntara y también las pocas veces que se lo pregunté. Tu padre está muerto. Para mí, tu padre está muerto. Tu padre se fue por tu culpa y está muerto.

Mi padre se fue porque se cansó de las responsabilidades de tener una mujer y, sobre todo, una hija. Eso me lo decía mi madre. Y a sus amigas también se lo decía. Las amigas de mi madre venían a cenar a casa casi todos los viernes. Algunas de las amigas de mi madre tenían maridos que no se cansaban de las responsabilidades y otras tenían maridos que sí se cansaban de responsabilidades. Las que tenían marido no venían a cenar todos los viernes. Las que no tenían, sí. Cuando hacía frío, cenaban en el comedor. Cuando no hacía frío, sacaban una mesa a la calle. Cada una llevaba su bocadillo, y patatas fritas y bebidas para compartir. Luego se iban al bar de la plaza a tomar la última, decían, pero siempre era más de una. Si no hacía frío, a veces me llevaban con ellas. Si hacía frío, o si no tenían ganas, me dejaban en casa sola. Unos viernes me daba miedo, otros me daba solo rabia.

Envidiaba a las amigas de mi madre porque siempre parecían estar de buen humor. Las amigas de mi madre se conocían de hacía mucho tiempo, de cuando eran más jóvenes y habían compartido trabajos. Se decían te quiero continuamente y se reían muchísimo, sobre todo hacia el final de la cena. Mi madre no tenía madre, ni tampoco padre. Los había tenido, pero ya no los tenía. Primero se había muerto él y al poco ella, mucho antes de que yo naciera. Cuando a mi madre le daba pena acordarse de ellos, que ya no estaban y que tanta falta le hacían, las amigas de mi madre le decían, nosotras somos tu familia. Pero la cena de Nochebuena siempre nos la tomábamos mi madre y yo solas.

Envidiaba sobre todo a las hijas de las amigas de mi madre, porque tenían abuelos y muchísimos tíos y primos, y, especialmente, porque no tenían un padre que se hubiera cansado de la responsabilidad de tenerlas y se quedaban con ellas mientras las madres salían a cenar. Las envidiaba tanto que las odiaba. Quería ser ellas y como no era ellas, si venían a cenar a casa o al bar de la plaza, no les hablaba y en el colegio les gastaba putadas cada vez que podía. Contaba que habían hablado mal de fulanita o de menganita, aunque fuera mentira; decía que las había visto besarse con tal o cual chico; les escondía los libros o les tiraba las libretas a la basura si tenía ocasión. Las odiaba con toda mi alma. Por tener la vida que yo no tenía.

La vida en las otras casas no parecía ser como era la vida en mi casa. Aunque si alguien nos hubiera mirado, aunque hubiera sido con la mirada minuciosa de un científico que observa por el microscopio, no habría encontrado nada raro, nada distinto. Nada nos diferenciaba del resto. Los golpes peores son los que no dejan huella. Las cicatrices se forman cuando sanan las heridas de la piel y solo queda la marca como recuerdo del daño. Por eso parecíamos normales. No nos habíamos curado, pero nuestro dolor no dejaba ningún rastro.

Mi madre tenía cinco amigas. Formaban un grupo de seis, con ella. Dos estaban casadas. Dos tenían parejas que iban y venían. Una no quería saber nada de los hombres ni del amor. Todas ponían verde a mi padre. Todas le decían a mi madre que estaba mejor sin él. La que no quería saber nada de los hombres ni del amor contó una noche que se lo había encontrado en la ciudad con una mujer y un bebé y que parecía muy feliz. Le saludó y estuvo hablando un rato con él. Él le dijo que la mujer era su mujer y que el bebé era su hija, que tenía tres más que se habían quedado en casa, que estaba muy contento con su familia, y aparte, y en voz baja, para que no le escuchara su mujer, le dijo que esperaba que mi madre no le guardase rencor. La amiga de mi madre le dijo la verdad: que se lo guardaba, que le detestaba profundamente, que el odio de mi madre era tan grande que no descartaba que en el fondo siguiera siendo amor, cosa que ella no entendía porque así no se hacían las cosas. La amiga de mi madre no volvió a venir a cenar. Mi madre no le perdonó que trazase de ella un dibujo tan real. Desde ese día, poco a poco, dejaron de venir las otras. Yo no dejé de hacerles putadas a sus hijas. Mi madre hizo otros amigos. Casi todos hombres. A todos les decía que no quería compromisos, que les daría la patada cuando se cansara de ellos, pero todos la dejaban antes. Me pregunto si veré a aquellas amigas o a los amigos nuevos que llegaron luego en el entierro de mi madre.

Mi padre era muy alto, moreno. Fumaba. Aguantaba el cigarro entre los dedos para retratarse y sonreía como si fuera un actor de cine, como si fuera Alain Delon. Solo lo conozco por las fotografías. Yo a él, en realidad, no le recuerdo. Nadie me ha dicho: mira, este es tu padre, pero yo sé que ese es mi padre. Me parezco a él. Tengo el mismo corte de cuerpo, solo que él parece fuerte y yo tiro a gorda. Y los ojos, los tenemos los dos del mismo verde. Las fotos eran viejas. Sus ojos parecen verdes. Los míos son verdes. En algunas está solo, en otras con mi madre, en otras con amigos, en otras en una Ducati. En una creo que sale conmigo, pero no estoy segura. Hay una niña pequeña en biquini, que debo de ser yo, apoyada en una espalda ancha, en la orilla de la playa. No se ven las caras. Yo miro el horizonte de perfil, él está mirando al agua. Yo le rodeo con mis bracitos. Parecemos felices. Me gusta pensar que somos nosotros, aunque puede que no. Que esa niña no sea yo. Que esa espalda sea de otro hombre. Tengo recuerdos suyos, pero no tengo recuerdos con él.

Yo salía en muchas fotos, pero las mías estaban dentro de álbumes de colores en uno de los cajones del comedor, con el recorte de *El Caso*. Yo subida a un columpio, yo con dos coletas a la puerta del colegio, yo con un brazo escayolado y con los dedos en forma de uve haciendo la señal de la victoria, yo con gafas de culo de vaso y Marisol con gafas de culo de vaso, yo en el balcón, yo, siempre sola.

Esas no me gustaban, solo me gustaba ver las que estaban escondidas. Las vi muchas veces, pero dejé de verlas demasiado pronto. Mi madre las tenía en una caja de madera que antes seguro que había contenido un par de botellas de vino que se habían roto, porque al levantar la tapa olía a vino y se veían manchas de vino y en las esquinas había trocitos verdes de cristales. La caja estaba guardada en un armario encima de la nevera. La encontré por casualidad, uno de esos viernes que mi madre me había dejado en casa cuando acabó la cena con las amigas. La tele me aburría y buscaba algo de comer. Era trabajoso sacarla, pero tampoco parecía que estuviera escondida como quien esconde un tesoro o un secreto. Yo deseaba que fuera viernes, que mi madre saliera con la certeza de que haría el suficiente ruido al volver, si es que volvía antes, para que a mí me diera tiempo a guardarlo todo, volver a mi cuarto y hacerme la dormida.

Me subía a una silla, la sacaba con cuidado, repasaba las fotografías y luego volvía a dejar la caja donde estaba. También había unas cuantas entradas de cine, *Tiburón*, *Oficial y caballero*, *El retorno del Jedi*; un posavasos de un sitio que se llamaba Christopher Lee que estaba en la calle Pinzón; una servilleta con garabatos que debieron ser palabras que se habían borrado con el tiempo; billetes de tren. Me imaginaba a mi madre guardando todas esas cosas que habían sido algo y que ahora, al mirarlas tanto tiempo después, significaban algo diferente, o nada, que es peor. Pensaba: esto ha sido vida y ahora está muerto. Me daba tanta lástima que muchas veces lloraba sin saber por qué y a veces me acordaba de que la culpa de todo la tenía yo, que había hecho que mi padre nos dejara por ser tan pesada, y entonces lloraba sabiendo el motivo.

Un día me hice un corte con uno de esos cristales rotos y manché la caja con unas gotas de sangre, y también el borde de una de las fotos. Los dos están en bañador, en la playa. Él le pasa el brazo por los hombros y ella tiene la cara ladeada, hacia la derecha y hacia arriba, para mirarle a la cara. Ella es más baja que él, y la mancha de sangre quedó a sus pies. Cuando volví a buscar las fotos, no había ninguna. La caja estaba donde siempre, detrás de los paquetes de harina y de azúcar, de los botes de melocotón en almíbar y las botellas de leche, pero vacía.

Yo tenía dieciséis años cuando comprendí por qué me gustaba tanto repasar una y otra vez esas imágenes: porque esas imágenes contenían un poco de felicidad. Puede que mi madre no las hubiera tirado, que solo las hubiera escondido en otro sitio del que las cambiaría si se enteraba de que las había vuelto a encontrar, pero supe que no volvería a verlas. La imaginé imaginándome levantando la tapa, anticipándose a mi desilusión al no encontrar nada dentro. Supe que era cruel, que sabía bien dónde golpear para que hiciera más daño. Lo que más me dolió fue que hubiera sido capaz de quitarme, también, ese minúsculo momento de felicidad.

Creo que fue la primera vez que sentí que había dejado de quererla y que fue entonces cuando decidí que me iría de allí, que no me llevaría ningún recuerdo ni ningún rastro de mi vida, y me juré que haría todo lo posible para no volver.

12

Sin embargo vuelvo. Podría no volver, o volver solo para el entierro cuando Isabel me diga que ya es el momento. Pero vuelvo. Y sé que volveré cada día hasta que Isabel me llame y me diga: ya es el funeral, y que seguiré volviendo después de enterrarla.

Vuelvo porque quiero entrar en su casa, sin prisa. Quiero pedirle las llaves a Charo. Decirle: me he llevado al perro y ahora me llevo las llaves y voy a cambiar la cerradura porque no quiero que entres a la casa de mi madre. Quiero hablar con Miguel, pedirle que me cuente cosas de mi madre. Quiero ir a mi colegio. Quiero encontrar a mi amiga Marisol. Quiero que alguien me diga qué ha ocurrido, cómo es posible que el tiempo haya pasado tan rápidamente, un año detrás de otro año, hasta llegar a este momento tan irremediable. Porque yo me fui para no volver, pero, de haber sabido que esto pasaría, a lo mejor hubiera vuelto. Hasta hace un día no era así. Hoy, seguramente, hubiera vuelto. Antes.

Y cuando llego le digo a Charo que no le voy a devolver a Pepe. Ella protesta y me dan ganas de decirle que para qué quiere al perro de mi madre si ella tiene su propio perro en su cara de perro, pero me doy cuenta de que es mejor guardar la compostura porque quiero que me dé la llave y así me ahorro cambiar la cerradura. Me da rabia no pensar. Pienso mucho, pero sin pensar. Pienso todo el rato en todas las cosas, pero luego actúo sin reflexionar. Como ahora. En la puerta de Charo, con el timbre pulsado, se me ocurren cosas a borbotones que tendría que haber planificado con minuciosidad mucho tiempo antes, anoche, ayer por la tarde, en el viaje en metro en lugar de pensar en el entierro de Nino Bravo. La noche para pensar y el día para obrar, me dice mucho Consuelo. Pero no. Ni siquiera sé lo que quiero hacer.

Me abre.

—Buenos días, Charo. Me gustaría que me diera las llaves de la casa de mi madre. —Me mira con desprecio. Añado algo, por romper el silencio—: No saben cuándo va a poder ser el entierro.

—¿Aún no has enterrado a tu madre y ya quieres quitarle la casa?

—¿Quitarle la casa? —Me encojo de hombros.

No quiero quitarle la casa. No puedo quitarle la casa porque ella ya no está, no tengo a quién quitarle la casa. Si la heredo, será mía, así que tampoco se la quitaré. Pero hoy lo que quiero es entrar en su casa. Entrar sin tener que pedirle permiso a la mujer que tiene las llaves y que seguramente me odia porque mi madre le transmitió odio hacia mí.

—No quiero quitarle la casa a mi madre, Charo. Le agradezco mucho que haya cuidado al perro estos días, y siento habérmelo llevado sin decirle nada.

Charo guarda silencio.

—También siento mucho que mi madre se haya muerto como se ha muerto.

Sigue guardando silencio.

—Yo no quería que esto pasara.

Sigue mirándome con odio profundo, y me canso de dar oportunidades.

—Cuando me fui, ella no estaba viendo el telediario. Estaba viendo un concurso. Si la engañó con eso, Charo, podría haberla engañado con todo lo demás.

Le ordeno que me devuelva la llave y ella insiste en que no me la va a dar, pero Miguel aparece como por arte de magia con el llavero en la mano. Me lo tiende y con la otra, aparta a su mujer de la puerta y la cierra.

Se oyen sus gritos mientras subo los dos pisos que me separan de la casa de la madre de Marisol.

No sé si me ha perdonado cuando llamo a la puerta de la casa de su familia. Tampoco sé si sigue viviendo aquí, pero no sé por dónde buscar y a Charo no quiero volver a preguntarle nada en esta vida. Imagino que si no vive ella, seguirá viviendo la madre. Estoy nerviosa. Pienso que si no hay nadie que me sepa decir dónde está, tal vez Tony tenga alguna idea, pero en eso me abre Marisol.

—No mereces que te abrace —me dice.

Pero me abraza. Y yo me hundo en sus brazos, en su cuerpo blando y blanco. Su pelo negro me hace cosquillas en los hombros y parece que sea mi propio pelo. Me aparta. Me mira. Me acerca. Me abraza otra vez. Me besa la frente, las mejillas. Tiene los ojos húmedos, pero no llora. No lleva gafas. Está contenta, y yo también. Parece mayor de lo que es.

—Pasa, cabrona —me dice, y se ríe.

Vuelve a ser joven cuando se ríe. Su casa está como antes, detenida en el tiempo.

—Los niños no están —me dice.

—¿Cuántos tienes?

Se ríe, otra vez. Su sonrisa es genuina. No guarda relación con lo que dice, sino con lo que siente.

—Tres: Sebas, de diecisiete; Carlos, de quince; y Lola, de doce.

—Has cumplido tus sueños.

Se ríe, más fuerte.

—Algunos, sí. Ahora están en casa de su padre. Los tenemos una semana cada uno. Yo vivo aquí, ¿te lo puedes creer? —Sin darme tiempo a contestar me hace otra pregunta—: ¿Quieres un café?

Le digo que sí, que sí al café y que sí a que me lo puedo creer, y desde la cocina me sigue contando.

—¿Te acuerdas de Sebas, el de clase? —Da por hecho que sí—. Pues me casé con él, es el padre de los niños. Aunque eso ya lo sabes, ¿no? Nos viste aquel día, en Valencia. —Le digo que sí—. Nos separamos hace cinco años. Por eso estoy ahora aquí, pero es temporal. En realidad, deberíamos habernos separado antes, o no habernos casado nunca, no sé. Pero si no hubiéramos estado juntos, no tendría a los niños, y eso no lo cambio por nada...

Me mira.

—¿Tú estás casada?

Le digo que no.

—¿Separada?

Le digo que no.

—¿Estás con alguien?

Le digo que no.

—¿Tienes hijos?

Saco el móvil y le enseño una foto de Javi.

—¡Pero qué guapo es! No se te parece. ¿Se parece al padre?

Le digo que supongo que sí.

—¿Cuántos años tiene? ¿Cinco?

—Cumplirá siete el 7 de septiembre.

—Mira, como la canción de Mecano. —Se ríe otra vez—. Joder, tía, perdona, es que estoy supernerviosa. Desde que pasó lo de tu madre pensé que te volvería a ver y, qué quieres que te diga, no sabía cómo iba a reaccionar. —Suspira—. Siento mucho que haya muerto, pero... me alegro tanto de volver a verte, Salomé.

Se le humedecen otra vez los ojos. A mí también.

—Me he hecho la promesa de intentar retrasar todo lo posible el momento del enfado —me dice.

—¿De retrasar? —pregunto.

—¿No pensarás que no estoy enfadada contigo? —me devuelve la pregunta.

La verdad es que no me lo había planteado, pero no quiero decírselo, ahora que sé que lo está. Había pensado que estaría triste, preocupada. Que me añoraría, que se preguntaría dónde me habría escondido, que pensaría en mí cuando tuvo su primer hijo, los que vinieron después. Di por hecho que entendería mi decisión, que también ella se habría dado cuenta del infierno de mi vida, aunque no hubiéramos hablado nunca de eso. ¿Por qué tendría que enfadarse?

—Fui a buscarte, ¿sabes? A la academia —me explica—. Durante meses, iba a esperar a que saliera la gente, por si salías tú. Encontré a algunas que te conocían y que me decían que no tenían ni idea de dónde podías haber ido. Un par de veces las seguí y todo, por si me mentían.

Bebe café, que está demasiado caliente y se quema los labios. Se caga en todo, y sigue hablando.

—Y también fui a esas oficinas. Menuda suerte encontrarte allí, ¿verdad? Pero no sabían nada de ti, no conocían a ninguna Salomé. Me tomaron por loca, y no me dieron ninguna información.

Sonríe, y de nuevo su sonrisa vuelve a no tener nada que ver con las palabras, sino con los sentimientos. Es una sonrisa triste.

—Me dijeron que si seguía yendo por allí, llamarían a la policía. Localicé un bar, y me iba allí por las mañanas con el niño, hasta que me di cuenta de que verte había sido una casualidad que no volvería a repetirse.

Vuelve la sonrisa triste.

—Tardé mucho en pensar que si a ti te hubiera removido verme, habrías podido encontrarme fácilmente, y entonces fue cuando empecé a enfadarme contigo de verdad.

Me da un abrazo.

—Luego se me pasó —me dice—. La verdad es que has sido una hija de la grandísima puta. Eras lo único que tenía, la única que sabía todo lo que me pasaba, lo bueno y lo malo, y me dejaste aquí, tirada. No he vuelto a tener una amiga como tú, no me fiaba de nadie, y hasta llegué a pensar que te fuiste por algo que yo hice o dije o no hice o no dije. —Se ríe, con una risa nerviosa—. Yo creo que empecé a estudiar psicología para quitarme el trauma y para intentar entender qué te había pasado.

Me mira.

—¿Qué te pasó? —No espera a que responda. Borra su pregunta con un gesto de la mano—. Te quiero muchísimo, y ahora que has vuelto, no voy a dejar que te vayas otra vez.

Le digo la verdad y me doy cuenta cuando la digo de que le estoy diciendo la verdad.

—No pienso irme.

Mi mejor amiga deja de ser un recuerdo.

En el salón hay una foto de Marisol con Sebas. No puedo evitar verla. Está encima del televisor. Encima no, porque es de plasma. La tele está entre dos estanterías y entre las dos estanterías hay un estante horizontal sobre el que descansan libros y fotografías sin demasiado criterio. Las estanterías forman extraños compañeros de viaje: un trozo de muro del Muro de Berlín junto a una botella de resoli con las casas colgadas de Cuenca; una Torre Eiffel al lado de un pato que ama Barcelona; la Estatua de la Libertad frente a una cabina telefónica roja. Se nota que la casa es de los padres de Marisol, que ella no la ha querido tocar porque piensa que se quedará poco tiempo, y que sus hijos y sus nietos se han acordado de ellos en los viajes que han hecho.

A Berlín fueron en una caravana. Yo de eso me acuerdo. Bueno. Me acuerdo de las veces que lo ha contado la madre de Marisol. Que fueron con unos primos que tenían una. Que dejaron a los hijos con la abuela. Que pasaron calor y también frío, dependiendo de por dónde transcurriera el viaje, y que el primo les obligaba a cagar en una bolsa y luego a tirar la mierda dentro de la bolsa en un contenedor y hasta que no lo encontraban todo olía fatal. Que viajar en la caravana no era como en las películas porque no podías estar dentro, y tenías que pasar en el coche todo el rato. Que el primo roncaba y que la prima hablaba en sueños; total, que las noches eran un tormento y el viaje, un coñazo, pero como era la única vez que habían salido tenía buen recuerdo, a pesar de todas las quejas. Se había traído un trozo de hormigón que conservaba algo de pintura roja y amarilla y lo colocó en la peana de una bandeja de latón que ponía «Primera Comunión de José Juan», porque la bandeja se había oscurecido y ya no le gustaba, y aunque no sabía explicar lo que había sido el muro ni lo que supuso su caída, sí que contaba que había estado allí meses después de que lo tiraran y que se había traído un trozo, porque eso era historia y la historia estaba en su casa. Marisol se reía, un poco avergonzada, y un poco divertida.

Ahora que su matrimonio con Sebas es historia también, la foto y el trozo de muro hacen buena pareja. En realidad, hay más de una. Una está en el estante de las fotos de bodas en general. La de los padres, en blanco y negro, y las que ya están en color: la del hermano de Marisol, la de ellos, y la de algún sobrino que no conozco. En la de los nietos están los nietos, pero eso solo lo puedo intuir porque no veo nada más que bebés y niños pequeños. Hay alguna más, solo de Marisol y Sebas y los que deben de ser sus hijos, pero esas creo que las ha traído Marisol porque están colocadas sin orden, una al lado del teléfono, otra entre un par de libros, y la del televisor. Sebas lleva barba y gafas, y rodea los hombros de Marisol con el brazo y entre los dedos de la mano sostiene un cigarro.

Marisol nota que estoy mirando las fotos y me da la sensación de que le incomoda.

—¿Has conocido a Isabel? —dice.

—¿La conoces tú?

—Claro. Yo antes trabajaba en la carnicería que estaba al lado de la gestoría. De eso conozco a Isabel, de venderle la carne. Yo le presenté a tu madre cuando llegó a Miraval y buscaba una limpiadora de confianza.

—El mundo es un pañuelo —digo, por decir algo.

—A Isabel la conoce todo el mundo, porque además vendía la Thermomix. Sobre todo la conocemos de eso, de la Thermomix, que nos la ha encasquetado a medio pueblo. ¿Tú tienes?

No me la puedo permitir, pero le doy la respuesta abreviada.

—No.

—Deberías. Facilita muchísimo la vida. —Parece haber perdido el hilo de la conversación, pero lo recupera después de clavar durante un instante la mirada en el techo—. Isabel me ha dicho que, en cuanto pueda, me dará trabajo.

—¿De qué?

—Busco de lo que sea. Como tenemos la compartida, Sebas no me pasa pensión. Pero prefiero que no me dé dinero y que llevemos a los niños a medias.

—A lo mejor puedes limpiarle tú la casa, ahora que mi madre ya no está.

Me mira como si hubiera dicho una barbaridad.

—Uy, limpiadora, qué dices. Calla. Eso es para nuestras madres.

Me callo.

—Y tú ¿eres peluquera?

—No.

—Pero la academia se te daba muy bien. ¿Te acuerdas de que me teñiste el pelo de morado y me lo rapaste? Mi madre casi nos mata.

Me acuerdo.

—Sí, pero luego no encontré trabajo en ninguna peluquería.

—¿Y a qué te dedicas, ahora?

—Limpio casas.

Se ríe.

—No, en serio. ¿En qué trabajas?

—En serio: limpio casas.

Baja la vista.

—Joder, tía, lo siento.

—¿Sientes que sea limpiadora? —me río.

—No, siento haber hecho ese comentario tan estúpido.

—No pasa nada. Limpiar es un trabajo como otro cualquiera.

Está avergonzada y no me extraña. No es bonito ser clasista. No se lo digo. Me encojo de hombros.

—Para mí es un trabajo cojonudo, Marisol. He podido criar a mi hijo yo sola, y nunca nos ha faltado nada.

—¿Y su padre?

Me encojo de hombros, otra vez.

—Su padre no sabe que Javi existe. Fue un polvo de una noche, así que no creo tampoco que quiera saberlo.

—Qué suerte, tía. Qué envidia.

—¿Tan mal te fue con Sebas?

Sonríe, con tristeza.

—Ni bien ni mal, Salomé. Creo que nos confundimos. Nos queríamos. Yo, desde luego, le quería a él, pero con mi amor no daba para compartir una vida. Éramos como los matrimonios de antes.

No lo entiendo. Ella me lo explica:

—¿Te acuerdas de que siempre decías que tenía nombre de viejo?

Le digo que sí.

—Yo también tengo nombre de señora mayor. Sebastián y Marisol. Y así nos hemos querido, como dos personas mayores y solas que se juntaban para tener compañía. Pero es que no éramos viejos, o al menos no éramos viejos al principio. Yo me daba cuenta de que él no me quería como yo a él y, pensaba: bueno, esto será lo normal... Y de repente, con tres hijos, una vida que no te acaba de gustar, te preguntas si es esto lo que te espera el resto de tu vida. Porque yo, Salomé, no sé, veo a la gente en la tele, veo a las clientas en la carnicería, bueno, las veía, y me parece que la vida es algo más. Yo oía hablar de mariposas en el estómago, y lo máximo que yo había notado en la vida eran gases.

—¿Y eso pasó? ¿Que la vida no era como en las películas? ¿Que notabas más las ganas de tirarte un pedo que la felicidad? —Nos reímos las dos. Sigo hablando—: Porque yo no conozco ninguna vida que se parezca a las de las películas, menos en las putadas.

—Yo no quiero una vida de película, Salomé. Pero quiero a alguien que me quiera de verdad, con locura, no siempre, pero tampoco nunca. No hubo discusiones, ni malas palabras. No me puso los cuernos ni yo a él, no hubo problemas graves. Ni siquiera hubo una pelea pequeña. Un día él se levantó antes de que sonara el despertador y cuando me desperté yo, le vi sentado en el váter, llorando. Le pregunté por qué lloras, y me dijo que no lo sabía, que tenía una tristeza muy grande dentro, que sentía una angustia enorme, que le parecía que había desperdiciado su vida. Me quedé fría. Me preguntó si yo estaba enamorada de él, si había estado alguna vez enamorada de él, y me pidió que le contestara con la mano en el corazón, sin enfadarme. Y la verdad es que enfadarme con él es fácil, pero es difícil también, porque, si lo pienso, encuentro motivos enseguida, pero, si lo pienso mejor, me doy cuenta de que son motivos tan absurdos que no vale la pena enfadarme. Así que me puse la mano en el corazón, como me pedía, y no pude evitar decirle la verdad: que no estábamos enamorados. O al menos, no el uno del otro.

—Mejor darse cuenta pronto. Sois muy jóvenes los dos.

—Así es. Yo soy joven, es la verdad. Y el mundo está lleno de hombres que buscan a una mujer con tres hijos para empezar una nueva vida —se ríe.

Yo también me río.

—Decidimos nuestro divorcio ahí mismo, sin que él levantara el culo de la taza. Solo lloró él. Decía que le daba pena que hubiéramos pasado todo ese tiempo sin saber querernos, y ¿sabes qué? Que era la verdad. Que lo teníamos todo. Que éramos buenas personas, personas amables, cariñosas. Que no nos habíamos dado grandes disgustos, pero tampoco grandes alegrías, más allá de tener tres niños preciosos...

—¿Y cómo se lo tomaron ellos?

Se ríe.

—¿Ellos? La pequeña, las primeras semanas, lloraba porque añoraba a su padre si estaba conmigo y a mí si estaba con su padre, pero luego se le pasó. A Carlos solo le preocupaba no perder los apuntes cuando cambiaba de casa, porque es muy estudioso. Y Sebas nos dijo que deberíamos habernos separado antes porque era evidente que no nos amábamos. Así nos lo dijo.

—¿Cuántos años tenía?

—Sebas tenía doce, y ya se había dado cuenta de que en nuestra familia no había amor del que tiene que haber en las familias. Había cariño, respeto...

—¿Y te parece poco?

—Claro que no me parece poco. Pero me parece que esa es la base, lo que debe quedar cuando el amor, la pasión, se acaba. Me parece que si no hay eso, no hay nada..., pero ¿solo eso, Salomé? Los hijos reproducen los comportamientos de los padres. Me atormenta que el día de mañana elijan una pareja como la que formamos su padre y yo, una pareja como las de antes, que se casaban por conveniencia, por dinero, porque sus padres tienen ese compromiso. —Se ríe.

—Hiciste bien, Marisol.

—No me arrepiento, pero, a veces, después de todo lo que ha pasado, miro hacia atrás y me digo joder con las putas mariposas en el estómago. Cuando la carnicería cerró, dejé el piso en el que vivía y me vine aquí. Mis padres se compraron un estudio en Benidorm y se quedaron allí. Antes vivíamos todos en un adosado, en la zona nueva de Miraval. Sebas sigue allí, a él le va mejor que a mí. Estudió filología, pero empezó a trabajar de visitador médico y gana dinero a espuertas, el cabrón. Y me dice que me vaya con ellos, que podemos estar todos juntos una temporada, pasar el tirón. Me dice que los niños me echan de menos, que es un trastorno ir de acá para allá, que en su casa los críos tienen más comodidades que en este piso, y es verdad, pero me jode reconocerlo.

Se enciende un cigarro.

—Él siempre me dijo que era un error trabajar en la carnicería. Porque yo también estudié, eh. Empecé psicología, lo que pasa es que no la acabé. Él me animaba a terminarla, pero, chica, los niños, la casa, y se me hizo bola. Pensaba que si me licenciaba y me abría una consulta, al final tendría que pagar a alguien para que me criase a mis hijos, y no me apetecía. Toda la vida pensando eso de que entre todos nos podemos ayudar, eso de la gente pequeña haciendo cosas pequeñas, ¿sabes? —Le digo que sí, pero no sé a qué se refiere—. Y además, que a mí también me falta un tornillo, y no me veía yo ayudando a nadie en plan consejos vendo que para mí no tengo, ¿sabes?

Sé.

—Total, él ganaba dinero y no nos hacía falta mi sueldo, pero yo tampoco quería depender de él, y cuando el carnicero donde yo siempre iba a por la carne, que se llama Alfonso, me dijo que estaba buscando una dependienta, yo le dije: ay, pues yo misma, si me acoplas el horario, y como me lo acopló, pues le dije que sí. Sebas me decía ahorra, estudia, ahorra, estudia, coño, que parecía mi padre. Pero tenía razón, no creas que no me daba cuenta. Me matriculé en la UNED, para ver si acabo por fin la carrera, y cuando nos separamos me cogí un ático muy cerca de donde vivíamos los dos, porque tenía ahorros. La casa la había pagado él, así que yo le dije: la casa *pa* ti. En plan digna, ¿sabes?

Sé.

—Vivíamos en Concepción Arenal y el ático estaba en el paseo de la Primavera. Al lado. Pero cuando Alfonso se jubiló, traspasó la carnicería y el nuevo carnicero me dijo: chica, yo esto no lo veo, con tu sueldo puedo tener a dos más jóvenes. Hice números, dejé el ático y me vine aquí. Sebas me dijo: no te metas ahí, que ahí los niños no van a querer ir, y yo, los niños vendrán donde yo esté, pero los niños tienen pelos en los huevos y dijeron: ahí no vamos, y no vinieron, ¿sabes?

Sé.

—Aquí tenían que dormir los dos chicos juntos y Lola conmigo, que ya ves cómo está la casa, igual que cuando vivían aquí mis padres. Pero al final les dije: por mis cojones que venís aquí. Y cada semana que pasan aquí es un drama, están deseando volver a su casa, con sus cosas y sus comodidades. Pero es que yo no puedo pagar un alquiler, así que aquí tenemos que vivir. Que yo les entiendo. Pero cuando tenía el ático no se quejaban, los cabrones. Los hijos son unos putos egoístas, ¿sabes?

Eso no sé si lo sé.

—Yo creo que al final estamos todos trastornados porque cada vez que me dice que vaya allí me parece que podríamos volver a intentarlo, y alguna vez he estado a punto de decirle que sí.

—¿Querrías volver con él?

—No sé ni lo que quiero. Quiero y no quiero. No quiero dar marcha atrás, aunque, al mismo tiempo, a veces me digo: joder, Marisol... Ojalá pudiera volver atrás, pero no puedo. Y ahora menos que nunca.

—¿Por qué ahora menos que nunca?

—Sebas estaba seguro de que ibas a venir, y me dijo que querría verte.

No entiendo por qué Sebas querría verme. Ni lo de París ni lo de después de París son motivos para que me quiera ver. Para mí no fue importante. No el viaje, ni París. Sebas no fue importante. Le recuerdo más por el día que le lancé el borrador, o por la rabia que me dio verle con Marisol el día del patio, que por París, y eso que fue la primera vez.

—¿Y por qué iba a querer verme, o yo verle a él? Ni siquiera éramos amigos.

Marisol me mira con algo de rabia.

—Pues amigos no seríais, pero bien que os acostasteis en París.

Me reiría si no fuera porque parece que a ella le molesta.

—Pero tú ya lo sabías, te lo conté allí mismo y te pareció de puta madre.

—Sí, entonces —remarca el entonces con cierto retintín— me pareció de puta madre, pero después me pareció una mierda.

—Pero ¿de qué me estás hablando?

—Parece ser que para Sebas fue más importante que para ti, Salomé.

—Bueno, ¿y qué?

Suspira.

—Mira, lo que te he dicho antes es verdad. Te quiero y no quiero volver a perderte, y me estoy esforzando un huevo en no hacerte reproches.

—Pero...

—Pero en estos años han pasado muchas cosas que tú no puedes ni imaginar porque no estabas, y me cuesta trabajo no culparte.

—Entonces no lo hagas.

—No quiero hacerlo, pero me cuesta trabajo, porque es que de muchas tienes la culpa —insiste—. Creo que si lo hablamos, al menos, me quedaré tranquila. Pero también me da miedo que nos enfademos de verdad y, ahora sí, que te vayas para siempre con motivo.

—Pues dímelo, y trataremos de conservar la amistad.

Mira primero la foto de su boda, y luego mira la de unos niños que deben de ser sus hijos, metidos en una piscina de plástico azul.

—Pues te culpo de haberme dejado sola, eso lo primero.

Eso ya me lo había dicho.

—Te culpo de que Sebas se casara conmigo.

No puedo evitar reírme, y ella me fulmina con la mirada.

—Y, además, te culpo de que Sebas se separara de mí.

13

Charo está en clase de seguridad en el uso del móvil. Está convencida de que todo el mundo les quiere timar, porque son viejos y la gente se piensa que con la edad se baja la guardia, pero en realidad es porque ella nunca se ha fiado de nadie. Me lo dice Miguel, en la misma mesa de la cantina en la que le vi la primera vez, hace solo un día, un día que parece haber tenido más horas de las que tiene un día normal, porque es imposible que en solo veinticuatro hayan pasado tantas cosas, hayan cambiado tantas cosas. Yo misma, empiezo a ser otra. Una Salomé ha subido los escalones que me llevaban a casa de la madre de mi amiga, y los ha bajado otra que no tenía nada que ver con la que llegó. Una que tiene esperanza, después de tanto tiempo. Una que se quiere comer el mundo.

Mientras Miguel me habla, me pregunto cómo es posible que todo sea igual cuando es todo tan diferente. Intento prestarle atención. Miguel sigue hablando al mismo tiempo que remueve la cucharilla dentro de la taza de café. Es descafeinado, me dice, el médico me tiene prohibida la cafeína. Me cuesta seguirle, porque mi cabeza bulle y porque en el bolso me vibra el móvil. Lo saco, con disimulo, y veo que es un mensaje de Whats-

App de Rafa y otro que no me da tiempo a ver de quién es porque no quiero que Miguel piense que soy una maleducada. Lo que quiero es que hable de una vez, y, si no, que se calle, que me deje ir al tren. Lamento haberle hecho caso cuando ya estaba en el andén para volver a casa y me ha llamado desde el bar.

—Tengo que contarte un par de cosas —me ha dicho.

Pero lo único que sé, diez minutos después, es que tiene la tensión alta, que fue vigilante jurado en el periódico *Levante*, que Charo va todos los viernes a evitar los delitos telefónicos y que antes fue a un taller de decoración de tejas y antes, a uno de hacer atrapasueños. Miguel cree que se apunta a todos para no pasar tiempo con él. Por eso me está esperando, me dice. Porque Charo no está y podrá hablar conmigo sin que ella me insulte y sin que luego le caiga a él la mundial por haber querido hablar conmigo. Su vida es una mierda. Eso no me lo dice. No hace falta.

Hoy se ha vuelto católico. Me lo dice y se ríe. Que ha rezado mucho, dice, para que yo no me fuera antes de que Charo volviera. Intenta reírse otra vez, pero su sonrisa se parece a las de los payasos tristes. A Javi le dan miedo, los payasos, los tristes y los alegres. A veces tiene pesadillas en las que un payaso que sale por una alcantarilla se lo lleva y lo mata, y yo me enfado con Consuelo porque le tengo dicho que no le deje ver películas de miedo. Si Javi viera a Miguel, su tristeza le daría más miedo que los personajes de Stephen King. Sonrío al pensarlo, y Miguel me devuelve la sonrisa.

Le agradezco que me defienda con Charo, que no sé por qué me tiene tanta manía, también se lo digo.

—No es personal. Yo creo que Charo le tiene manía a todo el mundo —me dice.

Me lee el pensamiento.

—A mí al que más.

Sonreímos, los dos. Le miro con detenimiento, para ver si así se concentra en lo que tiene que decirme. Debe de estar más cerca de los setenta que de los sesenta, pero no parece un viejo, sino un hombre mayor. Un hombre que fue atractivo y que ahora se resiste a que la vida le pase por encima en forma de una mujer que le odia. Viste con elegancia, unos pantalones de lino marrones, una camisa blanca de cuello mao y unas alpargatas de suela de cuerda que le combinan con los pantalones. Pienso en Charo, a la que solo he visto llevar bata, y me pregunto en qué más se diferenciarán estas dos personas condenadas a estar juntas, aparte del carácter y el gusto por la ropa.

—Pero no quiero hablar de ella —dice, y me devuelve a la realidad.

Le digo que tengo algo de prisa, que le he prometido a mi hijo que le recogería del colegio, y Miguel mira la hora.

Me cuenta que hace doce años que se mudaron a ese piso, pero que han vivido en esa calle desde que se casaron.

—Te conozco desde que naciste —me dice—. Aunque, si te digo la verdad, nunca me fijé en ti, ni en tu madre tampoco. Yo me pasaba el día trabajando, y cuando llegaba a casa no tenía ganas de relacionarme con los vecinos, que bastante tenía que aguantar a la gente del periódico.

Vivían en la última planta, y a Charo cada vez le costaba más subir las escaleras con la compra, así que cuando supieron que se vendía un primero, no dejaron pasar la oportunidad.

—Al poco pusieron los ascensores, pero ya nos habíamos mudado. Yo estaba contento, Charo no. —Se encoge de hombros y sigue contando—. Decía que le gustaban más las vistas desde las alturas y, además, desde el principio le cogió una manía tremenda a tu madre.

Yo me impaciento, otra vez. Quiero sentarme en el tren, meditar sobre lo que he hablado con Marisol, alegrarme por haberme reencontrado con ella, porque me siga queriendo, a pesar de los reproches que me tiene guardados. Pero Miguel no sabe por dónde empezar a contarme lo que me quiere contar y como yo no sé lo que me quiere decir, tampoco tengo idea de cómo ayudarle para que arranque. Por suerte para mí, Charo pasa por la puerta de la cantina y entra al vernos. Ella se dirige a la barra, va a echar la primitiva del grupo de clase, dice, y Miguel pisa el acelerador.

—Tienes que saber que tu madre no se olvidó de ti, que se acordaba de ti —lo dice en susurros—. Ella tenía tu teléfono, y me pidió que, si le pasaba algo, hiciera todo lo posible para que te avisaran.

—¿Cómo tenía ella mi número? —elijo esta pregunta de todas las preguntas que puedo hacer.

—Contrató a un detective —me dice, encogiendo los hombros, como si fuera la única respuesta posible y yo fuese tonta por preguntarla.

—¿Y por qué no me llamó nunca?

Charo nos mira. La televisión está puesta. Joaquín Prats habla con un grupo de tertulianos sobre el supuesto romance de Federico de Dinamarca con Genoveva Casanova, del que ya nadie se acuerda, y no puede escuchar lo que su marido me está contando, pero gracia no le hace.

—Miguel —le llama—, date prisa, que tienes que ayudarme a subir la compra.

Él ni la mira.

—Ella decía que eras tú la que te habías ido, y estaba convencida de que eras tú la que tenía que volver sin que ella te buscase —responde, como si fuera la única respuesta lógica.

—¿Y por qué tenías tú el número?

Vuelve a encogerse de hombros.

—Lo tenía yo porque me lo dio a mí. —Mira a Charo y le hace un gesto con la mano, como diciendo: ya voy, no me mires así—. Hay muchas más cosas que tengo que contarte. Muchísimas.

Charo se impacienta. Le llama. Le dice que tiene la rodilla hecha polvo y que por su culpa le está doliendo más.

—Tu madre estaba mucho mejor —me dice, mientras se marcha, cabizbajo.

Mi madre ya no bebía. Mi madre se relacionaba con normalidad con personas normales, como Miguel, y les plantaba cara a los anormales, como Charo. Mi madre le había dado la vuelta a su casa hasta hacerla parecer otra casa, una en la que no quedaba ni rastro del sufrimiento que soportamos allí. Intento alegrarme por ella. Bien por ti, mamá, pienso. Bien por ti, que te has muerto en el mejor momento de tu vida. Bien por ti, que me buscaste.

Bien por ti, que no dejaste que creyera que seguías viva. Lo pienso. Pero no me puedo alegrar.

Miguel no se ha tomado el café. Se aleja de la mesa, va hacia la barra, coge una bolsa de plástico de la que asoman los tallos de un manojo de cebollas tiernas y sale detrás de su mujer con la infinita tristeza que le acompaña siempre y que me ha contagiado. Ya no me siento la misma Salomé de hace un momento. El mundo que me quería comer hace un instante se me ha atragantado. Mi madre se muere y pone mi vida patas arriba, cambia de orden mis sentimientos. Anteayer la odiaba y no quería ni parecerme a ella. Hoy no sé si me hubiera caído bien la mujer en la que se había convertido. Hasta que recibí la llamada, la culpa de todo era suya, y ahora me cuesta no verla si me miro a un espejo, y me siento culpable. De haberla dejado. De no haberla sabido querer.

No sé qué hacer y saco el móvil.

«Lo lamento mucho, Salomé, pero no puedo quedar hoy contigo», me escribe Rafa. Para demostrar lo mucho que lo lamenta, añade dos emoticonos.

😔😔

Yo el mundo de los emoticonos no lo tengo controlado, nunca los uso. Pero es que yo solo me escribo con las personas que me llaman para limpiar, y en ese contexto los emoticonos no pegan demasiado. Javi los usa. Coge mi teléfono y les escribe a Consuelo y a José Luis y les manda los que le salen al paso, pero la mierda, la risa, la flamenca o el hombre calvo no fallan nunca. Me dan ganas de mandarle a Rafa el de la mierda y el otro, el del calvo, porque además los tengo a mano. No puedo quedar, me dice el mamón. Ya se ha arrepentido. Ha debido de notar que me puso cachonda ayer y no quiere darme alas. Es gilipollas. Ahora, que más gilipollas soy yo por ponerme cachonda por alguien que no me cae ni bien. Menuda vuelta al mercado más corta he tenido.

Me da tanta rabia que le bloqueo para no tener la tentación de escribirle, de decirle: eh, tú, calvo de mierda, que no te pareces tanto a Luis Tosar, que tampoco me pones tanto, que os den por el culo a ti y a tu puto piso, a este piso de mierda que has heredado de tus padres, porque yo también tengo un piso, uno más chulo que este, más moderno, que mi madre sería una hija de la gran puta, pero ahora que se ha muerto también lo voy a heredar yo y, con un poco de suerte, igual hasta tenía algo ahorrado, y con muchísima suerte, puede que tuviera un seguro de vida, imagínate, así que, Rafa, métete tu hipocresía por donde te quepa, porque no me haces ninguna falta. Capullo. Cabrón.

Me digo que eso no va a pasar. Que la buena fortuna y yo nunca nos hemos llevado bien. Que lo más seguro es que herede deudas, disgustos. Que mis problemas, ahora, no hagan más que aumentar.

Bloqueo, el número, porque así no tendré la tentación de decirle esas cosas, y si no se las puedo decir, no tendré que lamentarlo. Pero eso no borra el hecho de que Rafa, que lo lamenta, no pueda quedar conmigo hoy. Para él yo solo tenía cabida ayer. Ayer fue el momento de intentar quedar bien para poder husmear tranquilo en mi casa, que es suya, y ahora ya es pasado. Qué poco ha tardado Consuelo en tener razón, porque desde que le he preguntado hace un rato si esta noche podría quedarse un rato con Javi porque yo iba a quedar con Rafa, me ha prevenido contra él.

—¿Qué Rafa?

—Mi casero.

—¿Tu casero? ¿El que no ha dado señales de vida en años, nada más que para cobrar el alquiler, y apareció al saber que te habías quedado en el paro?

Me he reído.

—Es una manera muy larga de describirlo. Pero sí, el casero.

—Este solo quiere que te confíes para quitarte el piso —me ha dicho.

—Joder, Consuelo, mira que eres desconfiada —le he defendido—. ¡Si el pobre no ha hecho nada!

—Nada es lo que ha hecho hasta que se ha enterado de que no tienes trabajo. Bueno —se ha corregido—. Nada no: cobrar todos los meses y no preocuparse de si te hacía falta algo.

—Es que no me ha hecho falta nada.

—Nada, dice. Madre mía. Yo es que no te entiendo. A ti no te habrá hecho falta nada, pero a tu hijo no le vendría mal un termo más grande, ya que ha venido a verlo, para bañarse todo el rato que le dé la gana.

—Pues eso, ha venido a verlo.

—Y se ha ido diciendo que no hace falta cambiarlo. ¿Por qué? ¿Porque no hace falta o porque no le da la gana? —Me ha mirado con satisfacción—. Porque no le da la gana. Porque no quería nada más que ver que todo estaba en orden antes de echarte de la casa.

Yo me he reído de ella.

—No seas tan desconfiada, Consuelo, que pareces una vieja.

—Y tú, niña, confía en la Virgen, pero corre.

Ahora también creo lo que Consuelo creía ya esta mañana. Debería haber corrido y no confiar en que la Virgen me invitaría a cenar y más tarde echaríamos un polvo que me quitaría las telarañas que han debido de salir ahí abajo.

El otro mensaje es de Sebas, pero se ha arrepentido y lo ha borrado. Como no sé qué hacer con el desprecio de Rafa, le escribo a él.

«Hola», le digo.

«Salomé».

Le contesto:

«Sebas».

Me replica:

«¿Cómo sabes que soy yo?».

Le explico:

«Me ha dado tu teléfono tu mujer».

Me corrige:

«Mi exmujer».

Me río.

«Ja, ja, ja».

Me da el pésame:

«Lo siento mucho».

Se lo agradezco:

«Muchas gracias».

Me pregunta:

«Cómo estás».

Le respondo:

«Bien, ¿y tú?».

Me vacila:

«Bien, pero a mí no se me ha muerto mi madre».

Me cabreo:

«¿Era eso lo que querías decirme cuando borraste tu mensaje?».

No entra al trapo, o sí, no lo sé.

«No. Lo que te quería decir antes es que tengo muchas ganas de verte».

Le dejo en visto, y me subo, por fin, en el tren. Al cabo de un rato, me llama. No recuerdo su voz y aun así me sorprende escuchar la de un hombre y no la del niño que dejé. Tiene un tono grave, de locutor de radio. Se lo digo y se ríe. Tiene una risa franca, de hombre del que te puedes fiar. Me dice que solo quería decirme lo que me ha escrito, que lamenta la muerte de mi madre y que tiene muchas ganas de verme, pero ya que me ha llamado hablamos de muchas cosas más. Me cuenta parte de lo que ya sé por Marisol, su trabajo, su boda, sus hijos, su separación. Me pregunta por mi vida: cómo te ha ido, me dice, y me lo dice con tono jovial, como si haber desaparecido veinte años no fuera tan grave. Le agradezco que me lo diga así. Ya sé que haberme acostado con él no le convierte en mi exnovio y que haber estado casado con mi mejor amiga no hace de él mi mejor amigo, pero es la primera persona de mi pasado que no me reprocha que le dejara ahí, congelado en el tiempo. Sus palabras, tan normales, me dan tregua en este volcán de emociones, me normalizan, a mí y a mis decisiones, por egoístas que hayan sido, así que cuando me dice que por qué no nos vemos mañana, le digo que sí, sin pensarlo, y al recordar la conversación, ya en la cama, me entran muchas ganas de que sea ya el día siguiente. Ganas de verle.

Me viene Rafa a la memoria. Le desbloqueo. Al despedirse, me puso la mano en el hombro y me dio dos besos, muy cerca de los labios, pero en las mejillas, y las bragas se me caen al suelo nada más que por acordarme. Empiezo a imaginarme que no me ha dado plantón, que nos vemos, que la promesa que ha empezado a nacer no se ha quedado en nada, pero me acuerdo de que ha pasado de mí e interrumpo la fantasía. Lo malo es que mi cuerpo va por un lado y mi cabeza por otro. Pienso entonces en Sebas. En cuánto me ha gustado su voz. En cómo me gustaría escucharle decir al hombre en el que se ha convertido todo lo que me dijo el niño que fue, hace tanto tiempo. Me pongo a recordarle, a recordarme, y me imagino que estamos otra vez ahí, en esa habitación de hotel, al lado de Notre Dame. Mientras repican las campanas, me besa y me quita la camiseta, delicadamente. Yo a él, en cambio, le destrozo los botones de la camisa al desnudarle con ganas. Hundo los dedos en el vello del pecho. Le muerdo los pezones, y él acaricia mis tetas, y cuando me baja las bragas, en mi cabeza, no tengo más remedio que ir a por el *satisfyer*.

Hacía mucho tiempo que no me tocaba, pero en algún sitio he debido leer que las crisis son oportunidades para que nos abramos, y yo me he abierto de par en par, como las flores que se abren para recibir a los colibrís. Las flores no se abren, exactamente. Ya están abiertas, pero llega el colibrí con su pico enorme y lo introduce hasta el fondo y se bebe su néctar y cuando mete su pico en otra flor, a veces, el polen que se les ha quedado pegado en el pico la poliniza y la vida surge por puro milagro. Me acuerdo de pocas cosas del colegio, pero de eso sí. Mi madre decía que solo se me quedaban grabadas las guarradas y las gilipolleces, pero a mí eso no me parecía ni una guarrada ni una gilipollez. Me parecía poesía. La vida, que se abría paso de forma casual. Las minúsculas partículas de polen se le quedaban pegadas y se abría un enorme abanico de posibilidades: podía ser que la siguiente flor en la que se posara el pájaro fuera de otra especie y no pasara nada, o que fuera de la misma especie, pero no hubiera polen en el pico y tampoco sucediera, pero cuando la casualidad se daba, se daba la vida, mágicamente. Yo no sé si soy el colibrí, o si todo lo que está pasando de repente, a mí, que hacía años que no me pasaba nada, es el polen, pero la vida, que hasta ahora me había parecido una broma sin sentido, empieza a parecerme poética.

Vuelvo a la habitación. Javi duerme a mi lado. La piel le brilla por el sudor. Su sudor huele bien, huele a limpio. En los sobacos, si eso, un poco a menos limpio, pero a limpio en general. Aún se baña antes de cenar, con la bañera llena de juguetes. Como tiene pocos juguetes tampoco es que se llene mucho, pero se llena. Un dinosaurio roñoso, un Pokémon de la última hamburguesa del MacDonald's, un par de aros de colores y un romano y un egipcio de Playmobil que le acompañan allá a donde va. Haddock hace ruido en la cocina, rebuscando en la basura restos de comida, y Javi se revuelve en la cama. Busco en el móvil eso de la gente pequeña que he fingido saber cuando hablaba con Marisol y leo la cita en voz alta.

—Mucha gente pequeña en lugares pequeños haciendo cosas pequeñas puede cambiar el mundo.

Javi no me oye. Pero se lo he dicho a él. Me hago la ilusión de que nuestro mundo puede cambiar.

14

Sábado

Los días en mi vida han pasado uno detrás de otro, iguales, como si siempre fueran el mismo día con diferencias imperceptibles. Solo Javi ha hecho que hayan sido distintos, porque unos tenía fiebre y otros no, unos tenía mocos y otros no, unos tenía piojos y otros no, y así. Para mí, no ha habido novedad. Trabajar y ocuparme de Javi en bucle ha sido mi vida entera incluso antes de que Javi estuviera porque de lo de antes apenas me acuerdo. Yo, que nunca he querido ser madre, me he convertido en una madre y nada más. Quiero decir, que no he sido amiga de nadie, ni novia de nadie, ni me he preocupado de mí, ni de ir a la peluquería, ni de ponerme a dieta, ni de salir, ni de entrar. De eso me doy cuenta ahora, que hace tres días que en quien no pienso apenas es en mi hijo, y si pienso en él, es para ver cómo se lo dejo a Consuelo sin que a Consuelo le parezca que estoy abusando de ella. Sé que no lo ha creído nunca, pero me da miedo que empiece ahora que todo se acaba.

Antes de tenerle no era muy diferente, ahora lo veo. Javi no estaba, pero yo tampoco estaba. Es decir: estaba, pero sin estar. Estaba mi cuerpo, y estaba mi voz, pero no iba a ningún sitio ni decía nada que hiciera que los lugares o los silencios fueran distintos después de haber estado yo. No cambié nada, ni a nadie. No dejé huella, no tenía alma porque creía que no tenía corazón. Ahora acabo de descubrir que sí que lo tengo, que lo tengo roto y que se puede curar.

Me lo dijo ayer Marisol, antes de decirme lo de Sebas, mientras la mañana transcurría a dos velocidades, rápida, porque pasó en un suspiro, y lenta, porque nos dio tiempo a desintegrar todos los años que estuvimos separadas. Fui con ella el primer día a la facultad, cuando se metió en una clase que no era la suya, y ella sirvió copas conmigo en Ibiza y aprendió a hacerse entender en inglés y a creerse mayor al mismo tiempo que yo; estuve a su lado cuando empezó a salir con Sebas, y Marisol compartió todos esos, pocos, chicos sin nombre ni casi recuerdos con los que yo me acosté; la acompañé en sus partos, y ella entró al paritorio en el mío; no pude ser testigo de todas las peleas ni roturas de corazón ni decepciones, ni tampoco de las alegrías o las ilusiones, porque veinte años dan para mucho, pero me contó las más importantes. Resumir mi vida tuvo menos complicación: he trabajado, he buscado trabajo, he mantenido la distancia de seguridad para que nadie pueda entrar ni dañarme. Ahí me lo dijo, en ese momento: lo que tengo, lo que me pasa, se puede curar si me esfuerzo, tarde o temprano, algo me hará reaccionar y todo empezará a cambiar.

—¿Y tú cómo lo sabes? —le pregunté.

—¿Que cómo lo sé? Pues porque tengo casi cuarenta tacos, Salomé.

—Casi treinta y ocho —la corregí.

—Pues eso, casi cuarenta. Lo que no entiendo es cómo no lo sabes tú: nada es nunca tan grave, lo que no te mata te hace fuerte; cuando te quieres dar cuenta, ha pasado un montón de tiempo y las cosas no te hacen el mismo daño —me explicó.

—¿Y eso lo has aprendido en la carrera?

—No, eso lo sé a base de los palos que me ha dado la vida, Salomé, que cada uno lleva lo suyo. No eres la única que ha sufrido —me dijo con algo de retintín.

—El tiempo también ha pasado para mí, y sigo igual —protesté, ignorando su tono de enfado.

—Es que el tiempo no lo hace todo, Salomé. ¡Qué cómodo debe ser esperar a que las cosas pasen sin hacer nada! —Me miró, enfadada—. Estoy segura de que hasta tu hijo, que tiene seis años, sabe que hay que esforzarse para que las cosas salgan bien.

—¿Es eso lo que crees que me ha pasado? ¿Que no me he esforzado lo suficiente? —le pregunté, un poco mosqueada también.

Marisol no me contestó con la voz, pero sí con la cara: claro que no te has esforzado lo suficiente, me dijo la mueca de sus labios. No has tenido valor nada más que para sobrevivir, me dijo su ceja levantada, la izquierda, y sus brazos cruzados sobre su pecho fueron los que me dijeron: por supuesto que no has puesto de tu parte para solucionar cualquier problema que no tuviera que ver con pagar facturas o llegar a fin de mes. Mantuvo silencio unos segundos, y cuando se decidió a hablar, se contradijo con lo que había dicho su cuerpo.

—Imagino que has hecho lo que has podido. No es fácil lidiar con los problemas sola —me dijo, y sonrió—.

Pero ahora me tienes a mí, que no he acabado la carrera, es verdad, pero he estado muchos años detrás de un mostrador, y eso, créeme, convalida las asignaturas que me faltan. Trabajar de cara al público me ha hecho más psicóloga que un *cum laude* en el doctorado.

Volvió a guardar silencio mientras yo me debatía entre decir en voz alta cuánta razón tenía en lo que me estaba diciendo, no en lo de la carrera detrás del mostrador de la carnicería, en todo lo demás que me había dicho en el rato que llevábamos juntas: que la dejé sola, que solo pensé en mí, que no reparé en los que quedaron atrás.

—Entre una cosa y la otra, creo que te puedo decir lo que te pasa, amiga. ¿Te lo digo? —Le dije que sí—. Justo lo acabo de estudiar. El tuyo es un trauma por acumulación, no pongas esa cara, que es muy sencillo. Hay dos tipos de traumas: el que viene de golpe por un accidente o un acontecimiento inesperado y te deja tiritando, y el que se produce por la gota malaya que no deja de caer sobre ti hasta que cuando te quieres dar cuenta tienes un agujero en la cabeza y te preguntas: «¿Pero qué ha pasado aquí?», porque ya habías normalizado tanto la gota que no te habías enterado.

Asentí varias veces.

—Es eso: exactamente eso —dije.

—Claro que es eso. Pero sea por lo que sea, Salomé, si te lo tomas en serio, si te lo trabajas, puedes cambiar.

—No creo que la gente cambie —la contradije.

—No, la gente no cambia, eso es verdad —me dio la razón—. Pero sí que podemos aprender a cambiar actitudes porque podemos aprender a controlar nuestras reacciones. Se llama autorregulación, me parece recordar.

—¿Y cómo se aprende a eso?

—¿Sabes lo que es una intervención? —Negué con un gesto—. Pues es cuando un grupo de personas, amigos o familiares, se plantan en grupo en tu casa y te dicen: amiga, date cuenta de que esto que haces está mal. ¿Sabes lo que te digo? —Asentí, con el gesto contrario—. Pues es lo mismo, pero tú sola. Tú misma te dices: amiga, date cuenta de que por aquí no vas bien, y te lo dices tantas veces cuando estás en la situación que no te conviene, que empiezas a cambiar tu respuesta.

Marisol me dijo que puedo aprender a pensar que el propósito del mundo no es agredirme, atacarme. Debe de ser cierto eso de que mientras despachaba la carne aprendía de psicología humana, porque se ha dado cuenta de que pongo mis palabras a los pensamientos de los demás y doy rango de verdad a lo que creo que los otros creen.

—Eso lo haces como un mecanismo de protección —lo dijo como si fuera un médico que diagnostica una mala enfermedad, pero de buena evolución, como si dijera: pinta mal, pero tranquila, no va a morir.

—Es que el mundo está lleno de hijos de puta, y creo que yo los he conocido ya a todos —me quejé.

—Pues mira, no te quito razón nada más que en una cosa: siempre aparece alguno que no te esperas y que te sorprende —bromeó—. No, en serio. Creo que tenemos que confiar y creer eso del aleteo de la mariposa, pero tú lo único que crees es que las cosas son como tú las ves y de ese burro no te bajas.

—Estoy jodida, entonces.

Negó varias veces, con energía.

—No, no lo estás. Sufrir un trauma no es una condena, ni una maldición. Puedes cambiar tus reacciones, con pequeños cambios en tus pensamientos. Yo te voy a ayudar —sonrió—. Que de esto me acuerdo perfectamente.

—¿Y por dónde empezamos?

Suspiró, teatral.

—El melón es tan grande que puedes empezar por donde quieras. Esta conversación es un buen comienzo. Lo que importa es que no te pares en esto. Habla con más gente, y contigo misma también. Tienes que abrir la puerta, dejar que pasen cosas, personas, sentimientos. Buenos y malos, que todo hace falta, Salomé. Pero abre la puerta para que pase la vida.

Quería hablar yo también, decir algo, aunque fuera una gilipollez, algo que probase que la estaba escuchando, que estaba atenta, pero la voz no me salía de la garganta.

—Mira, a mis hijos les he contado hasta el aburrimiento un rollo que nos enseñaron en la facultad sobre nuestra capacidad de adaptarnos a las situaciones. A ti te haré la versión corta: había un hortelano que tenía una hija que siempre se estaba quejando por todo, todo le parecía un problema. Un día, su padre, harto de ella, se la llevó a la cocina con un huevo, una zanahoria y un grano de café: hala, hiérvelo todo, le dijo, y cuando acabó, resulta que la zanahoria se había hecho blanda, y el huevo se había puesto duro. ¿Y los granos de café? —me preguntó—. ¡Ah, amiga! Los granos de café, tan pequeñitos, habían terminado por cambiar la consistencia del agua. Vamos, que se habían adaptado. —Me miró—. ¿Qué quieres ser tú, Salomé? ¿Quieres deshacerte frente a un problema? ¿O preferirías ser como el café?

—No sé a dónde quieres llegar, la verdad.

—No quiero llegar a ningún sitio, Salomé. Solo te planteo que en la vida hay casi siempre alternativas. El dolor es inevitable, pero el sufrimiento es una elección.

—¿Crees que hay alguna persona en su sano juicio que elija sufrir pudiendo elegir no sufrir?

—Creo que hay muchas personas, Salomé, que no saben que pueden elegir.

Yo quiero elegir. Quiero elegir ser un grano de café, sea lo que sea lo que signifique eso.

15

Llamo a Rafa.

El teléfono me pide que deje mi mensaje, pero no me apetece hablar con el contestador. No sé qué decirle.

Cuelgo.

Le escribo.

«Rafa, gracias por el plantón de ayer. Aunque pienso que eres un gilipollas, me gustaría mucho volver a verte».

Lo borro.

«Rafa, te apetece que demos un paseo por el río con nuestros perros».

Lo borro.

«Rafa, soy Salomé, la otra noche me hice una paja pensando en ti y me pregunto si te gustaría que te hiciera una, o que te la chupe, o que follemos como conejos».

Lo borro.

Hola, Rafa.

Lo envío.

Lo lee.

Se desconecta.

Me da bajón.

Busco el teléfono de Isabel. No la quiero llamar, pero hace ya días que la encontraron, que me encontraron a mí. Todo debería estar resuelto y, en cambio, seguimos en el mismo punto. Le escribo, por si sabe algo y para que no me olvide. Me contesta. No sabe nada y no se olvida de mí. Me pregunta si me puede llamar y me llama antes de que le responda.

—Perdona que te llame. He dudado si llamarte o no, pero como me has escrito me ha parecido que era una señal.

Una señal de qué, le quiero preguntar, pero ella me contesta antes de que formule la pregunta:

—Te va a sonar raro, pero me ha parecido una señal de tu madre, porque llevo toda la mañana pensando si decírtelo o no, y justo cuando me estaba decidiendo a no decírtelo, me has escrito y me he dado cuenta de que te lo tengo que decir y luego ya tú haces lo que te dé la gana.

Decirme qué, le quiero preguntar, pero pasa lo mismo que antes y ella misma me contesta sin que yo diga nada:

—Yo sé que llevabas años distanciada de tu madre, Salomé. Y cuando por fin podamos proceder al funeral será todo tan rápido... Vendrá gente que tú no conoces y, cuando te quieras dar cuenta, ya habrá pasado todo.

Hablo antes de que ella me impida hablar.

—Yo lo que quiero es que pase todo, Isabel.

—Sí, pero no te habrás podido despedir de ella, Salomé. Ni despedir, ni reencontrar. Y lo pienso y me da una pena que no puedo soportar.

Busco una pena similar, dentro de mí, y no la encuentro. Una pena insoportable. No está. Me esfuerzo en lo que dice Marisol, lo de abrir la puerta y demás, y escarbo entre mis recuerdos en busca de uno bonito, pero no me sale ninguno al paso. Insisto un poco más. De bebé, seguro que me acunó, mucho. Seguro que me cantaba nanas para dormir. Que me sacaba lombrices del culo con agua de coco o limón y menta o aceite de oliva. Que me cosió un disfraz para el carnaval, aunque no le gustaba ni coser ni tampoco el carnaval. Yo no me acuerdo, pero seguro que pasó alguna noche sin dormir velando mi fiebre, y que se sabía de memoria mi peso para no equivocarse en las dosis de las medicinas. Seguro que no acabó de ver su concurso esa tarde y se asomó a hurtadillas al balcón para ver hacia dónde iba, si llevaba maleta o me marchaba con lo puesto. A lo mejor esa habitación nueva, la de la cama pequeña, la del armario vacío, la montó para mí. Puede que muchas noches se durmiera pensando: y si la busco y si la encuentro y si ella quisiera volver. La siento, la pena. Siento nostalgia por la madre que no he tenido. Pero es una pena soportable, si tengo que decir la pura verdad.

Isabel también insiste, al otro lado del teléfono, desde Miraval.

—He pensado que tal vez querrías despedirte de ella.

—¿Cómo voy a poder despedirme de ella?

—Si tú quieres, podríamos ir a verla. Eres su hija, tienes derecho y solo tienes que pedirlo.

—¿A ver a quién?

—A tu madre. Tu madre está en la cámara frigorífica de la funeraria. Podríamos ir a verla. Yo te acompaño.

Isabel y mi madre hablaron pocas veces de mí. Me lo dice después de decirme que puedo ir a despedirme de mi madre muerta y congelada.

A mi madre no le gustaba mencionarme. Dice Isabel que se ponía de mal humor y que ella no insistía porque no quería que mi madre se enfadara.

—Una vez le dije que pasara el trapo detrás de los radiadores porque había pelusas y me montó el 2 de mayo. —Se ríe—. Tenía un genio de mil demonios, pero limpiaba como nadie.

Isabel le arrancó a mi madre un relato disperso de mí, mientras hacía el baño o recogía la cocina, sin que mi madre se diera cuenta. Isabel le contaba que tenía dos hijos que le daban disgustos y mi madre tenía una hija que le dio disgustos. Isabel tenía dos hijos que le daban alegrías y mi madre tenía una hija que no le dio alegrías. Isabel tenía dos hijos que eran muy guapos y mi madre tuvo una hija que era muy fea. Isabel tenía dos hijos buenos estudiantes y mi madre tuvo una hija que no quiso estudiar. Isabel tenía dos hijos que no se iban de casa ni aunque los echaran y mi madre tuvo una hija que se fue muy pronto. Cosas así. Si no estaba de malas, Isabel le preguntaba si no me añoraba, si no querría saber cómo estaba, si tenía nietos, si me había cambiado de país, si me iba bien, y mi madre le contestaba a veces que sí y a veces que no. Cuando le decía que sí, se ponía un poco triste. Cuando le decía que no, se ponía de mala hostia. Tanto si decía que sí como si decía que no, la conversación terminaba igual, y le decía:

—Mi hija se marchó porque le dio la gana. Yo no le pedí que se fuera. No sé dónde vive ella, pero sigo en la misma casa. El día que quiera volver, la puerta la tiene abierta, y la recibiré como si hiciera media hora que se ha ido, aunque a lo mejor el día que quiera volver yo ya no estoy para abrirle.

Isabel trata de bromear.

—Tu madre era una visionaria.

La broma no me hace gracia.

—Yo creo que tu madre no sabía hacer las cosas de otra manera —me dice.

Me enfado.

—Pues que me hubiera buscado.

—¿Quién te dice que no lo hizo? —me pregunta—. No es tan sencillo encontrar a las personas, Salomé, cuando no quieren ser encontradas.

Carraspea.

—Tu teléfono apareció como por arte de magia. Pero si no hubiera sido así, habríamos removido cielo y tierra para dar contigo, porque David, que es mi marido, —baja la voz— tiene contactos. Él no quería molestar a sus amigos en la policía sin motivo, pero estuvo de acuerdo conmigo en que no podíamos dejar que no supieras que tu madre había fallecido, y menos de esta manera tan trágica, la pobre Ana. Y no me refiero solo a que haya muerto así, que ya es una desgracia, sino a que haya muerto *ahora*.

Cambia la voz al decirlo, ahora, y por el teléfono soy capaz de ver las cursivas de la palabra.

—¿Cómo *ahora*? —Yo también hablo en cursiva.

—Ana pasó épocas malas, y eso que yo no la conocí toda su vida. Pero hubo momentos en que no estaba bien. Y sin embargo, *ahora* —vuelve— era una persona feliz. Estaba contenta, se la veía disfrutar de todo, de su tiempo, de su perro, de su casa, de su soledad... Estaba tranquila, tenía planes, tenía amistades... —suspira—. Desde luego, qué razón tenía mi madre cuando decía que podemos escapar de todo, escondernos de todo, menos de nuestro destino.

Guarda unos segundos de silencio, seguramente pensando en su madre, y continúa hablando:

—Donde está el cuerpo está el peligro, también era algo que decía mi madre —sentencia—. En fin. Nos hubiera costado mucho trabajo, muchas llamadas. Hubiésemos tenido que pedir más de un favor, pero te hubiésemos localizado.

Mi madre le dijo a Isabel que no me encontraba porque yo no quería que me encontrara y que bastantes personas desaparecían sin querer como para molestar a la policía buscándome a mí.

Isabel le dijo a mi madre que había leído que cada año desaparecían veinte mil personas en España y que la mayoría se iba de forma voluntaria y la policía las buscaba igual, pero mi madre no dio su brazo a torcer.

—Lo leí cuando desapareció Blanca Fernández Ochoa, la esquiadora —me cuenta, como si a mí eso me fuera a importar—. Me interesé por las desapariciones. Una no se hace a la idea de cómo puede ser que pase algo así, si eres familia de la desaparecida, ni de cómo te puedes evaporar, si eres la que se va. A mí me gustaría desaparecer a veces, y siempre pienso que si me voy, me van a encontrar, pero, por lo visto, no es tan sencillo.

—Yo no me escondí —le cuento—. Me fui a trabajar fuera, pero volví a los pocos meses. Me costó mucho más dejar de pensar que me la encontraría en cualquier sitio, pero eso es algo que tampoco pasó, ni con ella ni con nadie conocido —miento según mi costumbre, solo un poco, y omito que una vez vi a Marisol y a Sebas.

—Tu madre no tenía habilidades para encontrarte, y tampoco entonces había las facilidades que puede haber ahora. Si yo la hubiera conocido entonces, la habría ayudado a dar contigo —dice.

Yo le agradezco el favor que no tuvo que hacer, y para corresponder no le digo que mi madre no la necesitaba, que sí tenía recursos, que contrató a un detective y que no se lo quiso decir.

—La cuestión es que te hemos localizado, que aquí estás, que vas a poder ir al funeral. Pero igualmente teníamos que buscarte, por humanidad y por legalidad, porque, aunque tu madre no hubiera hecho testamento, tú eres su hija y, por lo tanto, eres su heredera.

Me da un vuelco el corazón al recordar que soy la heredera de un piso, ahora que estoy a punto de perder el mío.

—Ya te lo adelanté el otro día, lo mejor que puedes hacer es recurrir a una gestoría y olvidarte del tema. Tú verás.

La herencia de mi madre.

—Yo creo que no habría inconveniente en que dispusieras del piso mientras se resuelve el tema. Por supuesto, no puedes venderlo ni alquilarlo. Dices que vives en la calle Democracia, pero puedes venir siempre que quieras y usarlo como lo que eres: su legítima propietaria. No tiene cargas y será tuyo más tarde o más temprano. Pero además, tu madre tenía cuentas bancarias, y un seguro de vida del que tú eres la beneficiaria.

No puedo creer mi suerte. Y mira que había fantaseado con esto. Pero no puedo creerlo, y me aseguro de que he oído bien.

—¿Cómo la beneficiaria?

—Pues eso, la beneficiaria. El dinero del seguro, el dinero de las cuentas será para ti en unas semanas, no demasiadas, cuando se resuelvan los trámites hereditarios. En las cuentas no sé cuánto habrá, pero me parece recordar que el seguro de vida rondaba los cuarenta mil euros y en las cuentas unos treinta mil. No es mucho.

Isabel lo dice como si cuarenta mil euros y lo que tenga en la cuenta, esos treinta mil que le vienen a la cabeza, fuera a ser cosa de nada. Se nota que Isabel saca el dinero de un cajero automático y no de un bote dentro de la nevera, escondido en bolsas negras creadas para recoger mierda de perro. Se nota que Isabel no tiene preocupación por el futuro de sus dos hijos, esos que son guapos y estudiosos, y que si se preocupa, que puede que sí, será por pensar que van a tener un buen futuro y no un superfuturo. Seguro que Isabel no tiene beca de comedor ni ha tenido que ir a comprar con un vale al Consum. Seguro que Isabel no ha adelgazado, o a lo mejor sí, pero no por la preocupación, sino porque se ha pasado las noches a base de pechuga y ensalada sin aliñar, aunque, la verdad, por la foto de su WhatsApp se ve que un poco gordita, la mujer, está. No quiero enfadarme con ella. No tiene la culpa de nada, pero de repente estoy cabreada con ella, que continúa hablando como un loro.

—Más importante que el dinero, Salomé, si me lo permites, es pensar que tu madre, a pesar de todo, te tuvo en su corazón, porque ella sabía que si le pasaba algo, mejor dicho, que —adivino que viene cursiva— *cuando* le pasara algo, todo sería para ti. ¿Quieres despedirte de ella, entonces?

No quiero, pero no sé cómo decirlo sin parecer una mala persona. Yo ya me despedí de mi madre, aquella tarde de hace tanto tiempo, y la mujer que está dentro de la nevera no es ya la persona que yo conocí. A la otra no la quería, pero en este momento sería capaz de besar el suelo que ha pisado la que acaba de morir, la que ha guardado ochenta mil euros, si no recuerda mal Isabel, para mí y para Javi, para que podamos salir de esta, para que podamos dormir tranquilos, para que no se nos acabe el dinero ni el aire y podamos seguir pensando que el planeta no va a reventar con nosotros dentro y podamos volver a ser parte de la gente que cree que las cosas no van tan mal, o, mejor todavía, que las cosas van bien.

—Me lo tengo que pensar, Isabel —le digo.

Mi madre debería haber usado ese teléfono que le consiguió el detective no solo para asegurarse de que yo estaría en su funeral. Tal vez quería evitarse que las vecinas murmurasen, dijesen: bah, ni muerta la quiso su hija, por algo sería. O quizá pensó que vivir la otra vida sería más sencilla si no se llevaba las deudas de esta. O a lo mejor, simplemente, es que mi madre, a su manera, de esa forma enferma y dañina, también me quería.

Puede que mi madre no me tuviera en su corazón. No lo sé. Pero, desde luego, me va a salvar la vida.

16

La conversación con Isabel hace que me entren ganas de llamar a Marisol. Necesito contarle cada cosa que me ocurre, y como no dejan de ocurrirme cosas, la necesito todo el rato. Cómo he podido pasar todo este tiempo sin hablar con ella, sin escuchar su risa, sin sentirme tan arropada. Cómo he podido soportar este frío de vivir sin ella, que se esfuerza en ayudarme, aun teniendo su vida patas arriba. Sé que la mitad de las cosas que me dice se las inventa o podría decírmelas cualquiera que tuviera dos dedos de frente, porque son de pura lógica, pero me ha funcionado. Ha hecho que me sienta mejor, con palabras y con hechos. No solo me dice: no estás sola, también me ha puesto en contacto con otras personas.

Ahora mi lista de contactos da gusto verla, y mi galería de fotos también, porque mi amiga me ha pasado cientos de fotos de sus hijos y de sus vacaciones. Ayer me dio los teléfonos de todo el mundo con el que me relacioné hasta que me marché. Me he guardado hasta los que me da igual tener, porque ella me estaba mirando mientras los abría. Ahora puedo hablar con Sebas, que ya he hablado, y con Julia, con Lorena, con David, con Salva, con Dani, con Àngels, con Alicia, con Carmina, con Raquel, con Antonio, con Manolo, con Andrea, con Vicente, con Pepe, con Neus, con Viviana, con Inma, con Enrique, con Carlos, con Paqui, con Nicolás y no sé ni con cuántos más. Marisol me ha contado que han preguntado por mí al saber lo de mi madre.

—¿Antes nunca te han dicho nada? —quise saber.

Me dijo que no. Solo dos personas preguntaron por mí en esos años: Sebas y Lucía, a la que llamábamos Lulú.

—¿Te acuerdas de ella?

Me acordé sin esfuerzo. Tenía el labio leporino. Ella no le daba importancia, decía que muchos lo tenían, y ponía como ejemplo a Joaquin Phoenix, el de *Gladiator*. Le daba igual que a él lo hubieran operado de pequeño y a ella no, que él no hablase con un deje gangoso y ella sí, o que él fuera famoso y ella, el hazmerreír del instituto. Incluso le daba igual que lo del labio leporino de Joaquin no fuera verdad y solo fuese una marca de nacimiento.

—Yo soy distinta, eso es lo que os jode —decía.

No teníamos demasiada relación, aunque nos caía bien.

—Yo me hice amiga de ella cuando tú te fuiste —me contó Marisol—. Me preguntaba por ti continuamente.

—¿Y por qué no me das su teléfono? Es la única a la que me apetecería llamar.

—Pues no vas a poder.

—¿Por qué?

—Porque está muerta.

—¿Cómo muerta? Si tenía nuestra edad.

—La gente joven también se muere, Salomé. Y algunos de muy mala manera.

—¿Cómo de mala manera?

—Pues injustamente. ¿Te acuerdas, en el instituto? Había cuatro gilipollas que se reían de ella, y el resto mirábamos para otro lado, porque mientras se metían con Lulú nos dejaban en paz... Hoy tienen más cuidado con eso, por suerte, pero entonces todo lo veíamos normal... Ella parecía fuerte, pero en el fondo le daba por el culo, como es natural.

—Pero eso eran cosas de críos...

—Sí, cosas de críos, como si por ser todos niños fueran todos inocentes. Verás, si se lo hacen a tu hijo, la gracia que te va a hacer o la poca importancia que le vas a dar...

—Es verdad.

—Lulú estudió para maestra y se preparó las oposiciones. Aprobaba, pero no con la nota necesaria, siempre se quedaba en la bolsa y la llamaban para hacer suplencias. No tuvo el trabajo que merecía. Tuvo un novio, se casó con él, pero era un puto borracho. Decidió separarse, le diagnosticaron el tumor en el estómago y le dieron dos meses de vida, pero lo superó milagrosamente. Se separó. Conoció a un chico en las sesiones de quimioterapia que acompañaba a su madre. Se enamoró de él, se fueron a vivir juntos. Decía que nunca había sido tan feliz. Se le reprodujo el tumor, esta vez en la cabeza. Le dieron cuatro meses de vida y se murió a las dos semanas.

Me dejó sin palabras, pero le pregunté cuántos años tenía.

—Treinta.

—A los treinta y uno yo tuve a Javi y la vida empezó para mí.

—Pues a los treinta la vida acabó para Lulú —suspiró—. La vida es así, Salomé. Así de hija de puta. Quién le iba a decir a Lulú cuando hacía cortes de mangas en los pasillos del instituto a los que se reían de su labio que la vida sería tan cabrona con ella. Y quién te iba a decir a ti entonces que la vida tampoco sería buena contigo.

—Bueno, yo ya podía hacerme una idea de eso, la verdad. Mi vida era una mierda.

—¿Por eso te fuiste?

Pasó un tren, rápidamente, mientras me hacía la pregunta.

—¿En serio me lo preguntas?

Asintió un par de veces.

—Claro que te lo pregunto en serio. A tomar por el culo mis promesas.

—Mi vida era un desastre, Marisol, parece mentira que me lo estés preguntando en serio.

—¿Y qué vida no lo era, entonces, Salomé?

—Pues todas, imagino. Pero mi madre me hacía la vida imposible, siempre me estaba criticando, nada le parecía bien...

—¡Y mi madre! Pero imagino que les dábamos motivos —dijo—. La adolescencia es terrible, Salomé, y mientras la estás pasando no te das ni cuenta de lo que es, de la desproporcionada intensidad de tus sentimientos, o de lo difíciles que pones las cosas a los adultos. No imaginas lo harta que me tienen a mí mis hijos.

—¿Me estás diciendo que yo tuve la culpa? —me defendí, atacándola.

—Pues claro que no. Tu madre, y mira que me jode decir esto ahora que se ha muerto, era insoportable, Salomé, y estoy segura de que tuviste tus motivos para irte igual que los hubieras tenido para quedarte. Pero yo era tu mejor amiga, y te juro por esos hijos míos que me hacen la vida imposible —se rio— que tu vida era completamente normal.

—Eso era lo que yo te contaba, pero la realidad era un horror.

—Pues cuéntame ahora lo que no me contaste entonces —me pidió.

Intenté recopilar episodios que justificaran mi decisión, pero me vinieron a la cabeza esos niños del centro de menores en el que trabaja la prima de José Luis. Qué me había hecho a mí mi madre, frente a lo que les pasaba a ellos. Pensé en lo que podría pasarle a mi hijo si mi situación empeoraba, si no encontraba trabajo, si teníamos que dejar el piso y acabábamos durmiendo en la Casa de la Caridad. Tuve, de pronto, la sensación de llevar años arrastrando una tremenda pataleta existencial que había condicionado mi vida, la de mi madre, la de Marisol, la de Javi. Me dio miedo, y vergüenza, así que dije:

—Recordarlo es aún peor.

—¿Cómo son tus recuerdos?

—¿Cómo que cómo son mis recuerdos?

—¿Lo recuerdas todo como un sueño, como una fotografía, como una película...? ¿Dirías que son recuerdos reales o recuerdos confusos?

—Son recuerdos de sensaciones de verdad. Aunque he pasado años sin querer pensar, lo recuerdo todo como si acabara de ocurrir. Cada día, hasta el día que me marché, tuve la sensación de que no quería que estuviera con ella, de que le sobraba.

—Lo que nos pasa en nuestra infancia es superimportante en la personalidad de cada uno de nosotros, aunque no seamos capaces de recordarlo.

—¿Cómo que no? Yo lo recuerdo todo.

—Nadie lo recuerda todo, Salomé.

Insistí.

—Yo sí, lo recuerdo todo. Todo lo que mi madre me dijo y me hizo, y lo que no me dijo y lo que no me hizo. —Insistí más—: Desde que nací hasta que me marché.

Ella insistió también.

—Que te digo que no, tía. No es cuestión de memoria, es cuestión de que nuestro disco duro, nuestro cerebro —me aclaró, por si no entendía la metáfora—, tiene una capacidad bastante limitada y las neuronas se desactivan con el tiempo. Y a eso súmale que hay una parte de nuestra vida, cuando somos pequeños, que no hablamos y, por tanto, no podemos ponerle nombre a las cosas, y lo que no se nombra, no existe. El caso es que con la mayoría de los recuerdos de nuestra infancia pasa como con la mayoría de los recuerdos de nuestra vida: no podemos guardarlos y desaparecen.

—¿Desaparecen?

Me alarmé. Si mis recuerdos desaparecieran, no se perdería nada, pero si desaparecen los de Javi, mi vida dejaría de tener sentido.

—Sí y no. No los recordamos, pero siguen ahí, aunque no nos demos cuenta, y son los que nos hacen elegir una relación y no otra, un trabajo y no otro, un viaje y no otro, una actitud y no otra... Forman parte de nuestra identidad.

—¿Nuestra identidad se forma por cosas que no recordamos?

—No solo por eso, mujer; aparte de por esa cuestión genética, también nos influye la gente que nos rodea, las circunstancias que nos rodean y nuestra capacidad para cambiar. Me acabo de leer *El poder de confiar en ti*, de Curro Cañete. Habla sobre esto y pone ese mismo ejemplo: dejar de beber, dejar de fumar, dejar de pensar que no vas a conseguir lo que quieres...

—Mi madre bebía, continuamente, todos los días. No la recuerdo sin beber.

—Pues ahí es donde ha empezado esta conversación, Salomé: la mayor parte de nuestros recuerdos, sobre todo los más intensos, los que son tan reales que nos parece estar reviviéndolos continuamente, son falsos.

—¿Cómo que son falsos? ¿Lo dice ese libro? ¿O eso lo sabes de tu máster en la carnicería?

Se rio, pero a mí no me hacía ninguna gracia.

—Bueno, un poco de todo, Salomé, que fui a clase muchos años y sigo estudiando, que no se te olvide. Además, es un tema que sale cada dos por tres en los periódicos, en especial los domingos: manipulamos la memoria a nuestra conveniencia. No me mires con esa cara de qué quieres decir, hija, que pareces un disco rayado con esa pregunta.

Volvió a reírse, pero yo seguía sin verle la gracia.

—A todos nos pasa, Salomé, que hay recuerdos a los que volvemos una y otra vez porque nos gustan o por todo lo contrario, porque nos provocan tanto asco, tanto odio, que hacen que nos reafirmemos en decisiones que hemos tomado.

—Como la mía de irme.

Asintió.

—Como la tuya. ¿Cuántas veces has recordado todo lo que te llevó a irte de aquí?

—Muchas, sobre todo al principio. O no, al principio tampoco, porque al principio todo fue una aventura, imagínate, yo sola en Ibiza. Trabajé muchísimo, pero también lo pasé muy bien, gané dinero, ahorré, no tenía broncas con nadie, conocí a mucha gente... Cuando volví, ya en invierno, se me hizo más duro y empecé a pensar que a lo mejor no hacía falta que me alejase del todo, que a lo mejor yo podía seguir haciendo mi vida en Valencia, pero podía ir a verla de vez en cuando, o llamarla. —Negué con la cabeza, varias veces—. Y ahí fue cuando empecé a recordar todas las borracheras, todos los insultos, todas las noches que me dormía llorando por las cosas que me había dicho o hecho, o por las que no me había dicho o no me había hecho. Me repetía todos los días que yo era una niña y ella no había cuidado de mí.

Supuse lo que Marisol estaba pensando.

—No imaginas las veces que pensé en llamarte, o en escribirte, pero me dije que, si lo hacía, estaría más cerca de volver con ella, o de que ella me encontrara, y no estaba dispuesta a arriesgarme.

Marisol no debió de creerme, porque ignoró mi mentira.

—La idea es que volvemos a esos recuerdos porque nos hacen sentir bien, como los nuestros, o porque nos convencen de haber hecho lo correcto, pero resulta que cada vez que volvemos los cambiamos un poco, casi sin darnos cuenta, casi sin que se note. Cambiamos detalles siempre a nuestro favor. Lo que pasa es que volvemos tantas veces, tantas veces, que los pequeños cambios sin importancia hacen que nuestro recuerdo y la realidad a veces se parezcan y a veces no.

—¿Es posible que las cosas no fueran como yo las recuerdo?

—Eso no te lo puedo contestar yo. Tú sabrás. —Se encogió de hombros—. Lo que sí es verdad es que, en ese momento, lo que tú sentías era que sí eran lo suficientemente horribles como para que te fueras. Y esa no es la única verdad, hay más.

—¿Cómo cuáles?

—Pues que solo conoces tu versión, ¿no? No sabes cómo se sintió tu madre, por ejemplo, igual que no sabías cómo me sentí yo. —Una explosión, booooom, acompañó sus palabras—. Lo que pasa es que yo sigo viva y te lo puedo contar, podemos cerrar esa herida, pero tu madre ha muerto y no puede decirte nada, así que tendremos que encontrar otro modo para que la herida deje de doler.

Busqué algo que decir, algo a la altura de lo que ella había explicado. ¿Qué sabía yo de mi madre? ¿Qué sabe Javi de mí cuando me enfado o cuando me lo como a besos? ¿Es suficiente con repetir lo que tantas veces he repetido? Que mi madre no me quería. Que era insoportable vivir la vida así, todos los días, un día detrás de otro día, con una persona que se supone que te tiene que querer por encima de todo sabiendo que no es así.

—Cuando era pequeña, yo adoraba a mi madre. Si me trataba mal, si no tenía cuidado de mí, me aguantaba y pensaba que era por mi culpa y me martirizaba preguntándome qué era lo que había hecho para que ella estuviera así, tan enfadada o tan borracha, o tan enfadada y tan borracha...

—Qué horror —dijo Marisol.

—Qué horror, sí —le di la razón—. Al final, dejé de quererla. Eso tampoco debió de ser fácil para ella. Es verdad que no está para que le preguntemos, pero estoy segura de que también sintió alivio cuando me fui.

—Quién sabe lo que pasaba por su cabeza entonces... Yo no lo sé, desde luego. Por más que le pregunté, nunca soltó prenda, ni de dónde estabas, ni de cómo estaba ella, ni de nada. Ni a mí ni a mi madre, y mira que fueron vecinas hasta que me vine a vivir yo aquí.

—Miguel me ha dicho que estaba mucho mejor. Y no hay más que ver cómo había cambiado el piso... No parecía la casa de la misma persona que yo dejé, la verdad.

—Eso es cierto, mi madre también comentaba lo mucho que había cambiado tu madre en los últimos tiempos.

—Era otra persona —insistí.

—¿Crees que te hubieras llevado mejor con ella?

Me encogí de hombros.

—Eso nunca lo sabremos, tú misma lo acabas de decir. Lo que sí sé es que la mujer que yo conocí, la que hizo que me fuera, me hizo creer que yo no valía para nada porque no era nada para nadie.

— Para mí eras lo más —respondió Marisol—. Tenías proyectos para el futuro.

—Estoy de acuerdo: la más fea, la más torpe, la más gorda, la más tonta... Y así sigo, incluso ahora.

Me reí. Marisol, no.

—Menudos proyectos de vida, follar hasta que me cansara y cuando me cansara de follar, sacar a pasear al perro...

Marisol no se rio.

—A mí entonces ya me parecían mucho mejores que los de la mayoría: casarse y tener hijos y ser feliz toda la vida, montar una empresa y forrarse, ser futbolista de primera división... —Sonrió—. ¿Te acuerdas de esa que quería ser actriz, o de esa otra que quería ser escritora? —Nos reímos las dos—. Te puedo asegurar que ninguno de ellos ha hecho realidad sus sueños. Tú eras mucho más realista.

—Yo asumo la realidad, pero eso no me convierte en realista —le repliqué—. La realidad es que la vida es jodida, y que siempre defrauda nuestras expectativas. Yo eso lo asumo. A mí la vida no me defrauda porque no espero nada de la vida, Marisol, y si eso es ser realista, es una puta mierda. Porque las ilusiones son muy importantes, ilusionarse, perseguir esa ilusión... Eso yo no lo he tenido nunca. Los demás siempre me han dado igual, no he sido empática con nadie, he sido desconfiada, he guardado las distancias. Nunca me he entregado, Marisol. Siempre he vivido así, y no le he dado importancia.

Me acarició el brazo.

—Has fabricado una coraza que impide que la vida te dañe, pero que también impide que la vida te acaricie, como acabo de hacer yo con tu brazo.

Le di la razón.

—Siempre he pensado que me merecía ni querer ni que me quisieran. Javi ha sido la excepción. Y hasta ahora no me había importado, pero últimamente me planteo si soy una amargada y ya está, o soy una amargada que necesita que la quieran.

Me miró con sorpresa.

—Dime tú qué significa eso, exactamente —me pidió.

—Yo quiero que me quieran, Marisol. Nunca me he sentido querida, pero quiero que me quieran. Y temo al rechazo de los demás, al daño que puedan hacerme. Pero aun así, quiero que me quieran. Necesito sentirme querida.

—Y lo eres. Yo te quiero.

—Lo sé. Pero incluso de ti me alejé en su día. Y ahora he vuelto. ¿Lo ves? He vuelto para quererte y para que me quieras. Y pienso ser de otra manera a como he sido hasta ahora. Pienso quitarme todas las armaduras que me han protegido, pero que también me han hecho daño, y pienso querer y dejarme querer por cualquiera que me quiera. Pienso ir como vaca sin cencerro y aprovechar todo el tiempo que me he dejado de lado.

Me reí. Marisol no se rio conmigo.

—Hasta ahora he creído que era por Javi, por cuidar de Javi. Ya ves. Mi madre me culpó a mí de que mi padre se fuera, y yo llevo años pensando que no tengo relaciones con nadie por Javi, y no es justo, no quiero seguir haciéndolo. Él no tiene la culpa de que yo sea un puto orco, así que pienso hacerlo todo de otra manera a partir de ahora.

Se encogió de hombros. También Marisol se había dejado llevar por la vida, y también ella estaba decepcionada. Pero nuestras decepciones solo compartían la palabra decepción. Ella había perdido intentando ganar, yo había perdido sin saber que tenía dos opciones.

—¿Sabes lo que pienso? —Le dije que no—. Que llevas todo este tiempo contándote la misma historia una y otra vez: mi madre no me quiso, mi madre no me cuidó, no valgo nada, el mundo es una mierda. Y te has aprendido esa lección de memoria, como cuando estudiábamos para un examen. Estudiar de memoria no vale para nada, porque luego olvidas lo que has aprendido.

—¿Y qué tiene eso que ver conmigo? —le pregunté.

—Pues que tú has vivido de memoria, Salomé. ¿Te acuerdas de cuando en clase nos aprendíamos las cosas para el examen y luego las repetíamos como loros sin tener ni idea de lo que estábamos diciendo? —Asentí—. Pues así no vale. Aprender de memoria lo único que hace es que la memoria sea mala.

—¿Y qué hago? No puedo volver al pasado para cambiarlo ni para tener recuerdos distintos.

—No, claro. Ni tú ni nadie. Pero ahora, en el presente, tienes que abrir los ojos, tienes que hablar, tienes que escuchar. Déjate querer por quien valga la pena y también por quien no valga la pena, porque en esto del amor y de los sentimientos pasa como con la belleza —me explicó.

—¿Qué pasa con la belleza?

—Pues que para apreciar lo bello tienes que tener muy presente la fealdad.

Me reí.

—Entonces estoy en racha, porque fea soy un rato.

—No necesitas una psicóloga, solo alguien que te escuche para poder escucharte a ti misma y ver las chorradas que dices.

—No sé por dónde vas.

—Hay dos Salomés en el mundo: la que ves tú y la que vemos los demás.

No quiero seguir recordando lo que hemos hablado. Quiero dejar de hablar en pasado, conjugar otros tiempos, un poco de futuro y de presente, también. Quiero tener conversaciones nuevas, quiero construir una vida distinta, con ella. Con palabras, con hechos, con buenas noticias, con proyectos nuevos. Busco su número. La llamo.

17

Marisol dice que Sebas se acercó a ella para saber de mí. Dice que nunca había hablado con ella hasta que desaparecí.

—Lo único que me dio rabia fue que no me contaras que te acostaste con él después de París.

No se lo conté porque no quise darle importancia, porque fue Sebas como hubiera podido ser otro. Teníamos dieciséis años, casi diecisiete, yo ya no iría al instituto al año siguiente, había convencido a mi madre para que me apuntara a una academia de peluquería. Ella no quería. Decía que sería un gasto inútil, que no le apetecía tirar el dinero. Protestaba todo el tiempo, refunfuñaba a la menor ocasión. Decía que el instituto al menos era gratis, que lo único que yo buscaba era cabrearla, cosas así, pero al final me dejó después de que le hiciera un corte a lo falso bob y le dejara unas mechas cobrizo ardiente. Quedó tan contenta que empezó a despertarme media hora más pronto para que la peinara antes de ir a clase. No me decía que le gustara, pero a la mañana siguiente la peinaba otra vez y a la mañana siguiente también, y se acabaron las discusiones sobre la academia.

A mí me gustaba peinarla. Me gustaba que se sentara delante de mí en el escalón de en medio de la escalera que usaba para limpiar las lámparas. Se quedaba inmóvil, envuelta en el albornoz, con el pelo mojado. Parecía frágil. Yo manejaba el cepillo con una mano y el secador con la otra. Las dos estábamos calladas. Alguna vez intentamos darnos conversación, torpemente, sin mucho ánimo, pero lo dejamos al poco rato de intentarlo. El ruido no nos dejaba oírnos y tampoco teníamos mucho que decir.

Allí le dije lo del viaje de fin de curso, que era a París.

—Siempre he querido ir a París —me dijo ella.

No recuerdo que dijera nada más. Dejé en el mueble de la entrada la documentación para el viaje, la autorización, el número de cuenta para el ingreso, el itinerario, yo qué sé, y a los pocos días estaba todo en el mismo sitio, pero los papeles estaban todos firmados, los documentos tramitados y había un sobre con billetes nuevos, recién sacados del banco. No le dije nada. Pensé que yo no merecía otra cosa que no fuera ir al viaje. Ahora me jode no haberle dado las gracias. Ahora, *ahora*, como diría Isabel, en cursiva, sé que la bondad hay que celebrarla, agradecerla, incluso cuando viene de quien menos lo esperas. No. Sobre todo, cuando viene de quien menos lo esperas. Pero eso, entonces, no lo sabía.

A París fuimos en autobús. Yo nunca había salido de Miraval. Bueno, para ir a la playa, en verano. Y una vez planeamos hacer noche en Denia porque mi madre tenía que ver a una amiga que luego no apareció y nos volvimos antes de tiempo, yo llorando porque me quería quedar y ella con un humor de perros todo el viaje, lo que era mucho decir para una persona que siempre estaba malhumorada. Total, que nunca había dormido fuera de casa. Nuestro hotel estaba al lado del Sena. Era pequeño, lo llenábamos todos los de mi instituto y una pareja de Valladolid que nada más vernos torció el gesto, porque se imaginó que formaríamos un escándalo cada vez que estuviéramos por allí. Tenía tres pisos y un sótano. Se desayunaba en el sótano. Yo estaba en las buhardillas. Las habitaciones eran diminutas, apenas cabían las camas, el armario y un baño minúsculo, pero a mí me parecía el palacio donde había vivido María Antonieta cuando era reina. Algunas eran más grandes y dentro dormían amontonadas cuatro o seis personas, en literas, pero a Marisol y a mí nos había tocado dormir solas, al lado de los de Valladolid. Desde nuestra ventana se veía la catedral de Notre Dame, y por eso, porque estaba al lado del río y de la catedral, el hotel se llamaba Les Rives de Notre Dame. La primera noche, los de Valladolid no pararon de follar hasta que se quedaron fritos, unas pocas horas, porque al despertarse echaron otro polvo. Les vimos en el desayuno. Marisol no podía aguantarse la risa. Yo le seguí el rollo, me reí también, gasté bromas sobre sus ojeras y las nuestras, pero lo que no podía aguantarme, en realidad, eran las ganas de hacer lo mismo que hacían los de Valladolid.

El segundo día visitamos el Louvre, la casa de Rodin y el Museo d'Orsay y subimos a la Torre Eiffel. Por la noche montamos en el *bateau mouche* y al pasar por debajo del *pont* Marie, cuando el guía nos dijo que cerrásemos los ojos y besáramos a quien teníamos al lado, resultó que a un lado tenía a Sebas y al otro a Marisol, así que besé a Sebas. Marisol me dijo:

—Seguro que le ha gustado más el beso que el golpe del borrador.

No me reí, me encogí de hombros y dije: bah. No me gustó el beso, pero me gustó la forma en la que me miró. El resto del viaje dejó de interesarme. Solo buscaba volver a encontrar esa mirada, entre sorprendida y curiosa. La encontraba a veces, a veces no la encontraba. Los de Valladolid seguían dale que dale noche tras noche, y a mí no se me pasaban las ganas de descubrir qué era lo que hacían. El tiempo se terminaba, así que el último día en el sótano, mientras Sebas cogía un trozo de queso y se lo ponía en el plato, con el salchichón y el pan tostado, me acerqué por detrás como si fuera a ponerme mi desayuno, y le pregunté si le apetecía subir a mi habitación para ver las vistas.

—¿En qué piso está? —me preguntó.

—En el último. Se ven todos los tejados de París.

—¿Ahora?

—Sí, mejor ahora que Marisol está aquí.

La mirada que yo buscaba no la tenía. Estaba más asustado que contento, pero dejó el plato en la mesa y caminó unos pasos detrás de mí como si no me siguiera, hasta el ascensor. En el ascensor nos besamos. No empecé yo, ni empezó él. Nos encontramos a mitad de camino, nada más se cerraron las puertas. Fue un beso bonito. Fue un beso húmedo, como si la boca y la lengua supieran de antes lo que tenían que hacer con otra boca y con otra lengua. En el primer piso ya me había sonreído entre beso y beso. En el segundo me había tocado las tetas y en el tercero tenía una erección del tamaño de la Torre Eiffel. Se lo dije.

—Tienes aquí dentro la Torre Eiffel.

Nos reímos.

—Pues verás cuando se ilumine —me dijo él.

Fuimos besándonos por el pasillo como si fuésemos amantes expertos, pero ninguno de los dos sabía lo que tenía entre manos. Ya en la habitación no fue difícil caer en la cama, porque la cama rozaba con la puerta al abrirla. Le quité la camiseta, me quitó los pantalones. No sé qué pasó con las bragas ni con los calzoncillos. No dejamos de besarnos, ni de tocarnos. Quise preguntarle cuántas manos tienes, pero su lengua se enredaba en la mía y no me salían las palabras. Sentía un calor pastoso donde nunca lo hubiera imaginado, en el estómago, y cuando me quise dar cuenta ya me había penetrado. Teníamos prisa, todo fue rápido. No duró mucho. No me hizo daño, ni tampoco sangré. No cambiamos de postura, yo abajo y él arriba. Antes de correrse, salió de mí, apoyó la cabeza en el hueco de mi cuello y mi clavícula. Lanzó un quejido, como un sollozo, y cuando paró me besó el hombro.

—Tú no... —me dijo.

—No.

—Tendremos que repetir —me dijo.

—Eso habrá que verlo.

—Tendremos que repetirlo —insistió.

—Ni de coña —respondí.

Pero repetimos. Repetimos dos veces, y remató el trabajo. La primera, al poco de volver del viaje. La segunda, antes de que me marchara. Ninguna me dejó huella, y pese a ello, hoy las recuerdo sin esfuerzo. No me cuesta encontrar esos dos polvos entre los demás.

No me gustan las personas ni las palabras porque suelen ser mentirosas, pero la piel siempre dice la verdad. Por eso, si mi piel me ha dicho: folla, yo lo he hecho sin problemas, sin remordimientos y sin disfrazarlo con sentimientos. Y sin embargo, esos los conservo, intactos. La ropa que llevábamos y que nos quitamos rápidamente. Las palabras, no todas, algunas. Los gestos, casi todos. Los besos, unos cuantos. Éramos torpes, lentos, vergonzosos. Como esa canción de Serrat, la de los quince años. La conozco por José Luis. La canta de vez en cuando, siempre con la interrupción de la tos. Palabras de amor, sencillas y tiernas, no sabíamos más. Así fue, como la canción. Pero sin amor, y un poco más viejos. No necesitábamos más. En eso sí que fue igual.

Vino a mi casa. Me dijo que en París le había pillado desprevenido. Mi madre no estaba, y a mí me pareció bien. Nos tomamos una cerveza a medias, porque me daba miedo que se diera cuenta de que habían desaparecido dos. Me dijo que había visto un par de películas y que ahora ya tenía claro lo que había que hacer. Me dio risa.

—Te has documentado, eso está bien —me burlé.

Él no se enfadó.

Yo también había hecho preguntas. Por ejemplo, había preguntado cómo eran las pollas al tacto de la mano. Marisol me dijo que ella nunca había tocado ninguna, pero que una prima suya le había dicho que tocarla era como rozarse el párpado y nos pasamos días acariciándonos el ojo y, la verdad, cuando tuve ocasión, comprobé que era una buena comparación. También me interesé por el sabor del semen, por los métodos anticonceptivos y por las formas más seguras de interrumpir el embarazo si los métodos fallaban. Poco más.

Hasta que escuché a los de Valladolid, el sexo no me había llamado la atención, y cuando me llamó la atención ya sabía que sería como cuando chocan dos trenes y la vida de los que sobreviven ya no es la misma de antes. Nada fue lo mismo, no porque me acostara con Sebas, sino porque había descubierto algo que formaría parte esencial de mi vida. Nunca volvió a ser como con él, como aquella vez. Siempre ha sido algo físico, animal. No he vuelto a buscar lo que encontré con Sebas, porque sabía que no lo iba a encontrar. El afecto, la ternura. Para qué.

El sexo es como la muerte. No como la muerte de morir, sino como la muerte para los que dicen que la muerte nos hace iguales. El sexo nos hace iguales. Somos iguales. No me extraña que al orgasmo le digan la *petite mort*, que me lo ha dicho Consuelo, que no sabe francés, pero lo ha leído. Acostarse con alguien es como ir a Ibiza. Como quien va a Ibiza y dice: hostia, Ibiza, no voy a poder vivir más sin volver a Ibiza. Digo Ibiza porque el año que fui camarera allí vi a mucha gente así, gente que a lo mejor fue de vacaciones un verano y se quedó para siempre en ese verano, y le daba igual haber envejecido y no pegar ni con cola con los que ahora eran jóvenes, porque, aunque estuvieran en el mismo lugar y al mismo tiempo, ellos estaban en otro lugar y en otro tiempo.

El sexo es como morir sin sufrir. Como bailar en Ibiza. Es estar en un sitio donde no hay gordos ni flacos ni guapos ni feos ni altos ni bajos ni jóvenes ni viejos. Un lugar en que hay silencio y palabras, y egoísmo y generosidad, y te doy para que me des, que en latín no es *quid pro quo*, sino *do ut des*, que se me quedó grabado en clase de latín ese mismo año. Yo no valgo para los estudios. Pero eso lo recuerdo. Dame y te daré.

El sexo es hacer la misma carrera, con la misma meta, con la misma medalla. Y luego, adiós.

Yo ya sabía que sería así desde antes de hacerlo con Sebas, desde que escuché los primeros gemidos de la de Valladolid, los golpes del cabezal en la pared. Así que me dio lo mismo que Sebas hubiera visto porno o se hubiese matado a pajas antes de decidirse a venir a mi casa, a beberse media cerveza, a besarme en el sofá, a intentarlo en el dormitorio de mi madre, a intentarlo otra vez en el mío. Me daba igual que él fuese torpe, o tímido, porque yo ya sabía bien lo que tenía que hacer. Cerrar los ojos. Bailar. Morir.

He bailado mucho desde entonces. No recuerdo todos los bailes. Pero ahora que Marisol me recuerda que Sebas se acuerda, me doy cuenta de que aquella coreografía está aún en mi cabeza.

Fue una lástima que bailar me cansara y morir sin sufrir se convirtiera en solo morir.

Marisol dice que, cuando desaparecí, Sebas fue a buscarla a su casa. Que ella le preguntó cómo sabía dónde vivía. Que le dijo que era porque vivía dos pisos por encima del mío. Que ella nunca le preguntó cómo era que conocía mi casa y que nunca ató cabos hasta que se estaban separando. Cuando se estaban separando no tuvo que esforzarse en atarlos, los cabos, porque él se lo contó todo. Que me quería. Que nunca había querido a nadie como me quería a mí. Que creía que nunca querría a nadie de esa manera.

Dice que se enfadó, pero que lo comprendió. Que no pudo extrañarle que él me quisiera habiéndome querido ella tanto. Y me resulta extraño. Incomprensible. Porque yo, antes de entonces, entonces, después de entonces, no sabía que hubiera sentido nada parecido por mí.

18

Disecciono ese amor que acabo de descubrir como si diseccionara una rana abierta de par en par con las patas clavadas con alfileres sobre una plancha envuelta en papel de estraza: sin tener ni idea. Nunca he diseccionado una rana, así que tampoco sé qué hacer con ese amor que de repente sé que alguien ha sentido por mí.

Me pregunto qué me diría Marisol si se lo contara. Puedo contárselo. Puedo decirle a Marisol:

—Qué fuerte que tu marido estuviera tan enamorado de mí. Tu exmarido, perdona.

Y sin darle tiempo a que digiera esa broma, volver a mi tema preferido estos días: yo misma.

—¿Te acuerdas de cuando me dijiste que nuestros recuerdos a veces no son fieles a la realidad? Pues acabo de descubrir que es así. Yo, que me he pasado la vida sufriendo porque nadie me quería, acabo de saber que al menos dos personas me quisieron tanto como para fastidiar sus vidas por mí, o para creer que fastidiaron sus vidas por mí: Sebas y tú.

Ella me miraría y me diría: pues, claro, Salomé, si te lo acabo de contar yo.

—Pues, claro, Salomé, si te lo acabo de contar yo.

Yo le diría que sí, que no dudo de lo que ella me dice.

—Sí. Yo no dudo de lo que tú me dices. Pero he pasado tanto tiempo dudando de mí, dudando de todo, y ahora esta nueva duda abre una duda más grande que todas las demás.

Ella sonreiría con esa manera suya de sonreír que es como si dijera que todo va a ir bien, y me preguntaría qué duda es esa.

—¿Qué duda es esa, Salomé?

Yo no sabría cómo decirlo, pero lo diría.

—No sé cómo decirlo, Marisol. Pero creo que ahora dudo de todo lo que he dado por cierto hasta ahora. ¿Y si he estado equivocada?

Equivocada en qué, me diría Marisol.

—¿Equivocada en qué?

No querría contestar.

No quiero contestar.

Dejo de imaginar.

Vuelvo a la realidad.

Llamo a Marisol y le digo que la de la funeraria me ha ofrecido ir a ver a mi madre.

—¿Muerta? —me pregunta.

—No, viva. Ha llamado a un par de médiums y la van a revivir para mí —le contesto.

Guarda silencio, al otro lado del teléfono.

—No se te ocurra ir. Isabel lo hace con la mejor intención, pero yo no sé si es buena idea.

—¿Por qué? Dicen que, si no te despides del que se muere, no haces el duelo.

—Pues sí, y tú te vas a despedir cuando la lleven al tanatorio de una vez. Pero ¿qué necesidad tienes de verla muerta?

—Pues despedirme.

Ella se irrita, no sé por qué.

—¿Despedirte de una muerta?

—No, joder. Despedirme de un sentimiento, cumplir con un rito ancestral, yo qué sé. Abrazarla, darle un beso. Que dicen que, si no te despides, no cierras la puerta.

—¿Es eso lo que quieres?

—¿Cerrar puertas?

—No, acercarte a tu madre, abrazarla y darle un beso.

—Pues puede que sí. Como cuando era pequeña.

Lo he dicho sin pensar. Me doy cuenta de lo que he dicho cuando Marisol repite, asombrada, lo que acabo de decir, y al oírla, me viene a la cabeza una mañana o una tarde, no sé, de hace mucho tiempo. Mi madre es rubia y yo soy pequeña. Más pequeña que Javi. Sonríe y me cose un vestido para mi Barbie con la tela que sobra de una falda blanca que se acaba de arreglar. El vestido solo tiene dos agujeros para meter los brazos y un botón que se abrocha en el culo de la muñeca y hace que se le ciña al cuerpo como si fuera una princesa que sale a cenar. Se lo digo, que mi Barbie es la princesa más guapa del mundo y que va a salir a cenar, y ella me dice que yo soy la princesa más guapa del mundo, y se acerca y me da la muñeca y un beso y yo se lo devuelvo.

Dónde ha estado ese recuerdo hasta hoy, hasta ahora. Puto recuerdo de mierda que viene cuando menos falta me hace. Lo quiero apartar. Lo aparto. Pero viene otro.

Mi madre es morena y yo soy más mayor que Javi, pero no mucho. Estamos esperando que pase el metro. Hemos ido a comprar a Nuevo Centro y volvemos a casa cargadas de bolsas. Yo doy lametones a un cucurucho con una bola de chocolate y mi madre a otro de fresa. El helado se me cae encima de la maleta de una mujer que debe de venir de la estación de autobuses y lo mancha de marrón oscuro. La mujer me pregunta si estoy tonta y yo me quedo petrificada. Ella insiste, pero ya no lo pregunta y asegura que estoy tonta. Mi madre deja de comer su helado y lo restriega en la maleta de la mujer, que no acierta a decir ni una palabra mientras mira las dos manchas. Me coge de la mano, subimos al centro comercial y en el primer kiosco vuelve a comprar dos helados. Bajamos, sin decir nada. Yo aprieto muy fuerte su mano y deseo al mismo tiempo que la mujer siga ahí y nos vea bajar sin tenerle miedo y que ya se haya ido y no tengamos otra bronca. En el andén no queda nadie y se oye el sonido del tren alejándose. Nos reímos tanto que a mí me duele la barriga y ya no quiero comerme el cucurucho. Ella lo tira a la papelera.

Tampoco sé de dónde viene ese recuerdo, dónde ha estado escondido hasta ahora, pero intuyo que debe haber más que quieren venir. Escucho la voz de Marisol que me dice: abre la puerta, pero esta no la quiero abrir. Me da miedo lo que pueda haber detrás. Un error. Me duele la tripa como si fuera la niña de la estación. ¿Y si todo ha sido una equivocación?

Marisol me rescata con su voz.

—No creo que tengas que ir allí para despedirte de tu madre, Salomé.

—¿No?

—Claro que no.

—¿Y si mi madre no era tan mala como yo la recuerdo, Marisol?

Guarda silencio, un instante.

—Tal vez fuiste muy drástica cuando te marchaste, Salomé, y seguramente deberías haber dado señales de vida en este tiempo, pero eras una cría y ella era una adulta y, por lo tanto, era tu madre la que tendría que haber resuelto el problema antes de que se volviera tan grande. Lo hecho ya no tiene remedio ni por tu parte ni por la suya. Pero la vida empieza cada día, y en la vida, amiga, casi nada es blanco o negro.

Me quedo callada.

—Ven a Miraval. Damos un paseo, o nos quedamos en tu casa, y hablamos de ella y de ti, o de ella sola, o de ti sola. Seguro que hay cosas buenas que os pasaron, y podemos recordarlas y te reconcilias con ella, aunque se haya muerto, porque nunca es tarde para el perdón, que lo dicen en todas las películas y en todas las novelas. O a lo mejor no, a lo mejor después de hablar de ella llegamos a la conclusión de que fue una hija de la gran puta que te fastidió la vida. Mi madre siempre dice que el que no duda no sabe cosa alguna, y tú estabas tan segura que no sabías nada.

—Ahora dudo de todo —le confieso.

—Pues ahora es cuando estás en el buen camino.

Tiene razón. No sabía nada. Ahora estoy empezando a saber. Se lo digo.

—Pues claro que tengo razón. Estás en el principio de tu nueva vida, Salomé, y no ha hecho falta más que reencontrarte conmigo. Como antes, ¿te acuerdas? Antes podíamos con todo, y ahora también —se ríe.

—Bueno, encontrarme contigo y que se muera mi madre —intento seguir la broma, pero mi voz, inesperadamente, suena triste.

—La vida y la muerte van de la mano, Salomé. También eso me lo dice mi madre. —Se ríe—. Ven a casa mañana, que tengo todo lo que hace falta para que decidas. Tengo helados, tengo whisky, tengo pizzas, tengo ensaladas... Y sobre todo tengo muchas ganas de que mi mejor amiga no pase sola este trance, Salomé.

Así que voy.

19

Domingo

He pasado por la casa de Consuelo para dejarles a Javi. A Javi no le importa quedarse en casa de Consuelo. Cuando hace dibujos, y hace dibujos todos los días, siempre pinta a José Luis y a Consuelo conmigo y con él. Ya no me caben en la nevera. También los tengo en el baño, y en las paredes de su dormitorio, aunque nunca duerme allí, pero le gusta verlos. A veces lo pillo hablando con ellos, haciendo planes, diciéndoles cuánto les quiere.

Los cuatro nos damos la mano, formamos una cadena. Él y yo en el centro, Consuelo a mi lado, José Luis al de Javi. A menudo nos une unos a otros con rayos de colores que nos enlazan por arriba o por abajo, y suele rodearnos de corazones como si fueran cojines mullidos que hacen más cómoda nuestra vida. Desde hace unos días también sale Haddock. Lo coloca entre sus piernas, o se dibuja sentado a su lado y nosotros a su alrededor, con las manos cogidas y los rayos de colores y los corazones y demás.

No me atrevo a decirle que no somos familia. Nunca me he atrevido, pero es que, además, desde hace cuatro días, tengo la sensación de que sí somos familia. A veces pasa la vida entera sin que suceda nada y otras veces sucede todo en un segundo. Eso lo he leído mil veces. Bueno. Lo he leído, lo he oído en canciones, lo he visto en películas. Está en los sobres de azúcar del café, en los libros de autoayuda, en las frases que algunos estampan en una pared. Para poder ver has de tener los ojos abiertos. Yo los he tenido cerrados, solo he percibido sombras casi siempre amenazantes. Y sin embargo. Abro los ojos, y lo que veo me gusta. Abro los ojos y me parece que es posible que todo haya empezado hace cuatro días. Me parece que la muerte de mi madre se ha llevado a mi madre y a todo lo que había de malo en ella y también en mí. En nosotras. Me gusta pensar eso, aunque no es cierto. El rencor no ha desaparecido, ni la rabia, ni la pena. Los dos, o tres, recuerdos que he recuperado me producen una tristeza infinita. Y los que pueden venir detrás, me dan miedo. Un miedo que antes no estaba en ningún sitio, pero tampoco había en ningún sitio ese sentimiento nuevo que se parece tanto a lo que dicen que es la ilusión.

Consuelo abre la puerta y al hacerlo, nos llega el inconfundible olor a la paella de José Luis. Javi me aprieta la mano. Javi quiere a José Luis, pero aborrece su paella. La paella de José Luis es horrible. Javi me mira.

—¿Te quedas con nosotros a comer? —le pregunta Consuelo.

—No —contesto casi de inmediato—. Hemos venido a daros un beso porque nos vamos a pasar el día a Miraval.

Javi no dice nada, pero se pone contento.

—¿Cómo a Miraval? —pregunta Consuelo—. ¿Ya sabes algo?

Niego con un gesto.

—No. No tenemos ni idea del motivo, pero todo está siendo mucho más lento de lo normal.

Baja la voz.

—Entonces, ¿a qué vas?

Me encojo de hombros.

—A estar allí. A pasar un rato en mi casa, o a pasear con mi mejor amiga. No sé.

Consuelo baja más aún la voz.

—¿Y Javi?

—Javi te está oyendo, aunque bajes la voz.

Javi se ríe.

Le miramos las dos.

La orientadora del colegio nos dijo que cuando hablásemos con nuestros hijos teníamos que mirarles a los ojos. Nos dijo que esa recomendación no valía para todo, que para preguntarles qué querían para cenar no era necesario, que solo servía para las cosas importantes. Creo que esta lo es. Me agacho para ponerme a su altura.

—Javi, hay una cosa que no te hemos contado hasta ahora.

—¿Qué cosa? —pregunta.

—Tú sabes que los últimos días has pasado más tiempo con Consuelo y José Luis, ¿verdad? —le digo.

—Claro, te ha vuelto a salir trabajo —contesta.

—No exactamente.

Miro a Consuelo buscando ayuda, pero no me la da. Sigo yo sola.

—Tú sabes que los niños tienen abuelos, que son los padres de los padres de los niños.

Asiente.

—Yo tengo a Consuelo y a José Luis.

Consuelo sonríe.

—Así es, nos tienes a nosotros —dice, complacida.

—Pero, además, tienes a los abuelos de verdad.

—José Luis y Consuelo no son de mentira —protesta.

Consuelo suelta una carcajada.

—Sí, sí, pero está la familia que se elige y la familia que no se elige. A Consuelo y a José Luis los hemos elegido para que sean como tus abuelos, pero tus abuelos en realidad son mis padres.

Javi se alegra.

—¿Y voy a conocerles?

Me siento bastante gilipollas. Miro a Consuelo otra vez. Me levanto e ignoro a Javi.

—Podía haber empezado contando el chiste de tengo una buena noticia y una mala noticia —le digo.

Consuelo se ríe, se agacha y ocupa mi lugar.

—Mira, Javi, tú tienes muchísima suerte. Como ya sabes, los niños, por lo general, tienen abuelos que son los padres de los padres de los niños, eso ya te lo ha dicho tu madre. —Javi asiente, como diciendo: ya lo sé—. Tú tienes abuelos, como todo el mundo. Por ejemplo, tienes los abuelos que son los papás de tu papá. Lo que pasa es que no sabemos dónde están.

—¿Cómo que no sabemos dónde están? —pregunta Javi.

—Como que no lo sabemos. —Me mira—. ¿Tú sabes dónde están? —Le digo que no—. Pues ya está. No sabemos dónde están. Algún día puede que los encontremos, y será muy bonito. Pero a lo mejor no los encontramos, y será muy bonito también porque contigo seguiremos estando José Luis y yo, y, lo más importante: estará tu mamá. —Javi asiente, como diciendo: lo comprendo—. Ya sé que sabes que hay muchos tipos de familias, además de la de papás y mamás —continúa Consuelo—, porque lo ves en el colegio.

—Ya lo sé: hay quien tiene dos papás, dos mamás, un papá solo, una mamá sola... —responde como si recitara la lección de uno de sus libros.

—Y también están los papás y las mamás que viven juntos, no nos olvidemos de ellos, aunque cada vez sean menos, mi niño —bromea Consuelo.

Javi nos contó un día que uno de sus compañeros se había puesto a llorar desconsoladamente porque la cuidadora del comedor había dado por hecho que sus padres estaban separados porque nunca le recogían a la vez. Nos hizo tanta gracia que hemos repetido esa broma hasta el aburrimiento.

—Mira, te voy a contar una historia de animales, para que lo entiendas. —Javi asiente con la cabeza—. Las estrellas de mar, como el Patricio ese de los dibujos que ves en la tele, no necesitan siempre a otra estrella para tener una estrellita de mar. Imagina que se les parte uno de los brazos y que se rompe justo desde el centro de la estrella. ¿Sabes qué pasa, entonces? —Javi dice que no—. Pues pasa que del centro de la estrella sale otro brazo, como el que se ha roto, y del brazo roto acaba saliendo una estrella exactamente igual a la otra. ¿Sí?

—Sí —dice Javi, algo dudoso.

—Las personas no somos así, y se necesita que el varón ponga la semilla dentro del cuerpo de la hembra.

Igual ya tu maestra te ha hablado de eso, en clase. —Javi dice que no—. Bueno, es lo mismo. Necesitamos la semilla, que la pone el varón, y el semillero, que lo pone la hembra. Y por eso la mayoría de los niños tiene un papá y una mamá. ¿Es así?

—Sí —insiste Javi—. Aunque algunos tienen dos papás.

Consuelo pone los ojos en blanco.

—Sí, algunos tienen dos papás, o dos mamás. Pero ahora ese no es el tema. —Borra con la mano una pizarra imaginaria—. El tema es que lo que es lo habitual no quiere decir que sea lo único que hay. Y aunque las personas no seamos como las estrellas de mar, algunas personas un poco sí que son como las estrellas de mar y hacen lo de la semilla ellas solas. Tu mamá, por ejemplo. ¿Verdad que no hay por aquí ningún varón que haya dejado la semilla? —Javi dice que no—. Equiliquá. Pues eso es lo que pasa en tu casa. Que tu madre es como la estrella de mar a la que se le ha roto el brazo y de ese brazo has salido tú. Por eso no sabemos dónde están tus abuelos ahora, porque tampoco sabemos dónde está tu padre ahora. ¿Me sigues?

—Creo que sí —miente Javi.

—Tu madre, en cambio, nació de forma normal, con la semilla y el semillero. Así que tu madre tiene papás, aunque no los ha tratado mucho.

Javi vuelve a la pregunta inicial, ilusionado.

—Entonces, ¿voy a ver a mis abuelos, los de verdad?

Consuelo niega, una vez más, con la cabeza.

—Pues no, Javi, y aquí viene una mala noticia: tenías abuelos, pero tu abuelo se murió hace tiempo —miente, para no liar más al niño—. Y tu abuela acaba de morirse ahora.

—¿La madre de mi madre? —pregunta.

—Sí —dice Consuelo.

Me ignoran.

—Ay, vaya. Estará triste.

Consuelo se encoge de hombros.

—Tu mamá y la suya hacía mucho que no se trataban, por eso ella se perdió conocerte. —Me mira—. Está triste, pero tampoco mucho, porque tú estás con ella, y eso hace que todo lo demás le parezca poca cosa.

Javi parece mayor porque vive en un mundo de adultos, pero no es más que un niño.

—Pero entonces —dice Javi—, ¿me voy contigo a Mira-lo-que-sea o me quedo aquí a comer la paella de José Luis?

—Lo que quieras tú —le digo.

—Si me quedo, ¿tengo que comer paella? Porque como se acaba de morir mi abuela, a lo mejor me puedes hacer otra cosa para que me ponga contento.

—Yo te hago lo que tú quieras, pero puede que tu madre preferiría que te fueras con ella —sugiere Consuelo.

Javi me mira.

—Si quieres que vaya, voy —dice—. A lo mejor querías que me fuera para que no me quedase tantas veces aquí, pero a mí no me importa quedarme aquí con Consuelo y José Luis y comer espaguetis con albóndigas y jugar al Fortnite todo el día. De verdad que no me importa.

Miro a Consuelo.

—¿Cómo sabes lo de las estrellas de mar?

Se encoge de hombros.

—Porque me gustan mucho los documentales de animales. Se aprende un montón, sobre animales y sobre la vida —me dice—. Por ejemplo, anoche vi uno sobre la vida sexual de los gorilas. ¿Tú sabías que los gorilas tienen el pene pequeño porque son fieles y los chimpancés lo tienen enorme porque se tiran a cualquier mona que se les cruce? —Se ríe—. Pues haz cuentas. —Se ríe, más—. A lo mejor con los hombres pasa lo mismo.

Javi se impacienta.

Me pongo de nuevo a su altura.

—¿Estás triste? —me pregunta.

—No, Consuelo tiene razón. Si estás tú, todo lo demás me da igual. Así que si te quieres quedar, quédate.

—¿Irás tú sola a despedirte de tu madre? —me pregunta.

Le digo la verdad.

—Yo de mi madre me despedí hace mucho tiempo.

Voy con los ojos abiertos, con la mente abierta. Pero me doy cuenta de que, por primera vez en mucho tiempo, o por primera vez en toda mi vida, no siento que vaya sola a ningún sitio.

20

Sebas me escribe. Quiere saber dónde estoy.

«En el metro».

Él pregunta a qué altura.

«Joaquín Sorolla».

Él dice que me baje antes de llegar a Miraval, en la estación anterior.

«Te espero en el andén».

No pienso hacerlo.

«Voy a bajar en Miraval. He quedado con tu mujer».

No me corrige, pero me recuerda que habíamos decidido vernos hoy, y yo me reafirmo en que iré directa a casa de Marisol. Escribo a mi amiga para que no me entren las dudas y le aviso de que llegaré en veinte minutos como máximo, y ella me dice que ok, pero cuando falta una estación para llegar a mi parada me asomo con cuidado, con disimulo, a la puerta del tren cuando se abre, porque tengo curiosidad por si ha ido, y si ha ido, tengo curiosidad por cómo será ahora Sebas, si se parecerá a mi fantasía. Me escondo un poco detrás de un chico que sale. El chico se molesta.

—Señora, que corra el aire, joder —me dice.

Se aparta y me deja al descubierto. No sé si Sebas me ha visto o no me ha visto porque no me parece reconocerle entre la gente del andén. A estas horas hay pocas personas. Una mujer con dos niños pequeños, que serán sus hijos; un abuelo con boina y garrote que no viene ni va a ningún sitio y está tomando el sol apoyado en la barandilla; una chica rubia que fuma un cigarro y que lo tira al suelo cuando ve llegar a otra chica rubia que le da un beso en la boca y la abraza; un hombre con poco pelo que mira el reloj con evidente mal humor; otro hombre que corre con camiseta de tirantes y mallas negras. No me parece que ninguno sea él. Voy a entrar otra vez al vagón, y entonces creo verle, detrás de las escaleras. No sé si es él. De pronto su recuerdo se vuelve vago, se mezcla el Sebas de mi adolescencia con el de las fotos de la casa de los padres de Marisol, y no se parece en nada al hombre que me hace señas, pero como no sé qué hacer y el tren está a punto de cerrar las puertas y el hombre me llama con la mano, me bajo casi sin darme cuenta. Avanzo hacia él, despacio, para verle bien. Un poco sí se parece. Es alto, está fuerte, no gordo, fuerte. Viste vaqueros y camiseta negra y lleva el móvil en la mano. Tiene el pelo corto, pero se le nota que si lo llevara más largo, le saldrían algunos rizos. Sonríe. Se le achinan los ojos, no me acuerdo de qué color son, y muestra una fila de dientes no muy blancos pero sí rectos. No es guapo, pero tiene cara de simpático y eso le convierte en guapo. Me acerco, y cuando estoy más cerca sonríe más aún y se quita los auriculares de los oídos y se le cae el teléfono al suelo. Suena un poco la canción que está escuchando.

«... ojalá que empezara de cero y poderle decir que he pasado la vida sin saber...».

Cierra todas las aplicaciones del teléfono y me mira. No sé qué decir y parece que él tampoco.

—¿Qué música es esa? —le pregunto.

—Robe Iniesta —me contesta.

—¿Y qué canción es?

—«Si te vas».

—Es bonita.

Tras los minutos musicales, nos quedamos callados.

—Siento lo de tu madre —me dice—. Es una putada morirse así.

—No sabemos aún cómo ha sido.

—Da igual cómo ha sido, Salomé. Me refiero a que es una putada morirse sola, y sin haber hecho las paces contigo.

Empieza fuerte.

—Hacía mucho que no nos veíamos, eso ya lo sabes —le digo—. Así que a lo mejor ella no necesitaba hacer las paces ni verme ni nada.

—Sí que quería —dice.

—¿Ah, sí? ¿Quería? ¿Y cómo lo sabes tú, que ella quería?

Se encoge de hombros.

—Vamos —me pide—. Me gustaría que me acompañaras a casa y que conocieras a los niños. Por eso te he pedido que te bajaras aquí. —Me mira—. Estás muy guapa, Salomé.

Comenzamos a andar. Tiene la espalda ancha y los ojos azules. Sebas me gusta más que Rafa. Me gusta cómo camina, cómo sonríe, cómo me mira. Me siento un poco idiota. No entiendo esto que me está pasando, esta especie de necesidad de contacto que me ha nacido por nada y de la nada. Me esfuerzo en pensar en Marisol, porque me empieza a entrar calor.

—Vivimos aquí al lado, estamos más cerca de esta parada que de la de Miraval, por eso te he pedido que te bajaras aquí —se repite, y se justifica—. Le he dicho a Marisol que luego te acompañamos a su casa.

—¿Y le ha parecido bien?

Se encoge de hombros.

—¿Por qué iba a parecerle mal?

Quiero decirle:

—Porque piensa que estabas enamorado de mí todo el tiempo que estuviste casado con ella.

Le digo:

—Porque me espera desde hace rato.

—No pasa nada. Le he dicho que si le parece bien, y a ti también, podíamos ir todos a comer luego al chino o a donde queráis. Y si no, te acompañamos a su casa y os dejamos solas. Ella no sabía si vendrías con tu hijo. Nosotros tenemos tres, ya sé que te lo ha contado.

—Sí, me lo ha contado.

Caminamos entre adosados, todos iguales.

Me entran muchas ganas de decirle todo lo que Marisol me ha contado, pero sé que no se lo tengo que decir. Sin embargo, escucho mi voz mientras se lo digo.

—Ella cree que estás enamorado de mí, que por eso te casaste con ella y por eso te separaste de ella.

Se para. Me mira. Creo que se va a echar a reír, pero se queda muy serio.

—No sé si estoy enamorado de ti, porque no sé quién eres ahora, pero sí es verdad que he estado enamorado de ti desde pequeño.

—¿Pero cómo puede ser eso?

Se encoge de hombros.

—El amor es así.

—¿Así, cómo? Si no hablábamos.

—¿Es necesario hablar? Hay gente que habla sin parar y no se enamora. No sé, Salomé. Yo me enamoré de ti, platónicamente, como nos enamoramos cuando somos críos, sin ningún motivo. Me gustabas y ya está. Eras diferente a todas las demás. Y luego, de repente, pasó lo de París —sonríe— y las dos veces de después —sonríe otra vez—, y después te marchaste y fue como si te convirtieras en una leyenda —su sonrisa se hace más grande y el estómago me arde—, en alguien tan auténtico como para mandarnos a todos a tomar por el culo para empezar una vida nueva porque esta no le gustaba. ¿Fue eso, verdad? Que esta vida no te gustaba y por eso te fuiste a vivir otra.

¿Fue eso? Me lo pregunto. No sé si fue eso. Pero si fue por eso, me he lucido, porque mi vida después no ha sido mejor que la de antes.

—¿Te casaste con Marisol para estar más cerca de mí si volvía?

Se ríe.

—Joder, no. ¿Te ha dicho ella eso? —Le digo que no, con un gesto, convencida de que le digo la verdad porque no sé si me lo ha dicho o lo he interpretado yo de sus palabras—. Esto no es una novela, Salomé. Esto es la vida. Cuando te marchaste, me acerqué a ella para preguntarle por ti, eso no lo voy a negar. Igual que no voy a negar que siempre has estado en mi cabeza, de una forma o de otra, como si fueras un amigo invisible al que contar las cosas. Es una gilipollez, ya lo sé, pero es lo que me ha ocurrido. He estado media vida preguntándome qué habría pasado si no te hubieras marchado, o si te encontrara por casualidad, eso es verdad también. Pero es verdad que también sé la respuesta a esa pregunta...

Me tiene hipnotizada. Como si hablase de otra que no soy yo, o como si me contara un cuento.

—¿Qué?

Levanta las palmas de las manos.

—Esto mismo: nada. Que yo te quería sin conocerte, como muy bien me has dicho, y que tú no sentías nada por mí. En realidad, estaba enamorado de alguien que solo existía en mi imaginación. Pero de eso me di cuenta mucho antes de casarme con Marisol.

—Ella está convencida de que no es así.

—Ya, pero las cosas no siempre son como pensamos que son. Nosotros nos casamos porque nos dio la gana, porque quisimos. Mira, cuando nació Sebas no estábamos casados, ni cuando nació Carlos. Nos casamos antes de que naciera Lola, porque nos hacía ilusión. Las cosas nos iban bien, habíamos acabado de pagar la casa, los dos teníamos trabajo, ella en la carnicería estaba contenta, yo no me podía quejar. Los niños estaban bien, nuestra vida era cómoda, tranquila... Pensamos por qué no nos casamos, y dimos una fiesta muy divertida, ¿sabes? La hicimos en casa y todo el mundo vino disfrazado de grupos de música. —La mirada se le ilumina al recordarla—. Fue la hostia, estuvimos con resaca varios días...

—Guau —le digo, irónica.

Él se ríe.

—Habría sido la fiesta perfecta, si no hubieses faltado tú. Marisol te echaba muchísimo de menos. Yo no tanto, ya te he dicho que había fabricado una Salomé paralela en mi imaginación y esa no me falló nunca.

—¿Follamos en tus fantasías? —le pregunto, con la esperanza de que me diga que sí y estemos empatados.

Se ríe, otra vez.

—No, qué dices. En mi cabeza solo has estado como una amiga.

—Pero si nunca hemos sido amigos —protesto.

—Lo sé, pero es que eras una fantasía, no un recuerdo. No te he recordado, te he recreado —matiza.

—¿No hemos follado? —me río.

—No, nunca. Fíjate que chorrada, pero me he esforzado en no fantasear nunca con eso.

—¿Por qué?

Se lo piensa un poco.

—Porque no creo que ninguna fantasía estuviera a la altura de lo que significó para mí acostarme contigo en París, aunque fue una mierda —se ruboriza—, tan imprevisto... No tenía ni puta idea. Luego, las otras dos veces, creo que fue mejor.

—Sí —le digo, aunque lo digo tan rápido que no suena convincente.

—Pero no me refiero a que fuera una pasada a nivel físico, sino emocional. Yo era un mierda, Salomé, un puto mierda. Y de repente tú te fijaste en mí para echar un polvo... Eso a mí me cambió la vida. Puede que te parezca una exageración.

Me lo parece.

—No creo que tú fueras un mierda, pero lo que es evidente es que yo no era una *top model*.

—Pero qué dices. Tú eras una mujer en un mundo de críos. Sabías lo que querías, eras independiente, valiente, con tus propias ideas...

—Marisol me dice lo mismo.

—Es que es la verdad. Eras auténtica en un momento en el que todos estábamos perdidos. No hay nada más sexy que eso.

Frunzo el ceño.

—¿No has dicho que tu casa estaba cerca de la estación?

—Y lo está, hemos pasado tres veces por delante. Solo que no quiero que entremos todavía. Aún hay algo más que quiero decirte.

—¿Más?

—Sí, más. Yo no me separé de Marisol por ti, aunque esa fantasía y tu recuerdo me hayan acompañado toda la vida, aunque me haya dormido contándole a la Salomé de mis sueños todo lo que me pasaba o me preocupaba, y —se ruboriza otra vez— aunque me haya hecho más de una paja pensando en la Salomé real de aquella mañana en París o en tu casa. Puede sonar raro, aunque en mi cabeza está claro y es correctísimo. —Se ríe, aún rojo como un tomate—. Pero sé diferenciar muy bien la realidad y la fantasía, y no me separé de Marisol por eso.

—¿Y por qué fue, entonces?

—Porque comprendí que nunca había estado enamorado de ella, que me había dejado llevar, y que dejarse llevar no es motivo suficiente para seguir con una persona. Pero tampoco es eso lo que quería contarte.

—¿No?

—No, aunque después de contártelo, la verdad, me siento mejor.

Señala su casa, como diciendo: ahí está mi casa, pero seguimos caminando y pasamos de largo otra vez.

—Marisol se empeñó en que quería que vinieras a nuestra boda. Te buscó por todos los lados, te buscamos los dos. Fue una puta locura.

—Hay que mover los hilos, como el marido de Isabel —bromeo.

—Al final, fui a hablar con tu madre. Marisol no se atrevía, ya sabes que se llevaban mal. Fue una conversación corta y desagradable, porque tu madre no tenía ni idea de dónde estabas y le pareció una gilipollez que fuese a preguntarle justamente a ella.

—¿Y a quién quería que se lo preguntaras?

—Pues no sé, pero más que molesta por la pregunta, me pareció triste por no tener la respuesta.

—¿Te pareció o te lo dijo?

—Me pareció.

—Entonces puede que te hayas montado una película, como la que se monta Marisol cuando cree que podéis volver a estar juntos. O como la que te montas tú con la Salomé de tus sueños antes de dormir.

—Marisol no cree eso. Marisol no está pasando un buen momento y está angustiada, pero sabe de sobra que no vamos a volver porque yo no quiero ni ella tampoco. Pero no cambies de tema —me pide, y vuelve al que le interesa—: Estuve en la puerta de tu casa menos de tres minutos, no me invitó ni a pasar. Todo en el rellano. La cuestión es que tu madre me dijo que no tenía ni idea de dónde estabas, pero que si querías volver, ella estaba en el mismo sitio que siempre. Dijo eso, si querías volver, literalmente. Creo que ella estaba deseando que volvieras.

Me lo dice como si me estuviera dando la noticia de mi vida, como si frente a esa sensación que él tuvo en un rellano yo solo pudiera responder con alegría. Tengo ganas de reír, porque me parece uno de esos chistes malos que dice Consuelo que te cuenta de vez en cuando la vida, pero también de llorar, porque puede que fuera verdad, que quisiera que volviera, que lo deseara, que no supiera cómo hacerlo porque no se le ocurriera que este teléfono que le había conseguido el detective no solo podía ser usado en caso de su muerte. La quiero odiar. Busco ese odio que me ha dado fuerza todos estos años, pero tardo en encontrarlo y se me cruza otro pensamiento, otro sentimiento. Tampoco era necesario que muriese para que volviera. Yo podía haber querido volver.

Le miro.

—¿No podías haberme contado únicamente que te has matado a pajas pensando en mí cuando tenía diecisiete años?

—Pues aún hay otra cosa.

—¿Qué cosa?

Se queda callado un instante.

—Me parece que he conocido a tu padre.

21

Marisol me espera apoyada en el balcón. La veo cuando entro en la calle. Tiene mala cara, cara de enfadada. La saludo con la mano. Me devuelve el gesto, levemente, y desaparece. Cuando abro la puerta de mi casa, la oigo bajar por las escaleras.

—Ni me has avisado de que venías después de comer —me reprocha.

—Pensé que te lo había dicho Sebas —me defiendo.

Pasamos.

—Sebas me dijo que tenía que hablar contigo y que luego te traía aquí —vuelve a reprocharme.

—Pues eso hemos hecho: ha hablado conmigo y me ha traído aquí —vuelvo a defenderme.

—Hace cuatro horas de eso. No he comido —se queja.

—Yo tampoco, pero no pasa nada —me pellizco una lorza con una mano y a ella otra, con la que me queda libre—. Tenemos reservas.

Nos reímos las dos, pero ella sigue molesta.

—¿De qué quería hablar, si puede saberse?

Puede saberse, pero no todo.

¿Qué puedo contarle?

Puedo contarle que Sebas conoce a mi padre. Que cree que lo conoce. Pero eso ella ya lo sabía.

—Por eso quería verte. Me lo dijo cuando pasó, poco antes de que muriera tu madre, pero me pidió que, si volvías, fuese él quien te lo contase —se justifica.

Lo comprendo.

—Tenía trabajo en el hospital de Denia, y por la megafonía llamaron a un tal Fernando Olano. Se acordó de tu padre, que yo le había dicho que se llamaba Fernando, y de ti, que te apellidas Olano, y como tenía tiempo de sobra y estaba aburrido, se acercó a ver quién era ese hombre. Tenía que esperar al resultado de unas pruebas, y Sebas, ya sabes cómo es, le dio conversación.

Eso ya me lo ha contado él.

Que le dio conversación a un hombre que se llama como se llamaba mi padre. Que el hombre que se llama como se llamaba mi padre vive en Denia, tiene setenta y dos años, cuatro hijos, tres nietos y cáncer de próstata de buen pronóstico, pero eso nunca se sabe. La vida del hombre no es para echar cohetes, no solo por el cáncer de próstata. La mujer está en casa. A uno de los hijos lo tiene en Alemania casado con una alemana y no lo ve. A otro de los hijos lo tiene ahí mismo, en el hospital, de enfermero, pero trabaja a turnos y no lo ve. Tenía dos hijas. A una no la puede ver, ha muerto. A la otra no la puede ver porque no se habla con el marido. Los nietos, en Alemania. Al hombre morirse le da lo mismo. La pena se la da su mujer, que menuda papeleta, sola y con una ecuatoriana que les cuida, que es buena como una santa, pero mire, tantos sacrificios toda la vida, trabajando como mulas en un hotel, y ahora más solos que la una.

El hombre tenía tiempo y ganas de hablar. La hija muerta se había muerto a los veintidós años, en un accidente de coche, y le había dejado un hueco que no se correspondía con el que había ocupado en vida, porque mientras vivió a él no le preocupaba más que tener dinero, tener mujeres y que la suya no le pillase. La hija trabajaba con él en el hotel. El hotel no era suyo, pero trabajaban todos en el hotel. Él, la mujer, los hijos. En el hotel, el hijo conoció a la alemana, en qué hora. En el hotel, el hijo enfermero se pagó los estudios y los vicios, que alguno tenía. En el hotel, la hija conoció al marido con el que él no se hablaba. En el hotel, la hija que se murió empezó a trabajar el mismo día que se mató. En el hotel, pasó el resto de la vida cagándose en todo lo que se meneaba, porque de pronto todo lo que le había importado dejó de tener importancia y él se encontró viejo, cansado. Que se te muera un hijo es el agujero más grande, de ahí no se sale. El hombre le preguntó a Sebas si tenía hijos. Sebas le dijo que tres y le preguntó si no tenía más hijos. El hombre le dijo que sí, que tenía una hija más, pero que no la veía desde que la niña tenía seis años. Y cómo es eso, quiso saber Sebas. El hombre levantó un poco un hombro, porque el otro no podía moverlo ni siquiera un poco por la osteoporosis, y le dijo que de joven mantuvo dos relaciones paralelas, que al principio con la otra era todo muy divertido, que iban al cine y se metían mano y que salían por ahí como si fuesen solteros, pero que poco a poco se les acabó el divertimento porque ella estaba obsesionada con quedarse embarazada, hasta que se quedó, y que llegó un punto en el que decidió que lo mejor era poner tierra de por medio y se fueron a Denia todos a trabajar al hotel. Que desde entonces aprendió a no verse con ninguna más de dos veces, tres como mucho, porque para relaciones ya tenía la que tenía con su señora. Y a follar con condón, y si no había condón, a correrse fuera, porque para hijos ya tenía los otros.

Y no la echa usted de menos, no piensa usted en ella, le preguntó Sebas. El hombre le dijo que no, que la forma de querer que tenía esa mujer no se podía aguantar porque era demasiado intensa, que quería como si el mundo se fuera a acabar enseguida y que eso no hay cuerpo que lo resista. Además, al hombre le parecía que esa mujer no estaba bien. Se señaló la cabeza con un dedo y añadió: de aquí. Sebas le dijo: no, a la niña. El hombre le dijo que no porque a esa niña no la había conocido apenas y nunca le dijeron que era su padre, sino un amigo de su madre. Le dijo, el hombre, no sé cómo se enteró de dónde trabajaba y se plantó un día en el hotel, hasta noche tenía reservada, la muy terca, pero la convencí de que se marcharan, menos mal, porque, si me pilla mi mujer, me corta los huevos. Le dijo que la niña lloraba mucho porque le hacía ilusión dormir en el hotel, vaya usted a saber lo que se figuraba que era. Le dijo que solo esa vez sintió algo por la niña, pena, ternura, compasión, no lo sabía. Se le pasó enseguida.

Dice Sebas que tenía ante él a un hombre derrotado por la vida. La vida me ha dado mi merecido, le dijo el hombre. Nadie merece un cáncer ni que se le muera una hija, le dijo Sebas. El hombre estaba convencido de que le venía de vuelta el daño que había causado, pero que lo único que lamentaba era lo de la hija muerta. Lo demás, plim. Sebas le preguntó si no le gustaría conocerla, reencontrarse con la que había conocido tan poco. El hombre le dijo: mire, me voy al baño, y ya no volvió, pero Sebas le había sonsacado el segundo apellido, porque el primero ya lo sabía, y con la ayuda de un amigo médico había localizado su tarjeta sanitaria y su dirección.

—Sebas dice que, si yo quiero, puede localizar su historial médico. —Me río, como si tuviera gracia.

—Podrías conocerle —me dice Marisol.

La miro.

—¿De verdad crees que quiero conocer a un patán como ese?

—Es tu padre.

—Más le hubiera valido a mi madre partirse un brazo como hacen las estrellas de mar.

Marisol no sabe de qué le hablo. No me importa que ese viejo no me quiera. Ya sé que no me quería. De hecho, es un alivio saber que no se marchó por mi culpa ni tampoco por culpa de mi madre, por más que ella le quisiera demasiado. Pero tampoco me alegra pensar en mi madre, queriéndole mucho, queriéndole tanto. Qué guapo era Fernando. Guardando sus cosas en cajas secretas. Entradas de cine, posavasos de coctelerías. Fingiendo que iba a encontrarse con una amiga en un hotel. Tan triste porque la amiga le había dado plantón. Tan enfadada con la vida que no le quedó más remedio que hacerme daño a mí. Bebiendo para que no le importara, para que se le olvidara, para no darse cuenta de que los otros hombres no eran él. Me ofende que dijera que mi madre no estaba bien de la cabeza, como si fuera un insulto.

Lo demás, plim, dice el mamón.

—Se merece todo lo que le pasa —suelto.

—¿Hasta que se le haya muerto una hija?

—No, eso no. Eso no se lo merece nadie. Pero yo podía haberme muerto mil veces y no se hubiera enterado. Así que, si a él plim, a mí ni te cuento.

Ella se queda pensando.

—Menuda casualidad —dice—. Que se lo encontrara Sebas, que al poco tiempo muriese tu madre, que hayas vuelto tú...

Yo no creo en las casualidades. Me doy cuenta cuando se lo digo.

—Yo no creo en las casualidades. Creo que las cosas pasan porque tienen que pasar, cuando tienen que pasar y porque tienen que pasar.

—¿Y de qué te vale a ti saber esto si no quieres conocerle? —se lo pregunta a ella misma, más que a mí—. Y aunque quisieras, y lo conocieras, que ya me has dicho que no, ¿de qué te vale? Si es un viejo que se va a morir enseguida...

Me vale de mucho.

—Mira, yo no tengo intención de decirle a Javi quién es su padre y aunque la tuviera, no sé ni cómo se llama, así que Sebas no podría encontrarlo en un hospital. —Nos reímos—. No es que yo piense que la figura paterna no sirve de nada, al contrario. Pero si yo soy como soy, no es porque mi padre no haya estado conmigo. No sé qué habría pasado si las cosas hubiesen sido de otra forma, lo que sí sé es que fueron así y que mi madre me echó siempre la culpa de que él nos dejase. Y ahora que sé que la culpa no fue mía, sino de él, que era un pedazo de cabrón, me siento bastante mejor.

—¿En serio? —se sorprende—. No es por meter el dedo en la llaga, pero, joder, tu padre era un hijo de puta. Tu madre era una cabrona. No tienes un panorama como para echar cohetes, perdona que te lo diga.

Nos reímos tanto que Marisol se mea encima.

—Perdona, tengo el muelle flojo desde que parí a Lola —se justifica.

Nos reímos más, bastante rato.

—Es que he pasado toda la vida sintiendo cosas equivocadas por motivos equivocados, y saberlo, aunque no lo parezca, es una liberación.

Lo que no le puedo contar tiene mucho que ver con lo de la liberación. Me siento tan liberada que me he acostado con Sebas.

Una cosa ha llevado a la otra, esa es la verdad. Después de que me contara lo del hombre que puede ser mi padre, hemos entrado en su casa a por las llaves del coche porque de tanto dar vueltas a la manzana estábamos los dos cansados. Los hijos le habían dejado una nota. Se han ido a comer con los abuelos. Se habían hartado de llamarle al móvil.

—Joder, he dejado los auriculares puestos y no he oído la llamada —ha dicho.

—Escuchar a Extremoduro tiene consecuencias —he bromeado.

—Es una chorrada, pero no me gusta que mis hijos me busquen y no me encuentren. Me pone triste.

Me enternece tanto que, si no fuera porque no tenemos confianza, le daría un abrazo. Se lo digo.

—Te daría un abrazo.

—Dámelo.

No me muevo de mi sitio, pero él se acerca. Me abraza. Huele bien. Quiero pedirle que no se preocupe. Quiero decirle que sus hijos saben de sobra que él es un padre de los que siempre está, de los de contar con ellos para cualquier problema. Un padre de esos que yo no conozco, pero que sé que existen. Pero no puedo decirle nada. Porque es que huele muy bien, mejor que cuando éramos tan pequeños. Mejor que cuando solo fue una sombra para que yo me masturbase. Un poco a sudor y un poco a limón, a cítricos. Más tarde, cuando vaya al baño, veré que usa un agua de colonia de Dior, pero en ese momento no lo sé. Solo sé que me gusta olerle, y que sus manos me rocen como pidiendo permiso. ¿Puedo tocarte? Puedes tocarme. Es más alto que yo, más grande, y mira que yo soy grande, pero sus brazos me abarcan, me cobijan. Me parece tener muchos menos años, estar en París, en una habitación de hotel, a punto de descubrir por qué la gente le da tanta importancia al sexo. Y Sebas huele tan bien que no me importa sentir que me besa en la frente y mi boca le busca. Nuestras miradas se cruzan antes de que los labios se encuentren, y antes de besarnos nos sonreímos. Me pasa la mano por el pelo. Me acaricia la mejilla, el cuello. Veo esa mirada, otra vez. Esa sorpresa. Y me doy cuenta de que es eso lo que llevo tanto tiempo esperando. Llega el beso.

Yo nunca he buscado en el sexo nada más que lo que el sexo puede darme. Piel y placer. Algunas veces, pocas, también me he encontrado con algo de complicidad, con dos cuerpos que se acoplan sin esfuerzo, como si hubiesen bailado ya el mismo baile antes, aunque fuera la primera vez que coinciden en la pista. Es difícil que se dé otra cosa cuando apenas conoces a la persona que está arriba, debajo, dentro de ti. Cuando has intercambiado muy pocas palabras, y la mayoría de ellas han sido ininteligibles a fuerza de ron con cola o de cerveza. Sin embargo, con Sebas es como llegar a un lugar después de haber estado en otros lugares y reconocerlo. Es como volver a un sitio en el que ya has estado y comprender al instante por qué ese sitio te ha gustado tanto. Es fácil, y es cómodo.

Sus manos son como él, anchas, cálidas. Sonríe sin parar, se alegra de verme desnuda. Le alegra mi cuerpo, le gusta. Está contento y su alegría me contagia, saca la mía que no sé ni dónde ha estado hasta hoy, hasta este momento. No me enamoro de Sebas. Descubro el sexo con Sebas. Hay otro sexo con Sebas. Comprendo por qué hay personas que le dan un sentido distinto al que ha tenido antes.

No puedo decirle a Marisol lo bonita que es su casa.

22

—¿Verdad que es bonita la casa?

Marisol me lo pregunta y siento como si me preguntara:

—¿Te ha gustado acostarte con mi marido?

Pero no me está preguntando eso, seguro.

—¿La de Sebas?

—No, qué dices: la de tu madre.

Me dice nada más que la verdad. La casa de mi madre, la casa donde crecí, está tan bonita que no parece la misma.

—Bajo dos pisos y parece que entro en otro mundo. Esta casa y la de mis padres se parecen como un huevo a una castaña —se lamenta—. Por no hablar de la diferencia entre donde vivo ahora y donde vivía antes.

Me viene a la cabeza su cuarto de baño. Sebas y yo nos hemos duchado juntos después de hacer el amor y hemos vuelto a hacerlo en la ducha. Siento un pellizco en la barriga. Quisiera estar ahí, otra vez. Otra vez en esa casa. Otra vez en ese cuerpo. Quiero verle, más. Quiero quitarle la ropa. Me esfuerzo. Borro el recuerdo.

—Estás viviendo aquí de forma temporal —le digo.

—Todos estamos viviendo aquí —señala el aire— de forma temporal. La fiesta se acaba, que se lo digan a tu madre.

Trae a mi madre de vuelta, y Sebas desnudo se va, definitivamente.

—¿Tú sabes cuándo hizo mi madre la reforma?

Ella sonríe.

—Ahora sí que lo sé —remarca el ahora—. Esta mañana llamé a mi madre y se lo pregunté: la reforma la hizo hace ya unos años, aunque parece que la obra la acaba de terminar. Está impecable, ¿verdad?

Verdad.

Vuelvo a recorrer las habitaciones, con Marisol, despacio. Repasamos cómo combinan los colores, los muebles de líneas sencillas, las láminas enmarcadas. Siento pena por no haber pasado tiempo ahí. Siento pena por el tiempo que pasé ahí.

—Mira —me señala Marisol—, la foto del beso en el ayuntamiento de París, la de Doisneau. ¿La conoces?

Conozco la foto, me suena. Pero no sé quién es Doisneau.

—Yo también la tenía en el ático. Aquí no pega, no la he colgado.

—Es bonita, la foto. Es bonita esa pareja, besándose así.

—Sí, es preciosa. Pero no es una pareja de verdad. O sí, eran una pareja en realidad, pero posaron para la foto: eran actores profesionales, aunque durante mucho tiempo se dijo que fue una pareja cualquiera captada al azar. Hubo varias denuncias, primero porque unos dijeron que eran los de la foto y el autor demostró que eran otros, los actores, pero entonces se cargó la imagen idílica del amor romántico en París y demás. Y luego le denunciaron los actores porque decían que querían cobrar, pero el fotógrafo volvió a ganar porque demostró que les había pagado. Acabó hasta los huevos de la foto, aunque fue la que le hizo famoso en todo el mundo. La chica murió hace poco, ya de vieja, de un accidente doméstico como tu madre, fíjate.

—¿Y?

—Pues nada. Que si te fijas bien, casi todo en lo que creemos es una puta mentira. El amor, la honestidad, la belleza.

¿Sabría mi madre esa historia cuando se compró ese póster? ¿Se imaginaría que la casualidad haría que la mujer de la foto y ella murieran de la misma muerte? No creo que lo supiera. Y si lo supo, no creo que le hubiera importado. Ella ya sabía que todo en la vida era falso.

Casi puedo verla aquí mismo, donde yo estoy, intentando reproducir en los planos de su piso las fotografías de las revistas que se había ido guardando. Que a lo mejor no lo hizo así, pero así es como lo haría yo y como fantaseo que lo ha hecho ella, arrancando páginas de revistas de decoración, o guardando capturas de pantalla de perfiles en las redes sociales. ¿Tendría redes sociales mi madre? ¿Usaría Facebook, Instagram, Twitter? ¿Sería mi madre una de esas que vuelca su mala hostia detrás de un avatar y no deja títere con cabeza, de las que insultan a todo el mundo, al Gobierno en especial, o no tendría interés alguno por esa forma de relacionarse, como me pasa a mí? ¿Tendré yo algo que ver con mi madre, no con la madre que yo conocí, sino con la que reformó el piso tal como yo lo habría reformado de haber tenido ocasión? Yo no pensé en mi madre en este tiempo. ¿Me pareceré en eso a ella? ¿Habrá pensado ella en mí?

Marisol me saca de mis pensamientos, otra vez.

—¿Te han dado el móvil?

—¿Qué?

—El teléfono móvil de tu madre, que si te lo han dado —observa mi gesto—. ¿No? Pues del resto de cosas, ni hablamos.

—¿Qué cosas?

—Pues sus cosas, sus objetos personales.

—¿Pero qué objetos personales? Si está todo aquí, todo lo que ella tenía está en esta casa, no hay nada que tengan que darme. Lo que sea lo puedo coger yo.

Así que nos ponemos a abrir cajones, a airear armarios, a buscar sin saber lo que buscamos. Encontramos la ropa ordenada por colores; la correspondencia agrupada por temas: las cartas del banco, las de la compañía de teléfono, las del gas, las de las ofertas y los vales de descuento del supermercado. En la mesilla del dormitorio, Marisol encuentra el teléfono móvil, con una línea de batería. Es un Panasonic de uso sencillo negro y rojo, con botones enormes y sin conexión a internet. No tiene bloqueo de la pantalla, ni falta que hace. Mi madre no guardaba secretos en el WhatsApp porque ni siquiera tenía WhatsApp. La galería de fotos está vacía. En los mensajes de texto, el centro de salud de Miraval le recuerda que tiene analítica de sangre el 25 a las 8:15 h de la mañana y a las 12:05, visita con el doctor Navarro. Que si no puede ir, le piden, intente anular la cita.

—Pues no va a poder —murmura Marisol.

No tiene mensajes de voz ni llamadas perdidas después de que se haya muerto. Todos los que hablaban con ella debieron de enterarse de la noticia. Isabel la llama a menudo y ella llama con frecuencia al centro de salud y a la peluquería de los jubilados, pero la mayoría de las llamadas, que son muchas, son de un tal Miguel que no deja mensajes si no le atiende la llamada. Y ya está.

—Mira —le digo a Marisol—. ¿Crees que este Miguel es Miguel el vecino?

—No tendría sentido, podían hablar desde el balcón.

—Pero él me ha dicho que eran muy amigos —le cuento.

—¿En serio? Nunca los vi juntos, aunque todo es posible...

En el otro cajón de la mesita hay un dominó, una baraja española, libretas y bolígrafos, publicidad de supermercados, de inmobiliarias, de comida a domicilio, folletos para las vacaciones de Semana Santa de 2016. Me pregunto a dónde fue ella esa Semana Santa, a dónde quiso ir, por qué guarda ese recuerdo, si hay un porqué o si es casualidad. Dedico un buen rato a pensar si esos papeles se quedaron pegados en el fondo del cajón sin que se diera cuenta, con el único propósito de que yo los encuentre hoy y me pregunte por los motivos de mi madre para no tirarlos, y me dé cuenta de que me hago esa pregunta porque es mucho menos dolorosa que la otra. Por qué los guardó. Es mucho mejor. Por qué no me quiso.

No quiero llorar. No ahora. Busco más cosas y me entretengo con fotografías de unas señoras en las cuevas de Sant Josep de la Vall d'Uixó, en la Lonja de la Seda, en la calle Cavallers. En la cartilla veterinaria de Pepe en el Centro Veterinario Borja, y en el libro de recetas imprescindible de la Thermomix. Hay otras imágenes con un grupo de mujeres, quizá las mismas, sentadas alrededor de una mesa de lo que parece una biblioteca.

—Coño —dice Marisol—. Seguro que Isabel se la vendió a tu madre.

Miro a mi amiga, y dedico unos minutos a vencer mi vergüenza para preguntar quién es mi madre. Marisol coge una de las fotografías y me señala a una mujer pequeña, con el pelo rojizo y gafas de metal que sonríe con los brazos apoyados en la mesa. Trago saliva y voy hacia la cocina. Marisol me sigue y, efectivamente, en una esquina, está la máquina.

—¿Qué te parece? —dice Marisol.

No me parece ni bien ni mal. A mí la Thermomix me es indiferente. No sé cocinar, aunque es verdad que todo el mundo dice que si la tienes no hace falta saber. Me imagino viviendo allí, en ese piso tan nuevo, tan mío sin ser mío. Imagino a Javi diciéndome hazme *zopa*, y yo haciéndole la *zopa* en la cocina donde ella murió. Joder, es que no puedo ni imaginarlo. Me apoyo en el banco de la cocina.

—Mi madre dice que fue allí —señala.

—¿Ahí? —pregunto.

—Sí.

—¿Y cómo lo sabe tu madre, si está en Benidorm?

—Se lo dijo Charo.

—¿Y cómo lo sabe Charo?

—Porque fue Charo la que llamó a la policía, joder, que eso ya lo sabes. La que oía llorar a Pepe.

—A Haddock —la corrijo.

—La que oía llorar al perro, y la que se dio cuenta de que hacía días que no la veía. Bueno, en realidad, no. Le ha dicho a mi madre que el que se dio cuenta de los quejidos del perro fue Miguel.

—Ay, Miguel...

—Sí, hija, que parece el perejil de todas las salsas, con lo callado que es. Fue el que dijo que el perro lloraba y que llevaba días sin ver a tu madre, pero luego él desapareció y ella asumió el protagonismo. Esperó a la policía, y entró detrás de ellos y la encontraron ahí. No había casi sangre, pero, cuando la policía se marchaba, Charo preguntó si podía limpiar y limpió.

Donde ahora es ahí, antes estaba mi escritorio, porque ese espacio no formaba parte de la cocina antes de la reforma, sino de mi cuarto. Mi escritorio era color crema, con flores rojas. Imitaba una escribanía de las antiguas, con puerta y cajones. Yo colocaba pegatinas y escribía letras de canciones en la madera. Una vez escribí: ojalá te mueras. Lo escribí pensando en mi madre. Luego me arrepentí y lo borré y puse una pegatina. Mi madre nunca lo leyó, pero, ahora que se ha muerto, se ha muerto justo ahí. Ahí ahora hay una mesa, junto a la pared, con los taburetes.

—Charo le contó a mi madre que le dijo a la policía que varios días antes de que encontraran el cadáver se fue la luz durante toda la noche. Charo sospecha que se debió de descongelar el congelador de la nevera —la señala— y, al entrar tu madre, se resbaló con el agua, cayó justo en la mesa y se mató al golpearse. —Se ríe—. Perdona, no me río de tu madre, que conste, pero es que de repente Charo es como Amaia Salazar, la de las novelas de Dolores Redondo.

No sé quién es Amaia Salazar, pero no se lo digo.

—¿Y qué dice la policía?

—No sabemos nada aún, ya lo sabes tú. Estamos esperando todos la autopsia para poder hacer el entierro. Pero Charo está convencida de que fue así. Y ya que estamos, está convencida de que tú eres un pedazo de puta putanga que se va a llevar todo lo de tu madre, empezando por el perro.

Nos reímos las dos.

—¿Puta putanga?

—Así te ha descrito a mi madre. Yo le he dicho a mi madre que tú no quieres llevarte nada, pero quieras o no quieras, va a ser todo para ti. Ya ves que tu madre estaba más sola que la una.

Así es.

—¿No te alegras? —me pregunta.

No me alegro. Siento una tristeza infinita.

—Menuda vida de mierda —digo—. Cartas del banco, publicidad. ¿Has visto este orden? Seguro que era de puro aburrimiento.

Pero es el orden el que nos permite encontrar el libro de familia, las cartillas del banco, su tarjeta de identidad, un pasaporte caducado sin ningún sello de entrada ni de salida y, encima del armario ropero, entre cajas de zapatos con zapatos viejos, la caja de vino con las fotografías que tanto me gustaba observar de pequeña.

—Mira —le digo a Marisol.

Me obedece y mira.

—Este era mi padre.

—Sí que era guapo —dice.

—Mi madre también —se me quiebra la voz antes de terminar de decir que mi madre también era guapa, que para mí era la más guapa, que había envejecido bien.

Me pongo a llorar.

Marisol me pregunta por qué lloro, pero lloro por tantas cosas que no sé por qué lloro. No sé si lloro porque tengo hambre. O porque me arrepiento de haberme acostado con Sebas. O porque no me arrepiento y quiero volver a hacerlo, muchas veces, pero me da miedo perder a Marisol. O porque pensaba que me despediría de mi madre en ese rato, y no siento ninguna despedida. O porque no sé quién es la persona que vivía aquí. O porque me hubiera gustado conocerla. O porque me da pena, mi madre.

Pero puede que llore porque, en realidad, lo que me apene sea que si me doy un golpe y muero o si muero y me doy un golpe, en mis cajones no encontrarán tampoco ninguna carta de amor.

23

Suena el teléfono. No me doy cuenta hasta que Marisol me dice:

—¿No está sonando un teléfono?

La llamada suena con el sonido robot. Lo puso Javi porque le hizo gracia cuando me compré el móvil. Es demasiado para mí, para mis necesidades. Casi me lo regalaron por cambiar de compañía, cuando a mí me bastaría con uno como el que acabo de ver que tenía mi madre. Ahora me da vergüenza sacarlo, porque pienso que todo el mundo sabe mi situación y va a pensar: mira esa, qué móvil gasta, y luego se quejará de que no tiene para comer, porque dará por hecho que no lo necesito y que me falta dinero para comer. La gente piensa esas cosas. La gente juzga a los que tiene al lado sin saber qué ocurre dentro de los que tiene al lado. Yo misma lo he hecho, muchas veces. Con la gente a la que no conozco. Con mis amigos, cuando los tenía. Con mi madre, cuando la tenía. Conmigo misma. Veo mis heridas, pero no sé lo que hay debajo de la piel.

No me acostumbro ni al teléfono ni al sonido ni a que me llamen.

—¿No es tu teléfono? —insiste Marisol.

—Igual es que ya sabe cuándo es el funeral —digo mientras voy a cogerlo—. Joder, no. Es una clienta.

Mi clienta me pide que la perdone por llamarme en domingo, pero quiere saber si puedo ir a su casa todos los días de la semana que viene, todas las mañanas, para hacerle la limpieza en profundidad. Le digo que no puedo decírselo con seguridad, que habrá un día que no podré ir, pero que no puedo decirle cuál, porque no sé qué día será el día que no podré ir. Ella es impaciente, lo sé porque a veces la oigo hablar por teléfono con gente de su trabajo y siempre le parece que todo se hace demasiado lento y demasiado tarde, así que conmigo también se impacienta y refunfuña al otro lado del teléfono. Me dice que necesita saberlo. Su problema a mí, en este momento, me parece una gilipollez, pero para ella es urgente resolverlo y me cuenta que se van a ir a la casa de la playa y que quiere que vaya a la casa de la playa para ponerla en marcha. No tengo coche, pero eso es lo de menos, así que no se lo digo. Le digo que puedo ir, pero no todos los días. Ella insiste en que ha de ser todos los días. Me dice que quiere llevar a su madre ya a la playa y, si yo voy a limpiar, su madre no estará sola. Ah. Ya lo tenemos. El Jacques. El dos por uno de la limpieza: pasa la mopa mientras me cuidas a los niños o a los animales o, en este caso, a la madre. Mi clienta intenta convencerme por ahí. Que me paga el doble por hora, me dice. Que no tengo que hacerle nada, solo estar ahí. Que sabe que yo trato bien a su madre. Es verdad. La trato bien. Cuando voy a su casa, siempre están las dos. Se llaman igual: Alicia. Alicia madre tiene setenta y nueve años. Siempre está sonriendo, siempre está de buen humor, pero no comprende que Alicia es su hija y siempre se quiere ir a su casa porque no recuerda que su casa no existe. La derribaron. O la vendieron. Ella no se acuerda, yo no lo sé.

Alicia hija trabaja en casa. Es arquitecta. Tiene una hija pequeña, que también se llama Alicia y tiene cuatro años. A veces su abuela se cree que es su hija y le dice cosas que la niña no entiende y se escapa corriendo. La niña quiere querer a su abuela, pero le da miedo. El marido de Alicia también es arquitecto. Trabajan los dos en la buhardilla, en un despacho enorme que comparten y que está dividido por un biombo que diseñaron ellos mismos. Aparte de ser arquitectos, son *influencers* en redes sociales porque son guapos como ellos solos, las cosas como son. Son guapos y tienen talento, porque lo mismo que te hacen una casa, se comen unas magdalenas o unas rosquilletas con pipas y les pagan una pasta por decir: uy, qué buenas están. Dinero no les falta.

La casa es grande. Me paso cinco horas cada vez que voy, y eso que el patio nunca lo toco. En el patio hay un olivo y un limonero. El limonero da limones por castigo. El marido se llama Antonio y siempre que puede me endosa una bolsa de limones para vaciarlo. Yo casi siempre le digo que no quiero. No sé qué hacer con tantos limones y no me hace ni puta gracia que siempre me diga que si la vida me da limones, haga limonada. Me dan ganas de decirle: pues hazla tú y no me hagas a mí irme cargada con una bolsa, pero por no discutir se los cojo. A veces los llevo a casa y Consuelo dice que se bebe el zumo con agua tibia en ayunas y se hace la ilusión de pensar que está más flaca, pero, por lo general, los tiro en el contenedor de la parada del autobús y luego me siento fatal por haberlos tirado, por ingrata y por cabrona, aunque no los vuelvo a coger. Seguro que alguien recoge lo que yo desprecio.

Esta casa la mantengo desde hace años, los martes y los jueves. Este jueves no fui, pero ahora me doy cuenta de que se me olvidó avisar. Han contratado a una canguro que se hace cargo de Alicia la pequeña y de una cuidadora que se ocupa de Alicia la madre. Seguro que no son tan felices como aparentan, que todo parece que les resulte sencillo. Que sus cosas pasarán, pero no lo demuestran. Como con lo de tener allí a su madre, con lo modernos que son, que él lleva un pendiente en la nariz. Pero ahí está Alicia y no en una residencia. Que yo la única vez que les oí hablar de residencias fue para insistir en que nunca la llevarán a ninguna. Cariño tampoco les veo, las cosas como son. Alicia con su hija, el que haga falta. Pero con su madre, no.

—¿Cuento contigo? —me pregunta.

Le digo que no, que lo siento en el alma, pero que no voy a poder.

—¿Por qué? ¿Pasa algo?

—Mi madre ha muerto, Alicia.

Suspira al otro lado del teléfono.

—¿Por eso no viniste el jueves?

—Sí. Ha tenido un accidente, le están haciendo la autopsia y no sé cuándo podrá ser el entierro.

—Te diría que lo siento.

Pues dímelo. No se lo digo.

—Pero no puedo decírtelo...

Parece que se va a poner a llorar.

Se pone a llorar.

—Yo me esfuerzo en pensar que mi madre no es la que está en mi casa —llora, desconsolada—. Me esfuerzo en pensar que es su cara, sus manos, su piel, su cuerpo, pero que no es mi madre. Que es un muñeco, un maniquí. Ojalá fuera la mía la que se ha muerto, Salomé.

Llora más.

No sé qué decirle. Digo una gilipollez.

—Es normal que te sientas así.

No tengo ni la menor idea de lo que es normal o de lo que es anormal. Me sorprende que no me lo diga, y tú qué sabes cómo es de normal que yo me sienta cuando me gustaría que mi madre estuviera en el lugar de la tuya. También me sorprende que me diga todo lo que me dice. Tenemos un trato cordial cuando voy a limpiar su casa, pero nunca nos hemos hecho ninguna confidencia y mucho menos una de esta clase. Me pregunto si me lo dice a mí porque no tiene nadie más a quien decírselo. No porque no tenga amigos. Amigos tiene como tiene limones, para aburrir, y no me refiero a los de las redes sociales, que también, sino a los de carne y hueso. Quiero decir que me lo dice a mí porque supone que yo no la voy a juzgar, pero, por si acaso, se lo digo.

—Yo no te juzgo, Alicia.

Ignora mi comentario y comprendo al instante que me lo dice a mí porque, si la juzgo, le da lo mismo. Soy invisible para ella y mi juicio es invisible también.

—Cuando empezó a perder la memoria me enfadé con ella. Como si tuviera la culpa, como si se le olvidaran las cosas porque le diera la gana, o por joder. Y me la traje a casa para cuidarla, pero la trataba como el puto culo. Todo lo que hacía o decía me parecía mal, y yo me decía que si le reñía era por su bien y me lo creía y todo. —Suelta una carcajada—. Ahora lo único que quiero es que se muera de una puta vez y me devuelva a mi madre como era antes. Lamento que haya muerto tu madre. Pero te envidio. Soy un puto monstruo.

Corta la llamada.

Es la primera vez que alguien me envidia.

24

En casa no me espera nadie. Sé que Javi y Haddock estarán en la de Consuelo, que solo tengo que llamar a la puerta de enfrente. Pero llego y no me espera nadie, y la casa y la soledad se me caen encima, enteras, de golpe. Es de noche. El piso está a oscuras, pero desde la calle entran sombras que me parecen amenazas, señales de que algo irá mal. Algo no, todo. Todo irá mal, me dicen las sombras. Sé que Javi está al otro lado de la pared, pero en lugar de atravesar la pared, voy a su cuarto, y aunque sé que no duerme ahí, hundo la cara en su almohada y busco su olor, y como no lo encuentro, me pongo a llorar como si lo malo ya hubiera pasado. Abro su armario. Apenas tiene ropa, casi toda es de batalla, para ir al colegio. Cojo su camiseta favorita. La estrujo. La lleno de mocos. Me siento tonta. Sé que está bien. Pero sé que un día no estará bien. Me angustia ser como mi madre. Parecerme a ella. Me angustia que Javi no sepa que es importante, que puede hacer lo que le salga de los huevos. Que crea que es menos que nada. Nada. No me da pena que mi madre haya muerto. Que esté muerta me da lo mismo. Tiene razón Charo. Soy un monstruo, como Alicia. Solo tengo miedo de ser la misma madre que ha sido ella, de no saber enseñar a mi hijo que se puede ser feliz.

Vuelvo a la cama de Javi para ocupar el hueco que no deja nunca porque no duerme allí, ya lo sé, pero soy mi enemiga y quiero hacerme daño, quiero no encontrar lo que voy a buscar, echarme sal en la herida, hacerme daño, dolerme. No llego. Llaman a la puerta. Abro. Es José Luis, con sus gomas y su máquina de oxígeno.

—¿Qué ha pasado? —le pregunto, al borde del infarto.

—Que el perro se estaba meando, y han bajado a pasearlo.

Me llevo la mano al pecho.

—Joder, José Luis, me has dado un susto de muerte —le digo—. Como nunca sales de casa, he pensado que Javi se había puesto malo y que Consuelo estaba con él en el hospital.

—Te comprendo.

—¿Cómo que me comprendes?

—Nosotros hemos temido algo parecido, porque son casi las diez de la noche y no hemos sabido nada de ti en todo el día... —se ríe, y la risa le da tos—, pero al final hemos decidido pensar que estabas con tu amiga y se te ha olvidado decirnos que no venías a por Javi a la hora de cenar.

—Lo siento...

—Te hemos llamado al móvil, pero lo tienes apagado.

Lo saco del bolso. Es cierto. Está apagado. Hoy ha tenido más actividad que nunca desde que lo tengo. No recuerdo la última vez que lo puse a cargar. He escrito mensajes de WhatsApp, he hablado por teléfono, y he oído música. Se ha quedado sin batería mientras escuchaba la canción que Sebas escuchaba mientras me esperaba en la estación. La he oído hasta que el teléfono se ha apagado, y cuando se ha apagado no he pensado que no podría avisar de que llegaba tan tarde, sino que ya no podría escucharla más veces y poderle decir «que he pasado la vida sin saber que la espero».

—¿Has cenado? —me pregunta José Luis.

Mis tripas rugen y él debe oírlas, porque me pide que vaya a su casa.

—Ven, ha sobrado de todo. No tardarán en volver.

Le pido que me deje poner a cargar el teléfono. Camino detrás de él. Va en pijama. Camiseta, pantalón corto, chanclas de piscina antideslizantes. Me pregunto por qué usa chanclas de piscina alguien que no va nunca a la piscina, pero ¿qué sé yo de José Luis?

—¿Qué sé yo de ti, José Luis?

Se lo pregunto, y mi voz, al hacer la pregunta, me sorprende porque pensaba que solo lo estaba pensando. También eso me ha pasado en los últimos días más que en toda mi vida. A él también le pilla desprevenido y se para en seco. Vamos por el pasillo de su casa, camino de la cocina. Desde aquí huelo las empanadillas de Consuelo. En realidad, son las de La Cocinera, pero Consuelo las pinta con huevo y las hace en el horno y las acompaña con una ensaladilla rusa, congelada también, y con unos huevos rellenos que los compra ya cocidos, pero los rellena ella con atún y mayonesa de bote, que en cualquier caso están buenísimos, pero que si llevas sin comer desde la hora del desayuno, como me pasa hoy, saben a gloria bendita. Así que cuando José Luis se para en medio del pasillo, me cago en mi estampa por provocar el retraso.

Me mira. Parece que va a repetir mi pregunta, pero en vez de eso me hace una muy parecida.

—¿Qué sabes tú de la vida, Salomé?

Como no contesto, me hace otra.

—¿Qué sabes tú de Consuelo?

Me encojo de hombros, como diciendo que sé todo lo que hay que saber.

—Sé que es una buena persona, que nos quiere mucho a todos, sobre todo a ti, pero nos quiere a todos. Nos cuida, se preocupa por nosotros.

Me lanzo a la piscina.

—Ella, y tú, sois lo más parecido a una familia que tenemos Javi y yo.

Me mira, otra vez. Se saca las gomas de la nariz. No sé si sabe que no hace falta que las lleve todo el día. En algún lugar he leído que llevarlas más de dieciséis horas hace que pierdan efectividad. O a lo mejor me lo ha dicho Consuelo. Se coloca las gomas otra vez, en la nariz.

—¿Cuántos años tienes, José Luis?

—Sesenta y nueve. —Se ríe—. ¡Qué broma de la vida! Sesenta y nueve años tengo, y no puedo con la postura. —Se ríe más.

Me sorprende su broma, su referencia al sexo, su carcajada. Pensaba que no le gustaba hablar, pero a lo mejor es que nunca he hablado con él.

—¿Y Consuelo?

—¿Consuelo? Ella sí que aguanta la postura. Que no te engañen sus kilos de más. —Se ríe con ganas y le entra la tos.

—No seas burro, que te va a dar algo. —Yo también me río.

—Ella, cincuenta y ocho.

Parece mayor.

—Ya sé que parece más mayor. —José Luis debe oír mis pensamientos, porque no lo digo en voz alta—. Pero yo la encuentro bellísima. Lo que me jode es que no sepas nuestra edad. Ya decía yo que siempre te olvidas de nuestros cumpleaños.

Ellos, en cambio, nunca se saltan los nuestros. Los de Javi, con tarta y regalo. Los míos, sin tarta ni regalo. Me da tanta pena comprobar lo egoísta que soy que hago lo que mejor se me da: ser egoísta.

—Consuelo es el amor de mi vida. El único amor que he tenido. —Se encoge de hombros—. A mí me quiere, me tiene cariño, le caigo bien. Somos un buen equipo. Pero ella no ha estado enamorada de mí, ni ahora ni nunca.

—Qué dices. Pues claro que sí.

—No, en serio. Cuando la conocí, ella estaba todavía enamorada de uno que le había roto el corazón, uno que se parecía a Nino Bravo, pero que en lugar de hacerle canciones bonitas le jodió la vida.

—¿Qué le hizo?

Él guarda silencio un rato, largo. Yo imagino que la conoció en las playas de Barbate, que le prometió una vida nueva, que la convenció para dejarlo todo, que la trajo engañada, que la obligó a prostituirse hasta que la sacó de allí un viejo con mala salud y buen corazón dispuesto a casarse con ella a cambio de nada.

José Luis persiste en guardar silencio, y me la imagino rota de dolor obligada a acostarse con unos y otros hasta que llegó él.

—La dejó por otra.

—¿Cómo que la dejó por otra?

—Pues que la dejó por otra. A mí me hizo el favor de mi vida, porque, si no la hubiera dejado, yo nunca habría tenido ninguna oportunidad con ella, pero a la pobre Consuelo la destrozó.

Después de todo lo que había imaginado, me parece poca cosa y me da risa.

—¿De qué te ríes, si puede saberse?

—La verdad, me había puesto en lo peor.

—¿Qué hay peor que depositar todas tus esperanzas en una persona, Salomé, y que te rompan el corazón?

También pensaba que José Luis no era romántico. También me equivocaba.

—Ya, pero yo pensaba que había acabado en el puticlub por su culpa, y eso, José Luis, es un poco peor que si te ponen los cuernos.

—¿En qué puticlub? Ella nunca ha estado en un puticlub.

—¿Cómo que no? Consuelo me contó que os habíais conocido en el club de alterne.

Él se ríe con ganas.

—Te diría que me había conocido en un club de alterne, eso es verdad. Pero ella no estaba allí: ella vino a por mí. Me dio un ataquito de los míos en uno y ella era enfermera en la ambulancia que me llevó al hospital. Como estaba solo y le di lástima, se interesó por mí mientras estuve ingresado, y una cosa llevó a la otra.

—¿Enfermera? —me sorprendo.

—Sí, enfermera. A mí también me sorprende porque no tiene ninguna vocación. —Se ríe—. Pero fue enfermera. Siempre trabajó más como cuidadora que como enfermera, siempre cubriendo bajas, sin ninguna seguridad y sin ninguna alegría, así que no le costó nada dejarlo cuando le pedí que me cuidase en exclusiva, con un contrato como Dios manda, indefinido, por primera vez en su vida. Y estando solos los dos, sin nadie más en el mundo, pasó lo que tenía que pasar cuando se juntan dos personas que se entienden y se respetan y piensan con la cabeza.

—Y os casasteis.

Asiente.

—Nos casamos, así es. Ella quería cuidarme, y yo no quería que le faltase nada ni que pasara ninguna necesidad ni que lo poco que tenía se lo quedasen los bancos.

—Es una forma de amor, de todas formas —le digo.

—Dudó mucho antes de aceptar, no te creas. No se quitaba de la cabeza que el jamacuco me había dado en un club de alterne. Yo le expliqué que era la primera vez que iba, que ni siquiera me había terminado la copa cuando me pasó. Mi vida era una mierda: era un hombre enfermo y con ninguna capacidad para relacionarme. Pensé que quizá ir allí me aliviaría, pero estaba tan nervioso que creo que el ataque me dio por eso. Es la pura verdad —insiste—. Se lo dije a ella, y te lo digo a ti. Consuelo hizo un esfuerzo tremendo por creerme, y al final me creyó y me dijo que sí, y aquí nos tienes: una pareja feliz de las que hay pocas.

Se ríe, y yo pienso que lo peor de la fantasía es la propia fantasía, pero no sé cómo verbalizar lo que pienso y guardo silencio. Deja de reír. Se pone serio.

—Yo estaba solo, y ella estaba cansada de ir de un lado a otro. Ella no tenía a nadie, a mí no me sobraba la compañía. Yo estaba enfermo, ella tenía conocimientos de enfermería. Y así encajaba todo, todo lo que puedas imaginar. Nos hicimos bien el uno al otro entonces, y nos lo seguimos haciendo. Y Javi nos ha dado la vida. Nos da la vida todos los días que le tenemos.

No sé qué decir.

—Das por hecho demasiadas cosas, Salomé.

Sigo sin saber qué decir.

—Y a lo mejor las cosas que das por hecho no son como tú crees que son.

Me dice lo mismo que me dice Marisol.

—Las cosas muy pocas veces son lo que aparentan —repite—. Todos guardamos una cajita con nuestras miserias, un lugar secreto que solo conocemos nosotros mismos, y que cuanto más grande es la bondad de la que hacemos gala, más grande es el fondo de nuestro cajón.

Sé lo que decir, a esto.

—Yo lo que quiero, José Luis, es vaciar de una puta vez ese cajón del que tú hablas para poder llenarlo de cosas nuevas.

Pero no lo digo. Lo pienso, nada más.

—¿Sabes que Consuelo se habla con otro?

Me entra risa.

—Pues claro que se habla con otro. Consuelo se habla con todo el mundo, es una mujer muy sociable, no como nosotros.

Ha reanudado la marcha hacia la cocina y yo le sigo.

—Se habla con otro —insiste él—. Son amantes.

—¿Cómo va a tener un amante, José Luis? —repito—, si siempre está en casa contigo, y cuando no está en casa contigo, está en mi casa conmigo o con Javi, o como ahora, que está en la calle sin nosotros, pero está con Javi... Siempre está pendiente de nosotros o con nosotros, no tiene tiempo material.

Suelta una carcajada, y se le salen las gomas.

—No hace falta tiempo, solo ganas de engañar.

Entramos en la cocina. Se deja caer en una silla, como un fardo, y retira con parsimonia el papel de plata de las empanadillas.

—Si quieres algo más, puedes cogerlo de la nevera —me dice.

Me da corte ponerme a comer con lo que me acaba de decir, pero tengo tanta hambre que me como la vergüenza primero y, a continuación, devoro todo lo demás.

José Luis se levanta y saca una cerveza para cada uno.

—Consuelo tiene un amante por el teléfono —me dice, y me enseña el suyo como si fuera una prueba.

No quiero decirle nada que le haga parecer tonto, como pero qué dices o pero no digas chorradas, pero como no se me ocurre nada más que eso, cojo la última empanadilla y me la meto en la boca.

Él insiste en enseñarme su móvil.

—Mira.

—Pero este es tu teléfono, José Luis.

—Claro, mira las fotografías.

Abre la galería de fotos. Javi con Haddock, Haddock, Javi, Consuelo con Javi y con Haddock, Consuelo con Haddock, Consuelo con Javi, Consuelo mirando por la ventana, Consuelo con el teléfono en la mano, Consuelo sonriendo, Consuelo enfurruñada y, a continuación, varias fotografías de una conversación de WhatsApp.

—¿Y?

—¿Es que no lo ves? Es una conversación de Consuelo con su amante.

No quiero faltarle el respeto, pero no puedo evitarlo.

—Lo que dices es una gilipollez, José Luis.

Pienso que José Luis se va a enfadar, pero se echa a reír con esa risa que a ratos es risa y a ratos es llanto y luego risa otra vez. A ratos se tapa la cara con las manos, a ratos me sostiene la mirada, a ratos se quita las gomas y se suena los mocos con un pañuelo de tela. Los dos nos quedamos callados. Se me quita el hambre. No sé cuánto tiempo pasa, pero no debe de ser mucho porque Javi y Consuelo siguen paseando a Haddock cuando José Luis da por finalizado el drama y coge una empanadilla de la bandeja de las empanadillas.

—Se hace pasar por ti —me dice. Como pongo cara de qué estás diciendo José Luis, me explica lo que está diciendo—: Le ha dicho que se llama Salomé, que tiene un hijo de seis años, que lo cría sola... ¡hasta le habla de mí y de su vecina Consuelo!

Su risa es triste, aunque sea una risa.

—Él quiere conocerla, quiere besarla y hacerle el amor. Se lo dice continuamente. Ella le dice que se muere de ganas de comérselo a besos, pero que no puede ir a verle porque no puede dejar al niño con los vecinos por la noche. A veces, cuando se refiere a mí, no me llama por mi nombre ni me dice «el vecino».

Se pone más triste todavía.

—¿Y cómo te llama, José Luis?

—El viejo, o el puto enfermo. Y se compadece de su mujer, porque tiene que cuidarle continuamente.

—Pero eso no puede ser —digo, por decir.

Se encoge de hombros.

—Pues sí que puede ser, porque *es* —habla en cursiva, como Isabel—. Tiene un romance de mentira. Al principio me dio una rabia tan grande que pensé en hacer una barbaridad, en dejarla, en separarme, yo qué sé. Pero luego lo pensé mejor... Y pensé, qué coño, qué mal hace esta mujer, si no hace nada malo.

Me lo pregunta con la mirada, verdad que no hace nada malo, y yo con la mirada trato de contestarle que no, aunque en realidad no sé si me pregunta eso exactamente, si entiende lo que le contesto, o si está bien o mal lo que quiera que esté haciendo Consuelo haciéndose pasar por mí en esa historia extraña y falsa que me cuenta José Luis.

—Porque Consuelo no está como siempre. ¿Tú la notas distinta? —Le digo que no—. Pues no está igual —insiste—. Está de buen humor, canta todo el rato. ¿Tú la oyes? —Le digo que sí—. Está todo el rato con Nino Bravo en la boca, y con la Rosalía y con los Estopa. —Le digo que sí y se ríe—. Está contenta —insiste, otra vez—. Al principio pensé que era por nosotros, porque estábamos bien, porque no nos había pasado nada ni a nosotros ni a Javi.

Se le humedecen los ojos.

—¿Me traes una cerveza de la nevera, por favor?

Me levanto y vuelvo con dos.

—Ni a ti tampoco, claro. Ella te aprecia, te apreciamos los dos. Pero si a Javi le pasa algo...

Le cae una lágrima. Yo miro para otro lado y trago saliva.

—Pensé que era por eso. Porque todo estaba bien. Pero hace unos días se confundió de teléfono cuando se fue a tu casa, y se llevó el mío y se dejó el suyo y al cogerlo, lo leí todo.

—Pero ¿qué es todo, José Luis?

—Pues todo es todo, coño.

—Pero ¿de qué se conocen? ¿Cuándo se ven?

—¿Estás tonta o qué? —se enfada—. Ya te he dicho que no se ven. Te he dicho que ella se hace pasar por ti y le ha dicho que como yo estoy enfermo no pueden quedar para que ella le coma la boca y él le haga el amor.

—¿Entonces qué hacen?

Deja la cerveza sobre la mesa. Da un pequeño golpe y del plato de las empanadillas se cae una empanadilla.

—Ella se encierra en el baño cuando yo me hago el dormido, así que me imagino que hacen cosas por teléfono, porque el teléfono se lo lleva. Cosas de sexo, digo.

No doy crédito.

—Se conocen de una aplicación de esas de citas, de las que anuncian por la tele —me cuenta—. De esas que dicen que son para solteros. Ella me decía que veía documentales, que leía, pero en realidad estaba ligando con esos putos solteros haciéndose pasar por ti. Y de la aplicación de los cojones se pasaron a los mensajes.

—Documentales sí que ve, que a mí me los cuenta. Pero lo otro...

—Ni pero ni pera —me interrumpe—. No hay peros. No me digas nada, que lo he leído con mis propios ojos. Ella está tan segura que se deja el teléfono en cualquier sitio, sin contraseña ni hostias.

—¿Tan segura de qué?

—De que no me doy cuenta de nada.

Se oye la puerta abrirse, y a Javi que entra gritando mamá por el pasillo. Haddock ladra muy poco, muy bajito, como si no supiera.

—¿Y qué vas a hacer, José Luis?

Se encoge de hombros.

—No pienso hacer nada. Consuelo está más contenta que nunca, está ilusionada, feliz. No quiero quitarle eso, ni a mí tampoco.

—Pero te está engañando...

Niega, en silencio.

—Me engaña Salomé. Consuelo está conmigo, como siempre y mejor que nunca.

—No te entiendo.

—¿Tú nunca has oído eso de que una tercera persona, unos cuernos bien puestos, revitalizan una pareja? Pues lo mismo, pero encima en este caso no se consuma el engaño.

—Hombre, un poco sí que te engaña.

—No me engaña. No me dice nada, que no es lo mismo. Engañar sería decirme: me voy al baño, pero no voy a escribirme con otro hombre.

Se ríe.

—Muy leal no es eso que hace, José Luis...

—Consuelo tiene una vida de mierda, Salomé. Tú lo acabas de decir, siempre está pendiente de los demás, sin tiempo para ella, sin espacio para ella. Y Consuelo no es solo una cuidadora. Consuelo es una mujer y yo no le doy lo que una mujer necesita. Si yo no hubiera visto su teléfono, no sabría nada ni habría notado nada. Ahora que he visto el teléfono, lo sé todo y lo único que noto es que está feliz. Y podría irse, ¿sabes? Podría ir a comerle la boca a ese otro hombre y decirle, mira, no me llamo Salomé ni tengo un hijo pequeño, tengo un marido mayor y enfermo, pero igual quiero estar contigo, cambiar de vida. Podría irse, pero se queda conmigo y ¿sabes qué? Que yo solo tengo ganas de darle las gracias.

Javi entra en la cocina, como un huracán. Se abalanza sobre mí, me cubre de besos. Huele a vainilla, y lleva la camiseta manchada, mojada, con los restos del helado que se acaba de comer. Mami, mamita, mamá, qué guapa *eztaz*. Trae mi teléfono en la mano y me dice que tengo un *menzaje*. En realidad, tengo tres. Luego los leeré.

—Hemos pasado por tu casa y como ya estaba un poco cargado, se ha empeñado en cogerlo —dice Consuelo.

Es verdad que Consuelo es Consuelo, pero es otra Consuelo. Es también yo encerrada en el baño, con las bragas bajadas. Se convierte en mí para alguien que está en algún sitio y que a lo mejor es lo que dice ser, pero a lo mejor también es otro, como ella. Es verdad que está más contenta. Más guapa. Se acerca a José Luis y le da un beso en la frente. Él le acaricia la cadera. Se sonríen, y ella se va a la habitación a ponerse el camisón porque está hasta los huevos, nos dice, de estar vestida.

—¿Por qué me lo has contado? —le pregunto a José Luis.

—Porque las cosas casi nunca son lo que parecen, Salomé, y tú aún no lo sabes.

25

Consuelo está contenta. No se cansa de contar lo que han hecho en el día. Que la paella de José Luis estaba asquerosa, que los espaguetis con albóndigas le han salido buenísimos. Que Haddock se ha comido el arroz, que ellos han devorado la pasta. Que han sobrado cuatro albóndigas y también se las ha comido el perro. Que Javi ha lavado los platos y solo ha roto un vaso, que cada vez lo hace todo mejor. Que luego han dormido la siesta. Que han visto una película que trataba sobre el monstruo del lago Ness que ni siquiera pasa en el lago Ness y se han muerto de la risa mientras comían palomitas porque daba más gracia que miedo. Que José Luis se ha quedado dormido, por segunda vez. Que han merendado horchata con limón granizado, y que José Luis les ha contado que eso se llama una bicicleta. Que no. Que sí. Que han discutido un rato, hasta que José Luis ha cogido el móvil y lo ha buscado en Google y, en efecto, la horchata con limón granizado se llama bicicleta y también palmera, según los sitios. Que José Luis ha dicho que él de pequeño se la tomaba en el Perelló. Que al mentarlo les han entrado ganas de volver a la playa y que ya que tenían el Google abierto se pusieron a buscar apartamentos para pasar una semana en septiembre, y que han encontrado un adosado que está en el Pouet, en una calle que se llama Safor, en una urbanización que se llama Mediterráneo, y que el dueño, que se llama Carlos, les ha contestado que lo tiene libre incluso ahora. Que podríamos ir para allá mañana mismo, aunque les ha advertido que los destrozos de la última DANA saltan a la vista igual que el primer día.

—¿El qué? —pregunto, desconcertada por tanta información.

—La DANA, niña. ¿Ya no te acuerdas? —me dice Consuelo.

Saca la tablet y me enseña fotografías de un paseo marítimo destrozado, con los adoquines en medio de la arena y con la arena dentro de las casas de primera línea.

—Para que luego digan que la naturaleza es sabia —dice José Luis, moviendo la cabeza de un lado a otro—. El mundo se está volviendo loco y lo mejor que podemos hacer es disfrutar como locos nosotros también, ¿verdad? Que pasarlo bien es lo único que nos vamos a llevar.

Consuelo dice con un gesto que su marido tiene razón, y con la voz añade:

—Parece una película de esas de catástrofes, o el final de *El planeta de los simios*, cuando Charlton Heston se da cuenta de que está en la Tierra al ver las ruinas de Nueva York y la estatua de la Libertad. —Me muestra una fotografía con la tablet—. ¿Ves? Así está la playa ahora.

—Pero ahí no va a querer ir nadie —protesto.

—Bueno, Carlos nos ha dicho que las máquinas están trabajando desde hace semanas, domingos y todo. Él cree que en unos seis meses estará todo como antes del temporal —dice Consuelo.

—Sí, justo para cuando vuelva a venir otro temporal el otoño que viene y lo mande todo a hacer puñetas otra vez —dice José Luis.

—No tiene gracia —protesta Consuelo—. Le vamos a alquilar la casa a ese Carlos y nos vamos a gastar lo que tenemos en los bares de ese pueblo, cada día... ¿Cuánto, José Luis? —Él hace un gesto con la mano como diciendo: bah, todo lo que tenemos—. Enfilaremos el paseo desde la primera terraza y no pararemos de tomar horchatas o cervezas o lo que nos dé la gana hasta la última. Y por la mañana, a la playa de cabeza, hasta la hora de comer, y encargaremos la comida y nos la comeremos, y luego siesta hasta que se haga la hora de recorrer el paseo desde el principio hasta el final, y luego vuelta a empezar. Hemos pensado que podemos ir los cuatro. Tiene tres habitaciones, dos baños y está en primera línea de la playa. ¿Verdad, Javi? Y antes de que digas nada, puedes ir a trabajar en autobús, que hay una parada justo al lado de la urbanización. Lo tenemos todo pensado.

Javi aplaude. No sabe que aunque quieran no podremos hacerlo, porque José Luis se cansará de arrastrar el oxígeno a la segunda terraza, tal vez a la tercera, y empezará a refunfuñar y se quedará sentado y nos dirá: seguid sin mí, y seguiremos un poco, pero enseguida nos sabrá mal y daremos la vuelta, o Consuelo dirá: seguid vosotros, que yo me vuelvo, y a nosotros nos dará pena o pereza y volveremos de inmediato y los encontraremos con el humor torcido y se acabará la fiesta y por la mañana nos pasará lo mismo. Nos quejaremos de la arena, del calor, de la gente y nos iremos a casa, y Consuelo no querrá pedir la comida porque dirá que ella la hace encantada, pero pronto empezará a protestar de que para eso mejor se hubiera quedado en casa porque todo le toca a ella, y del cabreo no podrá dormir la siesta, y como no habrá dormido la siesta, no tendrá ganas de pasear. O a lo mejor sí lo hacemos, todo. Pero ¿y si no es lo que él ha imaginado?

Consuelo parece leer mis pensamientos, como José Luis hace un momento. También encajan en eso.

—Los sueños no están para cumplirlos, Salomé. Están para tenerlos. Y si queremos soñar eso, nada nos impide soñar eso. Y si queremos ir, podemos ir mañana mismo, aunque luego la realidad no sea como la hemos imaginado.

Me seduce la idea. Me seduce formar parte de los planes de otros, que nos incluyan, que no imaginen un futuro si en ese futuro no estamos nosotros. Sin embargo. Mañana mismo no podríamos ir. No quiero decírselo aún.

—Iremos.

Javi abre ojos como platos.

—¿Mañana? ¿Hacemos ya las maletas?

—Mañana a lo mejor no podemos ir, pero iremos muy pronto —digo.

Los tres me miran, y su mirada dice puta aguafiestas, menos la de Javi, que solo dice aguafiestas.

—Entonces, ¿cuándo iremos?

—Muy pronto —repito.

—Pero ¿cuándo es pronto? —insiste.

—Cuando podamos —respondo.

Javi me ignora y mira a Consuelo.

—¿Cuándo vamos a ir, Consuelo?

—En cuanto sea posible, Javi. Si tu madre dice que iremos, es que iremos —responde Consuelo—. Ahora mismo le voy a decir a Carlos que nos alquile la casa desde mañana mismo, y ya veremos cuándo vamos.

Lo dice y lo hace. Coge el teléfono, habla con su voz cantarina, se ríe, cuelga.

—Ya está. Le hago una transferencia por el ordenador y ya es nuestra desde mañana —anuncia.

—¿Ya? —Javi no da crédito.

—¿Sabes qué? —le dice a José Luis—. Me ha dicho que nos hace un descuento por alquilársela a última hora.

José Luis aplaude entusiasmado. Javi le imita, y baila. José Luis quiere imitar a Javi, pero no puede, no baila, y aplaude más.

Consuelo está contenta. Hace tiempo que no ve así a José Luis, ilusionado. Me lo dice mientras recogemos las cosas de Javi.

Javi y José Luis se han quedado en la cocina, dándole las sobras de comida a Haddock.

—Tu perro no tiene fondo.

Lo dice y se ríe.

—Hace tiempo que no veo a José Luis así, ilusionado.

Suspira.

—Convivir con él es fácil, todo le viene siempre bien, nunca protesta por nada. Pero a veces...

—¿Qué?

—A veces se hace pesada esa forma de ser, coño. A veces querría un poco más de sangre en las venas. —Se ríe, pero es una risa triste—. Es como vivir con un hermano, ¿sabes? Y yo ya sé que no podemos pretender vivir siempre en un tobogán de emociones, pero es que... —Me mira y su mirada se corresponde con su risa—. Yo me siento joven aún. Me siento como cuando era joven. Es una putada esta frustración.

—Pero hoy ha sido diferente —le digo.

Me mira.

—Sí, hoy ha sido diferente.

La miro.

—¿Hay algo que me quieras contar, Consuelo?

—¿Algo como qué? —me pregunta.

Las palabras suenan claras en mi cabeza. Las pienso. «Algo como que te haces pasar por mí en una red social de ligar. Algo como que hablas de ti como si tú no fueras tú, de tu vida como si fuera la vida de otra. Algo como que te encierras en el baño mientras crees que tu marido duerme y tu marido, que no duerme, sabe que te tocas mientras hablas con otro que no sabe que tú eres tú, pero hace que te corras sentada en el bidé. Algo como que estás tan segura de que tu marido no tiene sangre en las venas que te dejas el teléfono en cualquier lugar y de cualquier manera porque crees que no va a querer mirarlo. O a lo mejor lo que en realidad quieres es que tu marido vea el teléfono y lea los mensajes y se arranque las gomas y aparte la máquina del oxígeno y te pegue el polvo de su vida y se te quiten las ganas de ser virtual».

Pero quién soy yo para pedirle que abra ese cajón. Quién soy yo, que tengo tantos cajones cerrados. Así que le digo:

—Mañana no podemos ir al Perelló porque mañana es el entierro de mi madre.

Que mañana es el entierro de mi madre me lo ha dicho Isabel en un mensaje de WhatsApp. Que siente decírmelo así, dice. Que me escribe para decirme que mañana, lunes, 17 de junio, a las diez de la mañana, el cuerpo de mi madre estará en el tanatorio de Miraval para que sus amigos y seres queridos puedan despedirse de ella. Me dice que no debería decírmelo, que tal vez sería mejor esperar al comunicado oficial, pero que piensa que me gustará saber que a mi madre le falló el corazón. Que al caer, se golpeó. Que llegó muerta al suelo. Que fue rápido, sin sufrimiento. Que lo lamenta, que lo siente mucho, que me acompaña de nuevo en el sentimiento. Pero yo sigo sin saber qué es lo que siento, ni siquiera ahora que todo está a punto de terminar.

26

También me ha escrito Sebas.

Sebas me ha escrito siete mensajes. Cinco puedo leerlos; los otros dos los ha borrado, lo que ya es una costumbre.

El primero, a las 19:57, eliminado.

El segundo, a las 19:58, tiene parte de la letra de la canción que estaba escuchando cuando me esperaba en la estación. No me lo dice, pero lo sé porque la he estado oyendo en el teléfono hasta que el teléfono se ha quedado sin batería. Ojalá que me despierte y no busque razones, ojalá que empezara de cero y poderle decir que he pasado la vida sin saber que la espero, no, sin que me pida más más más, dame más, sin que me pida.

El tercero, a las 20:08, eliminado.

El cuarto, a las 21:06, anuncia que mañana irá al tanatorio, si no me importa, para acompañarme en la despedida de mi madre.

El quinto, a las 22:15, me dice que se alegra mucho de todo lo que ha pasado, aunque no sabe cómo lo va a gestionar. Que lleva todo el día pensando en nosotros, no se le va la sonrisa de la cara, dice. Me pregunta si podríamos volver a vernos, volver a besarnos. Me pide que no me preocupe por Marisol, que eso está acabado, que ella lo comprenderá. Me explica que no me voy de su cabeza. Me pide que me lo piense, que no tengo que contestar ahora.

No voy a dormir, lo sé.

Consuelo me ha acompañado hasta que Javi se ha quedado dormido. También pensaba que no se iba a dormir. No por la muerte de mi madre, que se la trae al pairo. Es que nos ha oído hablar a Consuelo y a mí.

—¿Cuánto piensas pedir por el piso? —me ha preguntado ella.

—¿Por el piso?

—Claro, por el piso. Lo venderás y seguirás viviendo aquí —lo ha dado por hecho.

—No lo he pensado, la verdad.

—Pero ¿dónde vas a estar mejor que aquí, con nosotros?

Justo eso es lo que ha oído Javi, y se ha puesto a llorar como si no hubiera un mañana.

—Yo no quiero vivir en otro *zitio*, yo *zolo* quiero vivir en este *pizo*, con *Conzuelo* y *Joze Luiz.*

Y:

—Yo no quiero cambiar de cole, *zolo* quiero ir a este cole con mis *amigoz*.

Y:

—*Zi* me *zeparas* de *Conzuelo,* no te voy a perdonar.

Consuelo le dice que no nos vamos a ir a ningún sitio, que siempre vamos a estar con ellos, pero como se lo dice Consuelo y no se lo digo yo, a Javi le huele todo a cuerno quemado y no se lo cree. No quiere dormir conmigo y busca refugio en su cuarto que hasta hoy está sin estrenar. Le pide a Consuelo que se acueste con él hasta que se duerma y le suplica que se quede allí hasta mañana, porque no se fía de que yo me lo lleve esa misma noche y solo da su brazo a torcer porque le da más miedo todavía que a José Luis le pase algo y Consuelo no lo pueda salvar y se muera por su culpa. A mí me expulsa de allí, me pide que me vaya, me culpa del primer disgusto de toda su vida. Me gira la cara cuando le voy a dar un beso de buenas noches. Me parte el corazón.

Consuelo le pide que no me haga eso.

—No le hagas eso, Javi. No os vais a ir de aquí, y tu madre está muy triste porque ha muerto su mamá.

¿Es verdad eso? ¿Nos vamos a quedar aquí? ¿Estoy muy triste porque se ha muerto mi mamá? Pienso en ella así, mi mamá, y me entra un dolor en el estómago que no sé si es físico porque he comido mucho y muy deprisa después de estar todo el día sin comer, o si es emocional porque de pronto mi madre es mi mamá. Mi madre era despreciable, fría, dura. Mi madre era una borracha que no cuidaba de mí, que me culpaba de todos sus males. Pero mi mamá me contó cuentos, y me puso tiritas con dibujos cuando me hice una herida, y me colocó la mano en la frente cuando vomité en el váter y me apartó el pelo de la cara con dulzura para que no me manchara y luego me dijo: no te preocupes por nada, Salomé, échalo todo fuera y mañana estarás mejor. Me da igual que mi madre haya muerto, no la voy a añorar, me va a dar un piso, un dinero, un respiro. Me alegra que ya no esté y que su ausencia me solucione, un poco, las complicaciones que intuyo que me va a dar la vida. Pero mi mamá deja huérfana a la niña que fui.

—Javi se ha dormido. No le hagas caso, no es más que un niño —me dice Consuelo, al cabo de un rato.

No sé qué contestarle. Ya sé que no es más que un niño, pero ha sido un niño toda su vida y nunca me había rechazado así, ni siquiera cuando he sido yo la que no ha estado a su altura y no le he tratado bien. ¿Y si esta es la brecha? La primera brecha. ¿Y si después de esta vienen otras y deja de quererme? ¿Y si lo único que era real, sólido, deja de ser tan real y tan sólido?

—¿Y si no soy capaz de hacerle entender que pase lo que pase le voy a querer? —le pregunto a Consuelo—. ¿Y si, después de todo, soy igual que mi madre?

Parece que Consuelo me va a abrazar, o a besar, pero no lo hace.

—Tú eres una persona diferente a la que fue tu madre, Salomé. No vas a repetir su vida, ni sus errores ni sus aciertos, que seguro que los tuvo —me dice.

¿Los tuvo? Es posible. Yo estoy aquí, en pie. Lo que soy es cosa mía, pero tal vez ella tuvo algo que ver. Su rechazo me hizo como soy, y su muerte es la causa de que en mi cabeza no haya más que preguntas. Sin respuesta, pero preguntas al fin y al cabo.

—Lo que tienes que hacer ahora es arreglar todos los papeles de tu madre lo más rápido que puedas, poner en venta el piso, y si no lo quieres vender, alquilarlo. —Consuelo lo tiene muy claro.

—También hay un seguro de vida, de unos cuarenta mil euros. Y algo de dinero ahorrado, que por lo que parece es más o menos la misma cantidad —le explico.

—Pues eso, te buscas un buen gestor que te diga cómo ahorrarlo, y te lo administras para que no os falte de nada ni a Javi ni a ti mientras te van saliendo otros trabajos. —Se pone más seria—. Pero al niño no lo puedes mover de aquí porque esta es la única seguridad que conoce, la de su familia, que somos nosotros, y la de su colegio.

Yo no lo tengo tan claro.

—También podríamos irnos al piso. Mi madre lo reformó, es mucho más bonito que este. Javi allí podría hacer nuevos amigos. La vida en un pueblo es más fácil que en la ciudad.

—Puede ser... Pero aquí tienes lo más parecido a un hogar que has tenido nunca. —Es cierto. Pero no sé si quiero eso. No quiero decirlo. No lo digo. Consuelo sigue hablando—: Piénsalo bien. Es un cambio muy grande, que puede cambiarlo todo, pero que también puede no cambiar nada. Si te vas, estaremos más lejos, pero seguiremos estando. Y si te quedas, puedes empezar a pensar en tu vida de otra forma, con más tranquilidad y con menos dolor.

Me entra rabia, de repente. Una rabia animal, incontrolable. Consuelo sabe qué tengo que hacer con mi vida, aunque no sepa lo que tiene que hacer con la suya. Hace un momento, cuando estábamos en su casa, me he sentido cerca de ella. He sentido que nuestras vidas derivaban en la misma dirección, sin saber hacia dónde, pero cerca. Me ha parecido que somos como dos barcos que habían perdido el rumbo. Bueno. Ella es un barco que ha perdido el rumbo y yo soy un barco que siempre ha navegado sin brújula. Dos naves errantes. Ahora me parece que somos dos coches que chocan de frente y quedan siniestro total. Me irrita. Me enfada.

—A lo mejor eso que dices se lo tendrías que decir a otra Salomé y no a mí.

Ella no sabe de qué estoy hablando.

—¿A qué otra Salomé? No desvaríes, niña.

No sé de dónde me viene la crueldad. No la había sentido antes. Pero no la puedo parar.

—Lo sabes de sobra. A la Salomé que te gustaría ser tú.

Sigue sin comprender.

—Es que no sé lo que me quieres decir.

La rabia crece, como una bola de fuego que me sube por el estómago y sale de mi boca convertida en palabras.

—¿No lo sabes?

Dice que no con un gesto.

—Pues para no saber nada de tu vida, sí que sabes qué tengo que hacer yo con la mía, que te pasas todo el santo día dándome órdenes: baja, sube, entra, sal, déjame al niño, alquila tu piso, llora a tu madre... Que me tienes hasta los cojones.

Se tapa la boca. Me viene una imagen a la cabeza. Discutimos y mi madre se tapa la boca porque esta vez soy yo más rápida que ella y la golpeo primero. Le digo que mi padre la dejó, que yo la dejaré, que se morirá sola como un perro porque no merece otra cosa en la vida.

—Podías darle todas esas lecciones a la Salomé que se habla en el móvil con un tío que no sabe que en realidad se relaciona con una señora gorda casada con un abuelo enfermo que tiene dificultades para respirar, pero no para leer en el móvil todos los mensajes que su mujer se manda con otro hombre.

Consuelo se tapa la cara.

Vuelvo a sentirme mal. Me mareo. Voy al baño, corriendo. Por el camino me doy un golpe con un cajonero que está en el pasillo y me hago daño y tiro al suelo una figura de una señora con un jarrón en una mano y la otra mano en la cadera que es horrible y que debió de ser de la madre de Rafa. La figura se rompe. Recuerdo que el tercer mensaje es de Rafa. Llego al baño. Levanto la tapa del váter, me arrodillo y devuelvo la cena que me acabo de tomar.

Consuelo llega, no sé cómo, porque no la he visto venir detrás, me pone la mano en la frente, y me aparta el pelo de la cara. Vomito y lloro. Cuando termino, me pregunta si ya estoy mejor.

—No te preocupes por nada, Salomé. Échalo todo fuera y mañana estarás mejor.

Me besa en la frente.

27

Rafa me ha escrito. Me dice que me ha llamado y le ha saltado el buzón y que no le gusta dejar mensajes en el buzón, que prefiere escribir porque así puede pensar mejor lo que va a decir. Que no es que vaya a decirme nada del otro mundo, dice, y se ríe. Ja, escribe, y por si no me ha quedado claro que se está riendo, pone también el emoticono de la risa. 😂. Dice Rafa que me pide perdón por ser tan pesado y me pone otro emoticono para reforzar que lo lamenta. 😔. Dice que le hubiera gustado verme, pasar el día conmigo. Otro emoticono 🤗, que ya me cansa, si tengo que decir la verdad, porque a mí me sobran la mayoría de las palabras, así que no te cuento los dibujitos. Me dice que tiene un amigo que se acaba de separar y necesitaba ayuda para la mudanza. Que está hecho polvo, el amigo. Él también, destrozado, porque tiene agujetas hasta las pestañas, pero que su amigo está peor porque le duele el cuerpo y el alma. Que tenía una relación con una mujer y cuando se lo dijo a la suya, ella le contestó que estaba embarazada y acordaron que no se marchara hasta que naciera el bebé. Que la vida en la casa de su amigo debió de ser peor que la guerra fría en Corea. Sí, otro emoticono. 🤣.

—Qué hartura de hombre, joder. ¿Cuántos años dices que tiene? ¿Doce?

No lo digo yo, lo dice Consuelo, que lee los mensajes a mi lado.

—Pues debe de tener mi edad, pero seguro no lo sé.

—¿Y qué sabes de él? —pregunta.

—Nada —respondo.

—Algo sabrás —insiste.

—Es que no sé nada importante —le digo—. Que es profesor de literatura, que sus padres murieron...

—Es verdad, no sabes nada —reconoce Consuelo—. Sin embargo, hace un montón de tiempo que os conocéis.

Pienso que Consuelo tiene la habilidad de ver dentro de mi mente y encontrar todos los reproches que yo misma me hago.

—Es que solo habíamos hablado de las cosas que hablan los inquilinos y los caseros —me defiendo—. Pero ahora que nos estamos conociendo de otra manera, no me ha contado nada especial.

Consuelo resopla.

—¿Qué quieres que te cuente? Lo importante no te lo va a contar: que es un egoísta y un tonto del culo, porque se le ve venir de lejos.

Vuelve a decir lo que lleva días diciendo como si fuera una novedad.

—Solo quiere que le des el piso.

Ahora resoplo yo.

—Consuelo, si quiere el piso, no tiene nada más que decirme: dame mi piso, que es mío, y el contrato ha vencido.

—Eso era antes. ¿O es que tampoco sabes que hay una ley nueva? Estás en el paro, tienes un hijo pequeño... No sería tan fácil, por eso te intenta camelar y tú, que llevas toda la vida de Javi sin comerte un colín, has caído en la trampa y te has enamoriscado de él.

—¿Qué dices? Yo no estoy enamoriscada de Rafa.

—Pues será hoy. Ayer estabas en una nube, y era por él.

He dejado de vomitar hace un rato. Consuelo se ha acercado tímidamente y tímidamente yo le he dicho lo siento en voz muy baja. Me ha puesto una mano en un hombro y la otra mano en el otro hombro y nos hemos acercado, con la torpeza del que no sabe dónde pisa, para abrazarnos. Un abrazo corto, un perdón pequeño, pero me parece que es como el del astronauta de la Luna, grande para la humanidad. Yo no he pedido perdón nunca.

—En un día pueden pasar muchas cosas —le digo.

—¿Y qué es lo que ha pasado hoy? —me pregunta.

—Para empezar, que me he portado como una cretina contigo. —Le quita importancia con un gesto—. Que nos vamos de vacaciones en cuanto entierre a mi madre. —Nos reímos—. Y para terminar, que las cosas casi nunca son lo que parecen.

—¿Y cómo has aprendido eso, criatura, si tú estás convencida de que las cosas son solo como tú crees que son?

Me encojo de hombros.

—Me lo acaba de contar José Luis.

Se ríe.

—¿Cómo, José Luis?

—Porque es la verdad.

Le digo la verdad. Que José Luis lo sabe y que no le parece mal.

—Es que no estoy haciendo nada malo, Salomé. No estoy haciendo nada, en realidad —me dice, con la mirada gacha.

—No tienes que contarme nada. Antes me he portado como una capulla integral.

—Es verdad. Te has portado como una idiota. —Nos reímos—. Pero no estoy haciendo nada malo... Mi vida es aburrida, Salomé. Encontré un modo de salir de ahí a través de la fantasía. Algo solo mío, que solo me afecta a mí, que creía que podía mantener en secreto.

—¿Y por qué te haces pasar por mí?

—Pues porque no conozco a tanta gente. —Se ríe—. Y yo ando corta de imaginación, así que...

—Pero si yo ni siquiera te caigo bien.

No me miente.

—No me gustan muchas de las cosas que haces, ni tu actitud ante la vida, y muchas veces te daría dos hostias para que te espabilaras. No me caes bien, es verdad, pero, después de tanto tiempo, te tengo cariño.

Nos reímos.

—Y, además, soy como una actriz que interpreta un papel.

—¿Qué papel es ese, Consuelo?

—Finjo que soy una mujer joven, guapa, alegre, que no sale mucho porque trabaja y tiene un hijo, pero que está contenta con la vida, que tiene ganas de vivir, de follar, de enamorarse...

Me río, un poco.

—No es verdad que no tienes imaginación: ni tú ni yo somos así.

—¿No? Yo sí era así, antes. Yo no he estado toda la vida como soy ahora, no siempre he sido gorda y vieja, y feliz todavía soy.

—¿En serio? ¿Eres feliz? Vives con un hombre enfermo, cuidas de un niño que no es tu familia, te haces pasar por alguien que no eres...

Lo digo como quien lee lo que ha anotado en la lista de la compra para que no se le olvide cogerlo de la tienda. Consuelo se encoge de hombros.

—Pues sí, vivo con un hombre enfermo, cuido de un niño que no es mi familia, me hago pasar por alguien que no soy, eso es verdad. —Ella lo dice como si leyera la misma lista que acabo de leer yo, pero cambia la voz para continuar—: Pero es que el hombre enfermo me quiere, y el niño también me quiere, y mi fantasía no le hace daño a nadie, y los orgasmos me dan bastante alegría, si te digo la verdad. —Me mira—. Ahora es cuando me dan ganas de darte esas dos hostias, ¿sabes? Pero no porque me moleste lo que me dices, que me molesta, sino porque no espabilas.

—¿Y en qué tengo que espabilar?

—¿Es tu vida una mierda? —me devuelve la pregunta, y me da la respuesta—: Sí, es tu vida una mierda. ¿Tiene esa mierda que es tu vida millones de cosas buenas? —vuelve a hacerme la pregunta, y vuelve a darme la respuesta—: Sí. Pero tú no lo ves, y no lo ves porque no lo quieres ver. Como actriz que soy —nos reímos—, te digo que tu vida es una película de risa y de drama, pero tú solo ves el drama.

—La película que he visto toda la vida es una en la que nadie me quería porque yo no valía la pena, en la que nadie se acordaba de mí —le explico.

—¿Y ya está, no tiene nada más tu vida? ¿No te quiere Javi, no te quieren esos amigos con los que te has vuelto a ver?

Tengo que darle la razón en eso.

—Ahora podría ver otra película, es verdad. Otra en la que me admiraban, ¿te lo puedes creer? Una en la que yo era auténtica y lista y graciosa. —Me río, yo sola—. Y en la que me querían... Resulta que había gente que me quería, Consuelo, y yo no lo había sabido nunca.

—Hasta ahora —puntualiza Consuelo.

—Hasta ahora —le doy la razón, de nuevo.

—No vivimos solos, Salomé. Vivimos con otras personas que ven las cosas de forma distinta a como las vemos nosotros. Cada uno ve una parte del pastel, y si no tenemos las miradas de los otros, nunca veremos la tarta completa.

Me siento confundida, derrotada.

—¿Y qué hago con mi tarta, ahora que la veo toda? —se lo pregunto, aunque sé que ella no sabe lo que tengo que hacer—. ¿Qué hago ahora que sé que me he equivocado?

—Pues apechugar con el error, y seguir adelante.

Me he vuelto a equivocar. Consuelo sí que lo sabe.

28

Lunes

El ataúd de mi madre está cerrado. Es de gama alta, de madera de bossé. El bossé es un árbol africano, un cedro. Lo ha elegido Isabel. Ella dice que, aunque hemos decidido que la vamos a incinerar, mi madre no se merece ser vista por última vez en uno barato y que ya que hemos decidido descartar el barato, el de gama media se nos queda corto. Isabel utiliza la primera persona del plural, por cortesía. Dice hemos decidido, pero todo lo ha decidido ella. Ella conocía a mi madre, la apreciaba, sabía lo que mi madre querría. Seguramente ha ido con mi madre a los funerales de otros y la ha escuchado criticar a la familia de los muertos: ay, fíjate, qué cutres, de aglomerado chapado. Me la imagino diciendo eso como si mi madre fuera Menchu en *La que se avecina*. A Javi le encanta *La que se avecina*. La ve todo el rato, en bucle. Pero yo no sé si mi madre habla como Loles León. No recuerdo la voz de mi madre.

La póliza lo cubre todo. Mi madre ha pagado el seguro de los muertos durante toda su vida, regularmente, todos los meses, para poder morirse sin escatimar gastos. Eso me lo dijo Isabel, que me llamó en cuanto el doble *check* azul la avisó de que había leído su mensaje.

—No quería molestarte —me dijo—, por eso te he escrito antes.

—Son las doce de la noche —protesté.

—Lo sé, y no quiero molestarte, pero es que hay algunas cosas que quiero decirte antes de que vayas mañana al tanatorio.

Lo del ataúd me lo dijo. Que ha dejado la cruz, aunque mi madre no era muy creyente.

—Tu madre muy de misa no era, pero ya que vamos a hacer una ceremonia religiosa, lo mejor es hacerlo con todos los símbolos. Además, el féretro viene con su crucifijo y ya no da tiempo a quitarlo sin que se note. Así que lo dejamos, si no te parece mal.

Tanto si me parece mal como si me parece bien, el Cristo de metal adorna la tapa de tinte natural, barnizado vista y acabado satinado al agua.

—Yo, siempre que puedo, recomiendo este modelo. Es superbonito, y cómodo. Tiene un tapizado color crema precioso y lleva hasta un cojín para que la cabeza esté mejor dispuesta. Aunque, en el caso de tu madre —hizo un gesto que pude ver a través del teléfono—, no se va a notar porque dejaremos la tapa cerrada. No está para verla, la verdad. Pero si tú quieres, puedes pasar a saludarla o a despedirte o a estar con ella las veces que quieras.

No quiero pasar. Tampoco sé el tiempo que voy a estar aquí. No sé si me quedaré todo el rato, si saldré a tomar algo o a dar una vuelta. Consuelo me ha dicho que a la hora de comer vendrá con Javi. Cogerán un taxi y por el camino me llamarán para que yo les diga si me quiero quedar y se bajan o si me recogen en la puerta y nos vamos a cualquier sitio.

El funeral será a las cinco. Solo cinco horas para que quien quiera venga a decirle adiós.

—Es mejor así —me dijo Isabel—. Lo de antes se hacía muy largo, veinticuatro horas, ya ves tú para qué, si la gente de lo único que tiene ganas es de que todo acabe y volver a su casa para descansar. La muerte, Salomé, forma parte de la vida, pero preferimos vivir de espaldas a ella.

Todo acabará rápido. Me lo ha dicho Isabel. Que cuando me quiera dar cuenta ya habrá terminado. Que vendrán algunas personas y se me hará ameno.

—Mujer, no es que te lo vayas a pasar bien. Una fiesta no va a ser. Pero vendrán personas que apreciaban a tu madre, sentirás el cariño que le tenía la gente y eso te reconfortará.

¿En serio? ¿Me reconfortará? Lo único que me reconforta es pensar que al final mi madre hizo lo que hacen todas las madres, aunque no fuese a propósito: cuidar de mí, ayudarme, darme un respiro. Hubiera sido mejor poder ir a su casa, o llamarla y decirle: ay, mamá, tengo problemas de liquidez, y que ella me dijera: ah, no te preocupes, podéis venir a mi casa, que tengo una habitación de sobra. O no te preocupes por nada, dame tu número de cuenta y te hago una transferencia porque tengo unos ahorros. Pero no. Se le paró el corazón y se murió, y con el golpe me ha dejado resuelta la vida. A lo mejor no toda, ya lo sé. El dinero se acaba. Pero dentro de muy poco ya no me tendré que preocupar durante un tiempo. Y si me administro bien. Y si tengo suerte. Y si las cosas se dan de otra manera. Quién sabe. Me pregunto si a ella le gustaría saber que eso es lo que ha hecho. Si al notar la fatiga, el dolor en el brazo. Si al sentir que se moría, pensó en mí y dijo: bueno, todo esto será para ellos. Ella no sabe que yo soy yo y Javi. Así que como mucho se diría: bueno, todo esto será para ella.

Al piso me puedo mudar ya, mañana. Hoy mismo, esta noche, podría dormir allí si quisiera dormir allí. Eso también me lo dijo anoche Isabel.

—El piso es tuyo y nadie va a decir nada si lo ocupas ya. Tú eres la única heredera —insiste, porque ya me lo dijo una vez.

—En realidad, mi padre está vivo.

No se sorprende.

—Tu madre me habló de él, y no precisamente bien. —Sonreímos, las dos—. No sabía que todavía estaba vivo, no volvió a tener relación con él. Pero sea como sea, tu padre no es su viudo, no tienen ningún vínculo legal. Nunca se casaron, nunca te reconoció... El piso es para ti, eso nadie te lo va a discutir.

—Bueno, la vecina de enfrente...

—Charo es perro ladrador, pero ella sabe que el piso va a ser para ti. Otra cosa sería venderlo o alquilarlo. Eso hasta que no se resuelva la herencia... Pero si quieres vivir allí, puedes ir ahora mismo.

Anoche se me ocurrió que nos fuésemos, todos. Que José Luis y Consuelo vivirían mejor en un primero con ascensor. Que con las dos habitaciones tendríamos de sobra para los cuatro. Que Javi sería feliz yendo al mismo colegio al que yo fui, y que José Luis podría apuntarse al hogar del jubilado y Consuelo a las amas de casa del pueblo para hacer excursiones y cursos de cocina y aprender a hacer *patchwork*. Que juntos seríamos más que por separado, mejores, más fuertes. Que yo podría intentarlo con Sebas, muy despacio, y darme cuenta de que tenemos una oportunidad o dar por terminado un amor platónico con varios polvos homéricos, como decía esa frase que leí en una pintada. Que podía proponerle a Marisol abrir un negocio juntas, tal vez una carnicería, o un local de comidas para llevar, o una agencia de cuidar niños o de limpieza o de quitar piojos, o lo que fuera.

Rafa también llamó anoche cuando vio que había leído sus mensajes. Yo no sé si tiene razón Consuelo y es mala persona o solo es idiota, pero pesado es un rato largo, porque volvió a darme la matraca con el alquiler de su piso. Tuve que decirle la verdad. No la verdad en plan: mira, métete tus excusas y tu piso por el culo, porque yo tengo ahora otro interés sexual y amoroso. Tal vez la mala, la egoísta, siga siendo yo, a pesar de todos los *clicks* que he escuchado estos días. Le digo la verdad en plan:

—Rafa, mi madre ha muerto.

—Hostia, no me jodas. Lo siento muchísimo, Salomé. ¿Cuándo ha sido?

—No lo sé con exactitud, pero hace cinco días que la encontraron muerta en su casa.

—Joder, ¿cómo no me has dicho nada? —Debe de haberse arrepentido del reproche, porque ha añadido—: Lo siento de verdad.

Ha dicho la verdad. Se le ha notado en la voz. Lo ha sentido tanto que cuando me ha preguntado:

—Y tú, ¿cómo estás?

He decidido no decirle la cruda realidad: estoy supercontenta porque me ha dejado herencia.

—Imagínate —le he dicho.

Se lo ha imaginado.

—La muerte de mis padres fue lo peor que me ha pasado en la vida, Salomé. No hay día en que no me acuerde de ellos, por una cosa o por otra. Me dolió tanto, y me sorprende tanto haberlo superado sin problemas, que muchas veces me alegro de que ya estén muertos para no tener que volver a pasar por eso.

—La mía me ha hecho un regalo después de muerta: me ha dejado su piso. Ya no tienes que preocuparte por si no te pago.

Ha suspirado al otro lado del teléfono, y ha obviado mi comentario.

—Los padres siempre hacen esas cosas, siempre cuidando de nosotros, pase lo que pase. —Ha querido ayudar—: ¿Puedo hacer algo por ti?

Le he dicho que no, que estoy bien, tranquila, que no necesito que haga nada, pero no me he librado de que me lleve al tanatorio. Me recoge a las nueve porque ha insistido en invitarnos a desayunar, pero Javi se queda durmiendo. Intento despertarle, con pocas ganas. Me da pena después de todo el disgusto de la noche y le dejo tranquilo en su cama en este extraño día de fiesta.

Bajo las escaleras y me digo que no necesito su piso ni su calva a lo Luis Tosar. Pienso en Sebas y en su forma de acariciarme y me digo que a lo mejor la forma de acariciarme de Rafa no me gusta tanto, si es que me acaricia, si es que no está todo en mi imaginación y él no tiene las ganas de empotrarme que yo he tenido hasta hace unas horas. Me digo que no me gusta, que antes, cuando no me había gustado Sebas, sí que me gustaba, pero que ahora, que ya me ha gustado Sebas, no es más que una fantasía que tiene las de perder frente a la realidad. Me digo que durante años no he sentido nada por nadie, no he tenido necesidad de gustar, y que ahora, de repente, me gusta todo el mundo. Eso no puede ser. Tal vez tenga que hablarlo con Marisol, aunque no le diga que el que más me gusta, el que me gusta de verdad, es su exmarido.

Yo a Isabel no le he dicho que vendría acompañada al tanatorio. Se le ha notado en la cara que esperaba verme llegar sola y no con un hombre como el que entra conmigo a la cafetería que hay enfrente. Me arrepiento de haberle dicho que sí. No quiero desayunar. Se me ha cerrado el estómago. Él pide por los dos, como en las películas. Café con leche, zumo, tostadas. Antes de que el camarero vuelva con la comanda, yo vomito, metafóricamente hablando, todo lo que me ha pasado. Sin pensar. Le hablo de mi madre viva y de mi madre muerta, de mi huida, de mi falta de amor y de autoestima, de mis complejos. Le hablo de Sebas, de Marisol, del amante de mentira de Consuelo, de cómo la muerte de mi madre me ha hecho aprender de la vida; de mi terror a ser una madre como la mía, a que a Javi le pase algo, a morir y que él no recuerde mi voz. Le hablo, también, de las ganas que tengo de acostarme con él y del miedo a que me rechace. De mis esfuerzos por haberme mantenido alejada de todo el mundo y de mi necesidad de acercarme ahora a cualquiera que se me quiera acercar.

Él. Sebas. El que venga detrás. Le resumo mi vida en menos de siete minutos. La ordeno, sin darme cuenta, y sin darme cuenta comprendo que todo empieza a tener sentido.

—Tú eres profesor de literatura, no me digas que todo lo que te he contado no da para una novela —trato de bromear.

—La realidad supera la ficción.

—Eso dicen.

—Tienes una visión muy distorsionada de ti misma, Salomé. Empezando por lo más superficial: estás llena de complejos. Es una gilipollez, pero es un buen ejemplo. Rellenita, sí. Obesa, no.

—Eso no tiene importancia ahora —protesto.

—No, y sí —me dice—. Tú no te ves a ti misma como te vemos los demás, y eso determina tu visión del resto.

Llega el camarero. Solo me tomo el café con leche, y la tostada y el zumo se han quedado en el plato hasta que se los zampa él. Me acaricia la mano.

—Si me gustaran las mujeres —me suelta, a bocajarro—, creo que me gustarían las mujeres como tú.

Se ríe al decirlo, y yo le imito y me río también, aunque me siento patética. Cómo puedo haber confundido las señales de esta manera, pero al mismo tiempo me siento aliviada por no tener que usar una puerta que no sabía bien si tenía que abrir o cerrar. Me acuerdo de nuevo de Marisol y de eso del sufrimiento opcional y decido probar a sentirme aliviada. Me sorprendo al notar que no me cuesta trabajo no quedarme ahí, abajo, en el fondo del pozo, alegrarme de no tener futuro con Rafa. Así que es esto, me digo. Así que es esto estar bien.

Me dice que me ha traído un libro que le ha gustado mucho, *Justicia poética*, dice que se titula, de una librera de su barrio que se llama Mamen Monsoriu. Le digo que no me gusta leer, pero que lo leeré.

—Trata sobre ser madre, y sobre ser hija también, pensé que te gustaría leerlo. No se parece en nada a lo que me acabas de contar, pero igual tu vida sí que da para una novela. —Sonríe.

—Bueno, quizá he exagerado. —Le acompaño en la sonrisa.

—No lo sé, pero ¿sabes lo que yo les digo a mis alumnos que es, en esencia, una novela? —Le digo que no—. Una novela cuenta la historia de alguien a quien le pasa algo, después ya nada es lo mismo. —Guarda silencio un instante—. A ti te ha pasado algo, ahora. Te ha pasado algo, Salomé. Y si quieres que tu novela sea buena, las cosas no pueden ser igual.

Salimos al coche, a recoger el libro. Me lo da. Sonríe, me abraza. Cierra la puerta del coche. Se va.

El tanatorio está en el polígono industrial, muy cerca de una tienda de trajes de fallera, de otra de productos para animales y de una casa de pinturas. Al lado está el carril de acceso a la autovía. Hay mucho tránsito de coches y de personas, pero en la puerta no hay mucha gente. Está Isabel, vestida de oscuro. No de luto, de oscuro. Lleva un mono azul marino y el pelo recogido en una coleta. Me observa llegar, y noto que no le gusta cómo voy vestida yo, con unos vaqueros y una camiseta de publicidad de Spencer Tunick, de cuando vino a retratar a gente desnuda en las Torres de Serranos. No sé por qué no le gusta. La camiseta es negra.

—Todavía no ha venido mucha gente —me dice.

Hay un mostrador. Al lado del mostrador hay una máquina de café, y otra de refrescos, agua y algo de comida. Dentro del mostrador hay una chica rubia vestida de marrón con su nombre en una placa enganchada en la camisa. Se llama Vanessa, con dos eses. Lo veo cuando se acerca a mí y me dice que me acompaña en el sentimiento.

—Te acompaño en el sentimiento, Salomé. Soy Vanessa. —Ya lo sé, sé leer—. Si necesitas algo, pídemelo.

Necesito que todo acabe pronto, pero ni sé pedirlo ni ella me lo puede dar en caso de que se lo pida.

Hay un pasillo estrecho, que está pintado de blanco. Tiene dos salas a la derecha y una tercera al fondo, que debe ser más grande porque se ve mucha luz. Las dos salas pequeñas están vacías y en la grande está el nombre de mi madre. En Miraval la gente se muere poco, y, si se muere, deben ir a otros tanatorios, porque aquí no caben. Me dan ganas de reír. Isabel lo nota, qué mujer más intuitiva, y me da un pellizco en el brazo que me hace daño y me sobresalta. Aprovecha y me repite lo del ataúd de bossé con la tapa cerrada, lo de la calidad, lo de que mi madre ha pagado los muertos toda la vida, lo del crucifijo, lo del cojín, lo de pasar a verla, a estar con ella, a despedirla. Pero lo de la foto, la muy hija de puta, no me lo dice.

29

Debe de haber entrado en el piso. Debe de tener llave del piso. O a lo mejor mi madre se la dio y le dijo: si algún día me muero y mi cadáver no está presentable, ciérrame la tapa para que la gente no hable de mi mala cara; no me quites al Cristo, para que la gente no me critique por atea, porque yo atea del todo no soy y menos si estoy muerta y tengo que pensar si me espera la nada o la vida eterna y no me importa que esté ahí el crucifijo, por si acaso. Y ponme esta foto sobre el ataúd, para que cuando venga mi hija le dé mucha pena haberse perdido la vida conmigo. Ponme esta foto, le debió de decir mi madre, que estoy tan guapa con la melena corta y esa sonrisa radiante, con mi hija de seis años vestida de blanco apoyada en el pecho.

—¿Por qué está esa fotografía? —le pregunto a Isabel.

—¿Cómo que por qué? Es una foto preciosa, tu madre está guapísima y tú...

No doy mi brazo a torcer.

—Pero esa foto tiene treinta años. Deberías haber puesto una actual.

—¿Y eso por qué?

—Pues porque sí, porque así no se la reconoce.

—Claro que se la reconoce. Tiene la misma cara.

No tiene la misma cara. O sí. Yo qué sé.

—¿Es eso lo que has querido decirme con la foto? ¿Que no sé la cara que tenía mi madre ahora porque hace veinte años que no la veo?

He levantado la voz. Miguel me mira, desde el fondo de la sala. Coge un Pictolín de la cesta que hay sobre la mesa, al lado de una máquina de café de cápsulas y de varias botellas de agua, y se lo mete en la boca.

—Claro que no —se defiende Isabel—. La foto ni siquiera la he escogido yo. La ha traído esta mañana Miguel, antes de que abrieran la capilla ardiente.

—¿Quién?

—Miguel, el vecino de tu madre. El marido de Charo.

Le señala con un gesto, como si yo no hubiera visto antes que está en una esquina de la sala. La habitación es grande, pero solo estamos Isabel, Miguel y yo. No es pequeño, pero está encogido. Se parece a Rafa, pero en viejo. Aprieta su gorra entre las manos. Me mira, triste, y se levanta. Se acerca. Lo siente.

Lo dice, que lo siente.

—Siento que no te haya gustado la fotografía.

Le digo la verdad. La foto es preciosa.

—Pero no me la esperaba.

Asiente.

—A tu madre le gustaba mucho, por eso la he traído.

No recuerdo dónde se hizo. Ni siquiera recuerdo que se hiciera. Hay una mesa, copas, cubiertos. Estamos en un restaurante, pero yo no recuerdo haber ido a comer nunca con ella a ningún restaurante. Me apoyo en el pecho de mi madre y ella descansa su cabeza sobre la mía.

Mi madre sonríe con las manos sobre la mesa. Yo estoy satisfecha, feliz. No recuerdo ese vestido, blanco con volantes, unos blancos y otros transparentes. No recuerdo los pendientes de mi madre, grandes, dorados, de aro con filigranas. No recuerdo que hayamos sido nunca tan felices como parecemos serlo en la fotografía. Siempre pienso que los que están en otras mesas son más felices que yo. Ahora veo esa imagen y me pregunto si los que nos miraban sentirían envidia de nuestra felicidad.

—Le gustaba mirarla. Decía que estaba muy guapa, y es la verdad. Estaba muy guapa. Tu madre era muy guapa.

—¿Y de mí, no decía nada?

Sonríe.

—Ya sabes cómo es tu madre.

Habla de ella en presente. Me enternece. Pero no sé cómo es mi madre.

—Ana es... —se detiene. Se le humedecen los ojos y toma aire—. Era muy egoísta, pero es que no sabía ser de otra manera.

Me mira. Tiene dentro una pena tan grande que me contagia.

—Ella lo intentaba, pero es que no sabía —insiste—. Ella lo intentaba, ¿sabes? Cada vez que nos enfadábamos, me decía: Miguel, si me perdonas, lo haré todo de otra manera. Yo le decía que a nuestra edad ya no se puede cambiar, que hay que asumir lo que se ha hecho y tirar para delante, pero ella insistía y decía: trataré de ser feliz, de quejarme menos, de apreciar más las cosas buenas de mi vida.

Yo no acabo de comprender cómo habla de ella con esa familiaridad, con esa cercanía, un hombre con el que solo compartió rellano, pero a estas alturas ya me he dado cuenta de que, tal como me han repetido hasta la saciedad, las cosas pocas veces son como parecen ser.

—¿Y cuáles eran esas cosas buenas? ¿Su perro? —pregunto con ironía.

—Pepe fue el regalo de Navidad del hijo pequeño del hijo de un amigo mío. Cuando llegó el verano ya no les hacía gracia y se querían deshacer de él... Yo lo vi claro enseguida, que tenía que ser para Ana, pero ella no lo quería. Fue la primera vez que me habló de ti. Dijo que tú siempre habías querido uno y que ella no te había dejado, y que tenerlo ahora que tú ya no estabas no le parecía bien, lo veía como una traición, pero al final se lo quedó, y no imaginas lo bien que le sentó. Lo único, que quiso cambiarle el nombre para que comprendiera que su vida sería distinta con ella, y eso que el nombre Haddock le gustaba, porque le recordaba a la única película que habíamos podido ver entera, una de Tintín que dieron en la tele un día que mi mujer se fue de excursión con las amas de casa. Pero se lo quiso cambiar para que supiera que su vida sería otra de ahí en adelante.

Sonríe, al recordarlo.

—Al pobre lo volvió loco al principio, pero se quisieron desde el principio también. A ella la obedecía si le llamaba Pepe, pero a todos los demás solo nos hacía caso si le decíamos el otro —se ríe, tristemente—. Volcó en el perro una capacidad de amar que yo no sabía que tenía, ni ella tampoco —dice eso y se nota que le jode, un poco—. Le trataba mejor que a nadie, mejor que a mí. Yo estaba celoso, la verdad. Me daba envidia que al perro pudiera demostrarle tanto cariño. Engordaron los dos. Desde mi casa le oía hablar con él todo el rato. Pepe fue lo mejor que le pasó. Lo mejor, con diferencia. Incluso para morir. Estuvo con Pepe y fue Pepe quien me avisó de lo que había pasado.

Se le humedecen los ojos de nuevo y se le quiebra, un poco, la voz. Oigo lo que dice. Me cuesta asimilar lo que me cuenta entre líneas.

—Pero Charo me dijo que se lo encontró por la calle...

Sonríe con una tristeza infinita.

—Charo nunca supo nada. Nada de nada —dice—. Me alegro de que lo tengas tú.

Charo, que nunca supo nada, entra en la sala con Carmen, la madre de Tony, el dueño de la cantina. Sorprendentemente, siento pena por ella. Pienso que tal vez tiene un motivo para ser como es, tan estúpida. Su marido quiso a otra. Ella nunca supo nada de nada. Van directas a ver a mi madre. Carmen se santigua. Charo se queja de que esté cerrado el ataúd, dice que la costumbre es tenerlo abierto para que nos podamos despedir como Dios manda. Carmen le dice que habrá sido por el tiempo que ha pasado en la nevera, o por el golpe, que le habrá dejado marca, y Charo responde que seguro que la culpa la he tenido yo, que no tengo respeto por las tradiciones.

Nadie le hace caso y se vuelve hacia su marido.

—¿Por qué te has venido sin mí? ¿Tanta prisa tenías? —le reprocha.

Miguel le dice que no, que tenía que comprar un bote de pintura y por eso ha venido antes. A ella la excusa le parece bien, pero la actitud de su marido, en general, le disgusta.

—Siempre vas a la tuya. Podíamos haber venido los dos en el coche y me has obligado a pegarme esta caminata con el calor que hace ya a estas horas y con la rodilla como la tengo.

Se da cuenta de que les estoy mirando.

—No tengo rótula —me dice.

A mí que no tenga rótula me es indiferente, pero cómo trata a Miguel me parte un poco el corazón. La ignoro.

Carmen se acerca y me da dos besos cortos y un abrazo pequeño, frío, que no se corresponde con la calidez de su mirada ni de su tímida sonrisa.

—Nos creemos que vamos a estar aquí para siempre y no nos damos cuenta de que la vida son dos días —me dice—. No somos nadie. Te repito lo que te dije en el bar de mi hijo: lo siento mucho, Salomé.

Charo no me da el pésame, ni falta que hace. Me mira con desprecio y con el mismo desprecio mira a su marido y le dice que la lleve a casa y que ya vendrán más tarde al funeral. Sale de la sala, y lo deja dentro sin darle tiempo a que le dé una respuesta que, seguramente, no le daría aunque pudiera.

Miguel estruja la gorra con rabia y yo imagino que se imagina que la gorra es Charo, pero dejo de imaginarlo porque Miguel es dulce e incapaz de tener los pensamientos que tengo yo. Se acerca y me mira con ternura.

—Tu madre dejó de beber hace unos años. Se lo pedí yo, se lo supliqué. Así no podíamos seguir. Pero la medicación no se la quiso tomar nunca, hasta hace unos meses.

—¿Qué medicación?

Me mira con asombro.

—Tu madre era bipolar. Fue un alivio, cuando por fin tuvo un diagnóstico y pudo dejar de culparse a ella misma de todo lo que le pasaba. No imaginas cómo descansó. Cómo descansamos todos. Supongo que no lo sabías.

No, no tenía ni la menor idea. Pero no se lo quiero decir. Tampoco le quiero interrumpir, porque empiezo a imaginar cómo termina lo que me quiere contar desde hace días.

—Yo le dije: por favor, Ana, no podemos estar juntos, no podemos tocarnos ni podemos vernos, siempre disimulando. Era muy duro, y a mí me daba miedo que ella no lo soportara, que volviera a la bebida o que hiciera una locura. Le pedía por favor que se tomara la medicación. Y me hizo caso. Empezó a tomar litio, por primera vez en su vida, y estaba fenomenal. Me decía: ay, Miguel, ojalá me hubiera decidido antes...

Lo veo todo claro, de pronto. La foto, el perro, la manera de hablar de ella, la tristeza, la añoranza. Intento imaginarlos juntos, pero no me hace falta recurrir a la fantasía: los veo. Los veo juntos como estoy viéndolos ahora, alejados por la línea que separa la vida de la muerte, como veo a mi madre en la fotografía sobre el ataúd, como le veo a él arrastrando la pena. Quiero saberlo todo: cómo se enamoraron, desde cuándo, cómo esquivaron a la pesada de su mujer, dónde se veían, qué planes tenían, pero Charo le llama desde la puerta y me impide saber todo lo que quiero saber. Le apremia para que la lleve a casa. Nos mira a los dos de mala manera.

—Ha muerto en su mejor momento, Salomé. No sé si te sirve de algo, o si te da igual después de todo lo que habrás pasado, que lo comprendo. Pero ha muerto cuando más feliz era, cuando estaba decidida a mirar la vida de frente, sin tener miedo, sin cerrar los ojos.

Servirme no me sirve de nada, pero me alegro de que conociera la felicidad, de que decidiera abrir los ojos igual que lo he decidido yo. Espero que, al menos para mí, no sea tarde.

—Me sirve de algo saber que no murió sola —le digo.

Él niega con la cabeza.

—¿Te contó mi madre algo de mí?

Niega con la cabeza.

—¿Nada? ¿Solo te dijo: si me muero, llámala para que venga al entierro?

Asiente.

—¿Y por qué, Miguel?

Responde sin dudar:

—Porque le dolía mucho, Salomé, y no lo podía soportar.

Se marcha, cabizbajo, detrás de su mujer.

No sé lo que es la muerte. No sé si creo que todo se acaba, si morir es como estar dormida. Nunca he pensado en la muerte. Ahora la muerte está aquí, encerrada en un ataúd de buena calidad dentro de un sudario blanco. No sé si mi madre lleva zapatos.

Me gustaría preguntárselo a Isabel, pero Isabel está ejerciendo de hija con todo el que aparece por la sala. Llegan señoras que no conozco y se arremolinan delante del cristal. Si yo muriera, no tendría público. A todas les gusta la fotografía que ha traído Miguel y algunas me observan de reojo, con disimulo y sin disimulo. Unas pocas me juzgan severamente, pero la mayoría me mira con compasión, como diciendo: ay, pobre, lo que se ha perdido, qué lástima. Ellas querían a mi madre. A una madre distinta a la que yo tuve.

Mi madre hacía aquaoro que es como aquí se llama el aquagym para las personas mayores en la piscina cubierta, era voluntaria en Cáritas, iba a clases de inglés, de francés y de cocina asiática, a los talleres de memoria. Estaba en el club de lectura y en el grupo de guías de los barrios de Miraval que enseñaba las calles del pueblo a los más pequeños. Hacía rutas por la naturaleza y por la ciudad. Todas las señoras parecían quererla. Seguramente salen en las fotografías que estos días he visto en su casa. Ahora tienen sentido todas esas excursiones, esas visitas a la ciudad. Se sientan y se levantan cada dos por tres. Están inquietas, tristes. Se quedan mucho rato de pie, observando la caja que contiene los restos de su amiga. Hablan en voz baja de ella. Que si cuando se enfadaba no había quien la aguantase. Que si se le pasaba y era como si no hubiera ocurrido nada. Que si siempre estaba ahí cuando la necesitaban. Vale. Que siempre no, pero que era una más del grupo y había que quererla tal como era, porque eso es la amistad. Recuerdan anécdotas. Que si un día se montó en el tren equivocado para ir a Valencia. Que no faltaba a ninguna reunión del club de lectura, aunque nunca se leyó ni uno solo de los libros que proponían y que cuando le preguntaban que por qué iba decía que era por estar con ellas. Que si un día de lluvia, cuando volvía de la piscina, se cayó delante de la estatua de Enric Valor del instituto y le gritó porque pensó que era un hombre que no la ayudaba a levantarse. Se ríen. Lamentan que se haya ido así, tan rápido, tan pronto, aunque todas firmarían por morirse así, sin sufrir. Una dice que no sabemos si sufrió o no sufrió y que al final había muerto sola, que era lo que más miedo le daba. Una le da un codazo y lanza una mirada hacia donde estoy yo, cerca de ellas. Me gustaría decirles que no sufran. Que yo no conozco a la mujer de la que hablan. Que a esa mujer solo la han perdido ellas. Que esa no era mi madre. Pero me quedo callada.

Es mi madre la que ha muerto.

Su amor vive con una mujer que no tiene ni rótula ni corazón y al lado de ella mi madre era la madre Teresa de Calcuta.

Me escribe Marisol, y me dice que en un momento vendrá y no me soltará de la mano. También Sebas me ha escrito de nuevo para decirme que estará en el funeral y que me apoyará si quiero que me apoye y se mantendrá alejado si quiero que se aleje. Que no ha dejado de pensar en mí desde ayer. Que ha soñado conmigo, y que en su fantasía soy exactamente igual que en la realidad. Que me da las gracias por haberle rescatado de una vida de mierda por segunda vez. Yo. A él. Le he rescatado, me dice.

No sé si volveremos a estar juntos, y él tampoco me lo propone. No sé si pondré en peligro mi amistad con Marisol o si pensaré que no merece la pena y lo dejaré escapar. Pero, hoy, decido pensar que ya es hora de dejar de cerrar puertas y empezar a abrirlas.

30

Mi madre se llamaba Ana. Nació el 17 de abril de 1952 y murió tres días antes de que un vecino se decidiera a llamar a la policía para decir que el perro lloraba y que hacía ya tiempo que no la veía. Hacía cinco años que era la amante de su vecino. A mi madre se le paró el corazón justo cuando estaba comenzando a usarlo sin miedo. Solo lo sabía otra persona, además de ella. Había decidido plantar cara a la vida y decir: mira, sí, vida, soy una señora mayor que lo ha hecho todo mal, pero el tiempo que me quede lo pienso disfrutar sin pensarlo y sin arrepentirme. Al parársele el corazón, mi madre se desvaneció y, al desvanecerse, se golpeó contra la encimera de la cocina.

La cocina la había reformado junto con toda la casa entre el invierno y el verano de 2018. Semanas antes, su vecina estuvo ingresada en el General para que le quitaran la rótula y la operación se complicó por unas arritmias. Mi madre nunca había intimado con los vecinos porque la vecina era insoportable, pero sin ella por medio, decidió compadecerse del hombre que estaba solo y que le había dicho al encontrarse en Mercadona que cenaría una lata de atún o un bocadillo de jamón porque no sabía cocinar. Mi madre no se enamoró de él hasta mucho tiempo después y si se enamoró antes, no lo supo, porque no estaba familiarizada con los sentimientos. Con los malos, sí, pero los buenos la pillaban desentrenada y no pudo reconocerlos antes.

Miguel la trataba bien, se preocupaba por ella, le compraba revistas de decoración y pintaba con ella los planos de la reforma cuando su mujer no estaba. Cuando la obra terminó, abrieron una botella de cava a las diez de la mañana, coincidiendo con la visita al callista de su mujer. Una semana después, se besaron torpemente. A Charo no le gustaban los besos con lengua. Mi madre no tenía a quién besar. Hicieron el amor en septiembre, cuando él volvió de las vacaciones y le dijo que la quería. También lo hicieron con torpeza. Pensaron que aprenderían a hacerlo mejor. Confiaron en los que decían que el sexo en la vejez es mejor porque es más tranquilo. A veces tenían éxito. Otras no les salía y aprovechan para hablar, para ponerse al día de la vida que la misma vida les había arrebatado la posibilidad de vivir. Se imaginaban qué habría pasado si se hubieran conocido antes, si se hubieran enamorado antes, y se conformaban con la intensa felicidad de la fantasía.

A mi madre nadie le había hablado con amor del amor, y se conformaba con ese, aunque se quedara siempre con ganas de más. Se veían a escondidas. Cuando había gente disimulaban. A Miguel también le sabía a poco, porque venía con hambre atrasada. Mi madre nunca había tenido nada. Él tampoco. Eso les ponía tristes, pero no dejaban que la tristeza entrara en su pequeña vida de mentira. Cuando mi madre estaba bien, Miguel la acompañaba. Cuando estaba mal, Miguel la sostenía. Le recordaba que se tomara las medicinas. La aguantaba cuando estaba insoportable. No se enfadaba con ella. Entendía que no sabía ser de otra manera. De haber tenido más tiempo, de haberse conocido antes, él la habría convencido de que no podía querer tanto a quien no se dejaba querer y ella habría cambiado antes. Pero a mi madre se le paró el corazón y a él se le rompió el suyo.

No sé si fue así. No puedo saberlo. Nadie va a contármelo y yo no lo quiero preguntar. Pero miro a Miguel sentado en la tercera fila de bancos, al lado de Charo, delante de Tony y de Carmen, detrás de Sebas y de Marisol. Consuelo también ha venido. Javi se ha quedado en casa, con José Luis. Pienso que si muriera hoy, estas son las personas que vendrían a mi entierro, y no me parece tan mal.

El cura habla de mi madre como si hablara de cualquier otra persona, dice que vivirá eternamente, que la muerte no es el final, que regresará de entre los muertos y cosas así. Lee un versículo de la Biblia. Entonces vi un cielo nuevo y una tierra nueva, porque el primer cielo y la primera tierra habían pasado y el mar ya no existía más. El cura insiste con el tema de la novedad. Pues he aquí, yo creo cielos nuevos y una tierra nueva, y no serán recordadas las cosas primeras ni vendrán a la memoria.

Cruzo la mirada con Miguel y pienso que así es como fue. Me da igual que fuera de otra manera.

No sé si mi madre aún sentirá algo, si la energía que la hizo reír, llorar, enfadarse, vivir, todavía sigue dentro de su cuerpo como cuando le cortas el rabo a una lagartija y el trozo cortado se sigue moviendo. No sé si sabe que estoy aquí, si lo nota. No sé si estará cómoda en el ataúd forrado, con la cabeza apoyada en el cojín. No sé si le gustará la música que Isabel ha escogido para que suene mientras introducen la caja en el crematorio o si le dará rabia que yo no haya sido capaz de elegir ninguna. Si le dará miedo ese instante final, antes de que el fuego todo lo borre. Si le dará pena no haberme conocido, no haberme pedido perdón ni haber oído como yo se lo pedía a ella. Si me verá aquí de todas formas y pensará que ya la he perdonado, o si le dará miedo que todavía no. Tal vez mi madre sepa que con su muerte toda mi vida ha cambiado. Que al morir ha puesto un espejo delante de mí y yo he podido verme, por primera vez, no sé si tal como soy, pero sí de una forma distinta a como me he visto todo este tiempo.

Los padres siempre queremos que nuestros hijos sean mejores que nosotros, que tengan las oportunidades que nosotros no tuvimos. Si eso es así, puedo imaginar que antes de morir mi madre pensó que se moría, que ahí terminaba todo, y se acordó de mí y se dijo: joder, qué putada, qué pérdida de tiempo. Puedo imaginar, si eso es así, que mi madre, al presentir que se moría, lamentó no haberme buscado, no haberme impedido que me marchara.

La imagino contenta porque estoy aquí. La imagino satisfecha de lo que está viendo. Le gusta Javi. Le gusta Sebas. Le gusto yo. Trago saliva. No quiero llorar. Sé que esta fantasía de mi madre no es real. Sé que, probablemente, no pensó en mí al morir, igual que yo no había pensado en ella hasta que murió. Pero estar aquí es una liberación. Es lo más parecido a un final feliz que puedo imaginar. La mirada de los otros, esa de la que me habló Consuelo, hace que me vea completa. Y me gusto.

Isabel se acerca para decirme que pronto se activará el mecanismo que introducirá a mi madre en el quemador.

—Al final, no he escogido la música —susurra—. Nunca hablé de eso con ella, no tenía ni idea de cuál sería especial para tu madre.

—¿Entonces?

Se escucha un sonido mecánico.

—Ya empieza —susurra, de nuevo. Me coge de la mano.

Empieza a sonar la música. Un piano, guitarras, un arpa, Freddie Mercury.

—¿Qué es esto? —pregunto.

—«Love of My Life».

—¿«Love of My Life»?

Se encoge de hombros.

—La ha escogido Miguel —dice en voz muy baja.

Vuelvo la cabeza para mirarle, y le veo mover los labios en silencio. *«Love of my life, you've hurt me, you've broken my heart and now you leave me».*

Delante de él, Sebas la canta, también en silencio, y mueve levemente el tronco, como si bailara. Ve que le observo y detiene el movimiento. Le sonrío. Vuelve a moverse. Me devuelve la sonrisa.

A mi madre tampoco le gustaba leer. Hay muy pocos libros en su casa. Seguramente no tuvo a nadie que le dijera lo que es una novela, ni lo de la gente pequeña que hace cosas pequeñas que lo cambian todo. Pero había descubierto que le gustaba la gente, que ella misma podía gustarse. Había aprendido que merecía amar, saber lo que era el amor. Igual que yo.

Tal vez sea hora de no tener miedo. De mantener los ojos abiertos, la mirada al frente. De ver ese cielo nuevo y esa tierra nueva. De dejar que las cosas primeras no vengan a la memoria, antes de que todo acabe.

Agradecimientos

Una noche me desperté atravesada por una idea, quizá traída por un sueño que ya no recordaba. Salté de la cama, abrí el ordenador y escribí de tirón unas veinte páginas. Era abril. Era 2020. Era lo peor de la pandemia. Era el fin de cinco años sin escribir ni una línea.

Era Salomé, que entonces no se llamaba así; y era Marisol, que tampoco se llamaba así entonces. Y era Ana, y Javi, y Miguel, y Consuelo y José Luis. Y Sebas, y Rafa, y también Isabel Jumillas. Y era yo, que todavía no sabía que en mí habitaba un verano invencible porque vivía en lo más profundo del invierno.

La vida es un equilibrio de luces y de sombras. Y esta novela, también. Así que quiero dar las gracias a Salomé, a Marisol, a Ana, a Javi, a Miguel, a Consuelo, a José Luis, a Sebas, a Rafa y a Isabel Jumillas. Y a todos los personajes que han estado dentro de mí. Y a los que están por llegar. Porque me salvan.

Y a las personas reales que me acompañan, muchas de las cuales dan nombre a personajes de novela, gracias. Y a los lectores cero, que son muchos, infinitas gracias. Gracias a mis amigas y a mis amigos, que siempre están ahí. Que son familia.

Gracias especiales a Carmina Prats, que rescató el borrador de esta novela del fondo de un cajón y del fondo de mi corazón.

Mi madre, su perro Paquito, y mi padre y su gorra roja de Ferrari y su moto de minusválido viven para siempre en mi memoria y, desde ahora, también en las páginas de esta novela. De la misma manera es ya un personaje mi hermano Tony, su cantina de la estación, su póster de Harry con gafas y su pared con recortes que hablan de su hermana, la escritora.

Gracias a todo el equipo de Espasa, en especial a mi editora Miryam Galaz, que no solo edita. También cuida, protege, acompaña y ríe.

Gracias, también, a quienes están en las librerías, las bibliotecarias y la gestión cultural, porque tienen entre las manos este libro y lo ponen a disposición de los destinatarios últimos. Gracias a los lectores y las lectoras sin los que nada tendría sentido y cuyos comentarios espero a través de mis redes sociales.

Decirle gracias a Eduardo Mendoza, se queda corto. Pero gracias es una buena palabra para intentar corresponder a su cariño y su generosidad.

Y por último, gracias a Carmen, Joana y Carlos, que hacen que todo valga la pena.